LIE BY MOONLIGHT
by Amanda Quick
translation by Keiko Takata

炎の古城をあとに

アマンダ・クイック

高田恵子［訳］

JN264245

ヴィレッジブックス

世の献身的な教師たちに本書を捧げる。
あなたがたが教室へ入っていくたび、未来が変わる。

炎の古城をあとに

おもな登場人物

コンコーディア・グレイド	教師
アンブローズ・ウェルズ	私立探偵
ハンナ・ラドバーン	コンコーディアの生徒
フィービ・レイランド	同
シオドーラ・クーパー	同
エドウィナ・クーパー	同。シオドーラの双子の妹
ミセス・オーツ	アンブローズの使用人
アレクサンダー（アレックス）・ラーキン	ロンドンの暗黒街の帝王
エドワード・トリムリー	ラーキンの相棒
エディス・プラット	ウィンズロウ女子慈善学校の校長
ロウィーナ・ホクストン	同校の後援者
フェリックス・デンヴァー	スコットランドヤードの警部

1

ヴィクトリア女王の治世後期

霧に包まれた深夜の墓地。この世にこれ以上暗い場所があるだろうかとアニー・ピートリーは思った。

身震いしてマントの襟《えり》をしっかりかき合わせる。これほどの恐怖を感じたのは生まれて初めてだ。ここへきたのはある男に会うためだったが、うわさによると、男の指定する時間と場所で会うか、さもなくば会わないか、二つにひとつしかないことは明らかだった。

今夜ここへくるかどうか、アニーは今日一日さんざん迷った。朝、目ざめて寝台のそばの卓に手紙があるのを見つけたときは、あやうく卒倒しそうになった。

真夜中に男が部屋に入ったとわかって声も出ないほど仰天し、震える手でその紙切れをつかんだ。鍵のかかったドアかよろい戸のしまった窓をとおり抜けて入ってきたのだ。なんの物音も聞こえなければ、気配も感じなかった。まるで幽霊がおとずれたようだった。

どうにか気持ちを落ちつけて短い手紙を読んでみると、指示が箇条書きにされていた。結局、なんらかの答えを手に入れないかぎり二度と心の平安は得られないだろうと考えて、アニーは手紙に書かれていた指示を注意深く守った。

墓地の門を入ったら手提げランプの明かりをしぼることも、そのひとつだった。そんなわけで、手提げランプは今、不気味な霧の中で弱々しい明かりを放っているだけだった。霧におおわれた暗がりに、墓石や地下聖堂、墓碑の輪郭がぼんやり見える。

前に進みつづけるには、ありったけの意志の力を振りしぼらなければならなかった。ここまできたのだと自分に言い聞かせる。今さらあきらめるなんてできない。かわいそうなネリーのために自分にできるのは、これくらいしかない。

「こんばんは、ミセス・ピートリー」

その声は墓地に劣らず深く不気味で、近くの地下聖堂の入口から聞こえた。逃げることはおろか、悲鳴をあげることもできないほど驚いて、アニーはその場に凍りついた。

声からすると紳士のようだ。そうわかったとたん、なぜかますます不安がふくらんだ。ゆっくり振り向き、男の姿を見分けようと目を凝らす。けれど手提げランプの細い光は、石造りの古い地下聖堂の入口の暗がりまでは届かなかった。

「手紙に書いてあったことは全部守りました」自分の声がひどく震えているのがわかった。

「よろしい。わたしと会う約束をしながらそれを守らない者がいると聞いたら、驚きますか?」

「いいえ、ちっとも驚きません」そんなことを言う度胸が自分に残っていたことに、アニーは仰天した。「こんな時刻にこんな場所で、あなたのような評判を持つ見ず知らずの人と会いたいと思う者は、多くはないはずですもの」

「なるほど」おもしろがっているような声だった。「だが、このような時刻と場所を指定するのは、断固たる決意を固めていない者を排除するのに効果があるのです」男はそこでひと呼吸置いた。「わたしは、なんとしても答えを手に入れたいと心を決めている客の依頼しか引き受けません」

「あたしの心はもう決まってます」

「そのようですね。では、仕事の話に入りましょう。おそらく、二日前の妹さんの死に関係することでしょうね？」

　そう言われてアニーはたじろいだ。「ネリーのことをご存じなんですか？」

「あなたがわたしに会いたがっていると聞いて、当然のことながら、依頼の向きに興味を抱きました。それで少しばかり調査をしたところ、最近、妹さんをいたましい事故で亡くしたことがわかりました」

「そこなんです。あれは事故なんかじゃありません」アニーはしゃがれた声で言った。「警察はそう言ってますけど、違います」

「ネリー・テイラーはドンカスター浴場の冷水槽にうつぶせに浮かんでいました。状況から見て、浴槽の縁のタイルで足を滑らせて頭を打ち、水中に落ちて溺死《できし》したと思われます」

　感情のない冷静な口調で事実を復唱されて、ネリーが死んでからずっとアニーの心の中でくすぶっていた怒りと欲求不満が、いっきに燃えあがった。

「そんなの嘘です」アニーは激しい口調で言った。「妹は十三になった年から、十年以上あの浴場で働いてたんです。まだドンカスター先生が患者に水治療法をおこなってたころからです。浴場のことなら隅から隅まで知りつくしてましたし、濡れたタイルを歩くときはいつも気をつけてました」

「それでも事故は起こるものですよ、ミセス・ピートリー」

「ネリーは事故で死んだんじゃありません」アニーは手提げランプの持ち手を握りしめた。「だれかに殺されたんです」

「どうしてそう思うのですか？」

興味を抱いたような声だった。

「さっきも言ったように、証拠はなにひとつありません」アニーはごくりと唾をのみこんで肩をそびやかした。「その答えを見つけてもらいたいんです。それがあなたの仕事なんでしょう？」

長い沈黙が流れた。

「ええ、ミセス・ピートリー、それがわたしの仕事です。妹さんについて、もっとくわしく話してもらえますか」

アニーは気持ちを落ちつけるべく息を吸いこみながら、ここからは慎重に話さなければと心の中でつぶやいた。「ネリーはあそこの婦人浴場で働いてました」

「死体が発見されたのは男子浴場の冷水槽でした」

「ええ、知ってます。あやしいと思うことのひとつはそれです」

「妹さんは男子浴場で働くこともあったのですか？」

「そう、ええ、ときたま」話しにくいのでできれば避けたいと思っていた部分だ。「殿方のお客のなかには、割増料金を払って女の接客係を雇い、髪を洗ったり個室で体をもんだりしてもらう人もいるんです」

「そのようなサービスが提供されていることは知っています」男がどっちつかずの口調で言った。

アニーのみぞおちのあたりが不安で冷たくなった。ネリーが売春婦だったと思われたら、引き受ける価値がないと思われてしまうかもしれない。

「あなたが考えてらっしゃるようなものじゃありません。ネリーは働き者できちんとした女でした。売春婦なんかじゃなかった」

「許してください。そんなつもりで言ったのではありません」

思いがけない言葉にアニーは戸惑った。男は心底悪かったと思っているようだ。しがない商店主に謝罪する紳士階級の人間は、めったにいない。

「紳士浴場の個室でなにが起こってるのか、あたしもはっきりしたことは知りません」アニーは正直に言った。「知ってるのは、ネリーがときどき個室で仕事をしてたということだけです。お客のなかには妹を指名してくれる人がいて、たっぷり心づけをはずんでくれるんだって言ってました」

地下聖堂の入口に立っている男が長いこと黙っていたので、まだそこにいるのだろうかとアニーは不安になってきた。墓地は不自然に静まりかえっている。

耳にしたうわさでは、男は意のままに現れたり消えたりできるということだった。初めてその話を聞いたときには、アニーはばかげたたわごとだと一笑に付した。しかしながら、真夜中に霧の垂れこめた墓地に立っていると、あの世からやってきた亡霊と話していたのではないかという気がしてきた。

ことによると、この男は昼間は、ついさっきまで立っていた地下聖堂の内部にある棺桶《かんおけ》の中で眠っているのかもしれない。

そう考えたとたん、アニーの体に恐怖が走った。

「ネリーをひいきにしていた客のだれかが殺したと思うのですか？」男がたずねた。

「あたしにはそうとしか思えません」

またもや恐ろしい沈黙が流れた。霧がますます深くなってきたらしく、わずかに残っていた月明かりまで吸い取ってしまった。もう地下聖堂の輪郭も見えない。

「よろしい、調査を引き受けましょう」男が言った。「あなたが疑問の答えを心底から望んでいるのなら、ということですが」

「どういう意味ですか？　答えを望んでいないはずがないでしょう？」

「このような問題では、故人について、依頼人が知りたくなかったことが明らかになる場合も珍しくありません」

アニーはちょっと口ごもった。「おっしゃってることはわかりますけど、ネリーは妹です。あたしたちみんなと同じように、生きていくために必要なことをしただけです。本質的にはあの子は善人でした。だれがあの子にあんなひどい仕打ちをしたのか、せめてそれを見つける努力をしなかったら、この先、鏡に映る自分の顔をまっすぐ見られない気がするんです」

「よくわかりました、ミセス・ピートリー。なにか答えがわかったら連絡します」

「ありがとうございます。ほんとに感謝してます」アニーは咳払いをした。「調査のお代を請求されると聞きましたけど」

「なんにでも代金は必要ですよ、ミセス・ピートリー」

アニーの体にまた震えが走ったが、ぐっと踏みとどまった。「はい、ええ、どれほどお支払いすることになるのかをうかがっておいたほうがいいでしょうね。日傘を売ってそこそこの暮らしをしてますけど、豊かというほどじゃありません」

「ミセス・ピートリー、調査料として請求するのは金ではありません。わたしが請求するのは、どちらかというと好意のようなものです」

アニーの体に恐怖が走った。「え、おっしゃってる意味がよくわかりませんが」

「いつかわたしに日傘が必要になるときがくるかもしれません。そうなったときには知らせます。この取決めに同意しますか？」

「はい」彼女は困惑してつぶやいた。「でも、婦人用の日傘がお入り用になりそうには思えませんけど」

「それはわかりません。重要なのは契約が成立したということです。今夜わたしと会ったことは、だれにも言わないでください」

「はい、言いません。約束します」

「おやすみなさい、ミセス・ピートリー」

「おやすみなさい」彼女は次にどうすればいいのかわからなかった。「ありがとうございます」

アニーは踵《きびす》を返し、足早に門へ引き返した。墓地の入口に着くと手提げランプの火を大きくして、日傘店の二階にある居心地のいい自分の部屋へと急いだ。

自分にできることはした。そう心の中の声がささやいた。墓地で会った見知らぬ男がどんな人間かはわからないが、ひとつだけたしかなことがあった。約束を守ると信じても大丈夫だということだ。

2

二度目の爆発音が階段室の古い石壁に響き渡った。コンコーディア・グレイドが片手に持っている手提げランプがゆっくり左右に揺れた。彼女と後ろにつづく四人の若い婦人を包みこんでいる冷たい闇の中で、弱い光が大きく揺らいだ。

全員が身をすくめて息をつめた。

「下に着く前にこの階段室がつぶれたら？」ハンナ・ラドバーンの声にはヒステリックな響きがあった。「この中に生き埋めになってしまうわ」

「この壁は壊れません」コンコーディアは内心で感じているよりはるかに確信をこめて言った。手提げランプをしっかり持ちなおし、ずりさがった眼鏡を押しあげて所定の位置にもどす。「発火装置をしかける場所を決める前に、オールドウィック城の建造の歴史をくわしく調べたのをおぼえているでしょう。この棟は何百年も前からあって、弩《いしゆみ》にも耐えるように造られた、もっとも古くて頑丈な部分です。それが今夜くずれるということはありえません」

少なくともそう祈っているわ、と無言でつけ加える。

実のところ、二度のくぐもった爆発の威力は、コンコーディアの予想をはるかに上まわっていた。最初の爆発は、ロンドンからやってきた二人の男が夕食後に葉巻とポート酒を楽しんでいる部屋に近い、新しい翼《よく》の窓を吹き飛ばした。古い棟にある教室にいたコンコーディアは、驚くばかりの速さと勢いで炎があがるのを見た。

数分後に発火するようにしかけた二つ目の装置は、それを上まわる被害をおよぼしたような音がした。

「二番目の装置の爆発音はものすごく大きかったですね、ミス・グレイド」フィービ・レイランドが不安そうに言った。「あの古い本で見つけた製法に、なにか間違いがあったんじゃないかしら」

「薬品の配合方法の説明は明快そのものだったわ」コンコーディアは言った。「わたくしたちは正確にそれを守りました。あの装置は部屋の中で発火させるものではなかったというだけのことです。当然ながら、驚くほどの威力を示してくれているわ。まさに、わたくしたちが期待したとおりの結果よ」

コンコーディアは自信のこもったきっぱりした口調で言った。内心に渦巻いている不安を少しでも見せたら、全員の命取りになるかもしれない。後ろにつづいている四人の少女たちが助かるかどうかは彼女にかかっている。全員が生き延びて首尾よく脱出するためには、落ちついてコンコーディアの指示に従ってもらう必要があった。ヒステリーや恐慌を起こしたりすれば、悲惨なことになりかねない。

中庭から、火事だというくぐもった叫び声が聞こえた。城の使用人たちが火事を消そうとしているのだ。うまくいけば、彼らが消火に気を取られているすきに、少女たちを連れて厩《うまや》までいけるだろう。

今夜逃げ出さなければ、もう望みはない。今日の夕方、ロンドンからきた男二人のやりとりを偶然耳にして、コンコーディアはそう確信した。けれど、計画は秘密裏におこなう必要があった。城の庭師や使用人を装った粗野で目つきの悪い見張りたちは、ロンドンからきた身なりのいい悪党二人の命令とあれば、ためらうことなく、罪もない人間の喉を掻き切り、銃で撃つに決まっている。

「真っ暗だわ」ハンナがか細い声でつぶやいた。

コンコーディアは手提げランプを少し高く掲げた。階段室は暗いうえに、狭くて窮屈だった。そこをおりていくのはただでさえ楽ではないのに、ハンナは狭くて暗い場所を極端に恐れていた。

「もうすぐ階段の下に着くわよ、ハンナ」コンコーディアは安心させるように言った。

「煙のにおいがするわ」十六歳のシオドーラ・クーパーが言った。

双子の妹のエドウィナが息をのんだ。「たぶん、この棟も燃えているのね」

かすかだが間違いようのない煙のにおいが階段を伝ってあがってきた。コンコーディアはまたもや恐怖におののいたが、必死の思いで、教室で使う落ちついた声で言った。

「お城のこの区画はとても安全です。煙のにおいがするのは、今夜は風がこちらに向かって吹いているからよ。煙が扉の下から入りこんできているのです」

「引き返したほうがいいんじゃありませんか、ミス・グレイド」エドウィナが半泣きで言った。

「ばかなことを言わないで、エドウィナ」フィービがにべもなく言った。「もう引き返せないのはわかっているはずよ。あの恐ろしい男たちに連れていかれたいのなら別だけど」

エドウィナが口をつぐんだ。ほかの二人も黙った。

コンコーディアは肩ごしにちらりと振り向き、フィービににっこりした。コンコーディアと同様、フィービも眼鏡をかけている。レンズの奥のいかにも知的な青い目には、十五歳にしてはひどく大人びた決意がみなぎっていた。

オールドウィック城へきてからのひと月のあいだにコンコーディアは、教え子たちの顔に現実のきびしさを痛いほど知っている大人びた表情が浮かぶのを、しばしば目の当たりにしていた。大人の女の入口に立ったいかにも若い淑女らしい、無邪気な喜びと熱狂にわれを忘れていると思った次の瞬間、その目から若さの輝きと期待が消え、恐怖と憂鬱《ゆううつ》におおわれるのだ。

生徒たちが根深い不安につきまとわれているのも無理のないことだ、とコンコーディアは思った。四人とも、この数か月のあいだに親を亡くして孤児になり、家族も財産もないまま人生の荒海に放り出されたのだ。大きな喪失感と不確かな将来への不安に、若い元気な心が絶えずさいなまれていた。

　コンコーディアにはそのつらさがよくわかった。彼女自身、十六歳になったばかりのときに、それまで住んでいた型破りな生活共同体と両親を失った。それから十年がすぎたが、そのときの悲しみと恐怖は、今もまだしょっちゅう夢に現れて彼女を苦しめた。

「厩も火事になったら？」エドウィナがたずねた。

「厩は中庭の反対側よ」コンコーディアは指摘した。「たとえ燃え広がっても、あそこまで火が到達するにはかなりの時間がかかるはずです」

「ミス・グレイドのおっしゃるとおりよ」シオドーラがまた元気を取りもどした口調で言った。「おぼえているでしょう。すぐには厩に燃え広がらないように、装置をしかける場所を慎重に選んだじゃないの」

「賽《さい》は投げられた」ハンナが高らかに言った。「わたしたちは運命の手にゆだねられているのだ」

　次つぎとわきあがる果てしない不安に取りつかれていないときには、ハンナは非凡な演技の才能を示す。つい先日十五歳になったばかりで、四人の生徒のうちでは最年少だったが、役になりきったり他人の癖をまねたりする直観的な才能に、コンコーディアはしばしば舌を巻いた。

「いいえ、運命の手にゆだねられているのではありません」コンコーディアはきっぱりと言い、肩ごしに四人を振り返った。「わたくしたちには計画があることを忘れないで。必要なのはただひとつ、その計画に従って行動することよ。わたくしたちがこれからするのは、まさにそれです」

その自信たっぷりの言葉で、シオドーラとエドウィナ、ハンナ、フィービは目に見えて元気を取りもどした。コンコーディアは何日もかけて、生徒たちに計画の重要性を教えこんだ。ひとりぼっちになった十年前、計画があるかぎり、人はめげずに大きな障害にぶつかっていけることを学んだのだ。

「はい、ミス・グレイド」ハンナがいかにも楽天的な表情で言った。表情豊かなこげ茶色の目はまだ大きく見ひらかれているが、声は落ちついていた。「計画はしっかり頭に入っています」

「大丈夫よ、きっとうまくいくわ」階段室の下に着いたとき、コンコーディアはもう一度振り向いて教え子たちの顔を見た。「第一段階はもううまくやりとげました。次は第二段階よ。わたくしが扉をあけて、前方にだれもいないかどうか確認します。みなさんは次になにをすべきかおぼえていますね？」

「南の壁沿いにある古い納屋の影を伝いながら、ひとかたまりになって厩へ向かいます」フィービが従順に暗誦した。

ほかの三人がこくりとうなずいた。マントの頭巾《フード》が後ろにおろされていて、真剣そのものの若い顔に浮かぶ、胸がしめつけられるほどの不安と決意がないまぜになった表情が見えた。

「みなさん、自分の荷物は持っていますね？」コンコーディアはたずねた。

「はい、ミス・グレイド」フィービが言った。両手で小さな帆布の袋を握りしめている。袋が妙な形にふくらんでおり、中に実験用の器具が入っているのがわかった。

その器具は、先月コンコーディアが城へきたときに持ってきた本や教材のなかにあったものだった。

コンコーディアはその日の午後、袋にはこの冒険に必要不可欠なものだけを入れるよう、生徒たちに最後の念押しをしておいたが、若者の場合、欠かせないものの概念が人によって大きく異なることは、よく承知していた。

ハンナ・ラドバーンの袋は妙に重いようだった。指示に反して、大切にしている小説を入れてきたのだろうとコンコーディアは思った。

シオドーラの袋は、置いていくようにと言われた絵の道具でふくらんでいる。

エドウィナの袋には、その週の初めにロンドンから届いた流行の新しいドレスがつめこまれていた。

その高価なドレスの贈り物が届いたことで、コンコーディアは状況が差し迫っているのを悟ったのだ。

「忘れないで」コンコーディアはやさしく言った。「もしなにかまずいことになったら、非常事態の合図を出します。そのときには、全員、袋を捨てて、大急ぎで厩へ走ると約束してちょうだい。わかりましたね？」

そのとたん、四人とも帆布の袋を取られまいとするようにしっかり抱えこんだ。「はい、ミス・グレイド」いっせいに従順な返事が返ってきたが、コンコーディアは気が重くなった。思いがけない災厄が起こったとき、持ち物を捨てるよう教え子たちを説得するのはむずかしいだろう。人はこの世でひとりぼっちになったとき、それがなんであれ、思い入れのある品物にしがみつくものだ。

コンコーディアにしても生徒たちをとがめることはできなかった。彼女自身、非常用荷造りの模範を示したとは言えなかったからだ。自分の袋を捨てるときは、心の悪魔と闘わなければならないだろう。袋には、亡くなった両親の写真が入ったロケットと、父が亡くなる少し前に出版した哲学の本が入っていた。

彼女は手提げランプの火を消した。階段室が深い闇に沈んだとたん、ハンナがおびえたような小さな声をあげた。

「落ちついて、ハンナ」コンコーディアはささやいた。「すぐに表に出るから」

古い差し錠をあけ、鉄製の取っ手をぐいと引く。年代ものの樫《かし》の扉をあけるのには、考えていた以上の力が必要だった。細くあいたすきまから赤い光が見えた。煙くさい冷たい空気が階段室に流れこむ。火を消そうとあわただしく走りまわっている男たちのわめき声が、急に大きくなった。

扉と最初の古い納屋とのあいだに人の姿はない。

「だれもいないわ」コンコーディアは言った。「いきましょう」

明かりを消した手提げランプをつかみ、先に立って表に出る。アヒルのひなよろしく、少女たちがぴったり後ろにつづいた。

あたりは気味の悪い黄色い光に包まれていた。広い中庭は大混乱で、黒い人影がいくつも走りまわり、ああしろ、こうしろとどなっている声が聞こえたが、だれもそれに従っているようには見えなかった。二人ほどが懸命に井戸から水を汲みあげていたが、どう見ても、城の少人数の使用人でこれほど大きな非常事態に対処するのは無理だった。

火が広範囲に燃え広がっているのを見て、コンコーディアは仰天した。さっきはまだ、いくつかの割れた窓から炎の赤い舌がのぞいているだけだったのに、少女たちを連れて古い階段をおりる数分のあいだに、火はまたたくまに新しい翼全体を包みこみ、激しく燃えさかっていた。

「まあ」シオドーラがつぶやいた。「あの火を消すのは無理だわ。夜が明ける前に、お城全部が焼け落ちるんじゃないかしら」

「あの発火装置でこれほどの火事になるなんて、考えてもいなかったわ」フィービが目を丸くして言った。

「わたくしたちには願ってもないことよ」コンコーディアは言った。「急いで、みなさん。ぐずぐずしているひまはありません」

彼女は小走りに進んだが、マントとドレスがずしりと重く感じられた。今夜走りにくいのは、ドレスの長いスカートと分厚い生地のせいだけではなかった。この数週間にドレスのあちこちに隠しポケットを作り、質に入れられそうな小物をどっさり縫いこんでおいたのだ。首尾よく生徒たちを隠れさせたら、盗んだ品々は食べ物などを買うために使うつもりだった。けれど今は、それらが鉛のかたまりのように思えた。

少女たちはコンコーディアのすぐ後ろにつづき、中央を縫い合わせて幅広のズボンのようにしたスカートで、楽々と走っていた。

ひとかたまりになり、かつては穀物や家畜の飼料が貯蔵されていたが、今は傾いて板が打ちつけられている納屋に沿って走る。

まもなく、五人は古い鍛冶《かじ》場の角を曲がった。前方の暗がりに厩が見えた。

コンコーディアが計画の次の段階に取りかかろうとしたとき、古い風車小屋の陰から大柄な男が出てきて、ゆく手に立ちはだかった。

炎の照り返しと月明かりであたりは明るく、造作の大きなその顔をはっきり見分けることができた。その日の昼間ロンドンからやってきた二人の男のうちのひとり、リンプトンだった。上着が焼けこげてぼろぼろになっている。

手には拳銃を持っていた。

コンコーディアはその場に棒立ちになった。少女たちもそれにならった。危険に直面し、本能的に教師のするとおりにしたのだろう。

「これはこれは、先生とかわいらしい生徒さんたちじゃありませんか」リンプトンが言った。「で、どこへいこうってんですか？」

コンコーディアは手提げランプの持ち手をぎゅっと握りしめた。「火事から逃げているのですよ、このおばかさん。どうか道をあけてください」

リンプトンがのぞきこむように彼女を見た。「厩へ向かってるんじゃありませんかい？」

「あそこが火事からもっとも遠い建物のように思えるからです」この人でなしに感じている軽蔑《けいべつ》のありったけをこめて、コンコーディアは言った。

ひと目見た瞬間から、彼女はリンプトンに嫌悪感を抱いていた。少女たちに向ける目に、見るからに淫《みだ》らな光があったのだ。

「なにかたくらんでるな」リンプトンが言った。

「ハンナ？」コンコーディアはリンプトンから視線をはずさずに言った。

「は、はい、ミス・グレイド？」

「『シャーウッド交差点』でロックハートの意外な正体を知ったときのアラミンタを演じて見せてちょうだい」

リンプトンの顔が困惑でゆがんだ。「いったいなにを——？」

けれど、ハンナはすでに見えない舞台に立っていた。そして、先週読み終えたばかりの扇情小説の主人公アラミンタに変身した。

苦悩と絶望の苦しげな声をもらして地面にくずおれ、完璧な気絶の演技を見せた。それは、才能に恵まれた女優の面目躍如たるものだった。

ぎょっとした顔で、リンプトンが大きな頭をめぐらして倒れた少女をのぞきこんだ。「このあまはいったいなんのつもりなんだ？　こんなばかげたことはもうたくさんだ」

「そんなことはありません」コンコーディアはつぶやいた。

そう言いざま、火を消した手提げランプを力一杯振りまわした。手提げランプの重い底部がリンプトンの後頭部に命中した。ガラスが割れて飛び散った。

リンプトンは声もあげずにがくりと膝《ひざ》を突いたが、信じられないことに、まだ拳銃を握っていた。

意識が朦朧《もうろう》としているだけで気絶はしていないとわかり、コンコーディアは、立ちあがろうとする彼を恐怖の目で見つめた。

あわててもう一度手提げランプを振りあげ、渾身《こんしん》の力をこめて振りおろす。

リンプトンが妙な声をもらして突っ伏し、そのまま動かなくなった。拳銃が石畳にころがった。火事の照り返しの明かりで、傷口からどす黒い液体があふれ出て頭の下にたまるのが見えた。

一瞬、全員が息をのんだ。やがて、ハンナがそそくさと立ちあがり、自分の袋をつかんだ。突然の暴力の結果に呆然《ぼうぜん》として、四人の少女たちはリンプトンをじっと見つめた。

「いきましょう」コンコーディアは懸命に冷静で落ちついた声を保とうとした。リンプトンの手から落ちた拳銃を拾いあげようとかがみこんだものの、手がはた目にもわかるほどぶるぶる震えていた。「厩はもうそこよ。ハンナ、まさに迫真の演技だったわ」

「ありがとうございます、ミス・グレイド」ハンナが反射的に言ったが、倒れたリンプトンから視線をそらすことができないようだった。「この人……死んだの？」

「死んだみたいね」フィービがつぶやいた。

「当然の報いだわ」エドウィナが意外にも満足そうな表情で言った。「ミス・バートレットを連れ去ったのは、この人とミスタ・ブーマーだったんです。言ったでしょう、ミス・グレイド、二人はミス・バートレットになにか恐ろしいことをしたに違いないって。お城のみんなは、あの先生は列車でロンドンへ帰ったと言ったけれど、絶対に、新しい手袋を置いていくはずがありません」

「こちらへ、みなさん」コンコーディアは言った。前任者が姿を消したことに関する少女たちの憶測が正しいことは、もう疑問の余地はなかった。「かたまって」

そのてきぱきした指示のおかげで、ぴくりとも動かないリンプトンにかけられた陰鬱《いんうつ》な呪文《じゅもん》から解き放たれて、少女たちが大急ぎでコンコーディアの後ろに集まった。

計画のもっともむずかしい部分が目前に控えているのを意識しつつ、コンコーディアは教え子たちの先頭に立って暗がりを進んだ。何度も練習を重ねてきたとはいえ、暗がりで馬に鞍《くら》と頭絡《とうらく》をつけるのは簡単ではない。

厩の責任者のクロッカーは、コンコーディアが運動の一環として少女たちに定期的に乗馬をさせる必要があると話しても、肩をすくめただけでほとんど関心を示さなかった。厩には婦人用の横鞍はひとつもなかったが、何度かせっついたところ、どこからかすりきれた農夫用の鞍を三具と、鞍と対になった頭絡を出してくれた。

城の厩にいる三頭は、村までの交通手段と必要品の輸送手段として使われる、力が強くておとなしい馬ばかりだった。

幸い、エドウィナとシオドーラは裕福な家で育ったので、幼いころから乗馬を習っており、みごとな腕前だった。おかげで、二人がフィービとハンナ、コンコーディアに乗馬の手ほどきをしてくれた。フィービとハンナは、若いのですぐに基本的な技術を会得した。しかしながら、コンコーディアは二人にくらべるとかなり苦労した。そして、けっして楽々と馬を乗りこなせるようにはならないだろうという気がした。

厩のいっそう深い暗がりへ入っていってもだれにも出会わず、コンコーディアは心底ほっとした。予想どおり、男たちは全員、消火作業にかかりきりだった。

三頭の馬は興奮していらだっていた。暗がりで蹄《ひづめ》を踏み鳴らす音が聞こえた。落ちつきのない低いいななきが聞こえる。火事の明かりで、三頭が不安げに入口のほうに顔を向けているのが見えた。三頭とも耳をぴんと立てて前に向けている。厩にはまだすぐに火が燃え移る危険はなかったが、馬は煙のにおいと男たちのどなり声で浮き足立っていた。

コンコーディアは馬具室の戸をあけて中に入り、持ってきたマッチを一本すった。

「急いで、みなさん。一刻もむだにはできません。荷物を置いて馬装にかかりましょう」

生徒たちは帆布の袋を床に置き、大急ぎで毛布と鞍、頭絡を取りにいった。

果てしなくくりかえした練習が今、実を結んでいることに気づいて、コンコーディアはほっとした。馬装作業は流れるように手早く進んだ。

だれがどの馬に乗るかについては、エドウィナとシオドーラがあらかじめ決めてくれていた。馬の扱いに慣れた双子が、万が一、馬が興奮してもうまく御せるという理由で、三頭の中で一番元気のいい牝馬に乗ることになった。フィービとハンナにはおとなしい去勢馬があてがわれた。

コンコーディアが乗るのは、残りの、ブロッチーという名前のがっしりした去勢馬だった。エドウィナとシオドーラがそう決めたのは、その馬がとりわけ落ちついた性格だと判断したためだった。通常の状況では、ブロッチーを速歩《はやあし》より上の歩様にするためには、かなり鞭《むち》を入れて刺激しなければならない。双子に言わせると、その欠点を補う大きなとりえは、ほとんどものに動じず、暴走したり、コンコーディアを振り落としたりする恐れが少ないことだった。

コンコーディアはリンプトンの拳銃を木のベンチに置き、不安が顔に出ないように気をつけて頭絡を持ちあげた。ブロッチーはすなおに頭絡に鼻を入れて馬銜《はみ》をくわえた。コンコーディアや生徒たちと同様、城から出たがっているようだ。

「ありがとう、ブロッチー」コンコーディアは頭絡をつけながらささやいた。「お願いだから辛抱してちょうだいね。わたくしがへたな乗り手だということは知っているわ。でも、今夜はどうしてもあなたの助けが必要なの。この子たちを、危険なこのお城から連れ出さなければならないのよ」

コンコーディアはブロッチーを馬房から引き出して、また拳銃をつかんだ。敷きわらのすれる低い音と革のきしむ音をたてながら、エドウィナとフィービが別の二つの馬房から馬を引き出した。

五人は三頭の馬に鞍をつけ、それぞれが乗る馬の鞍の後ろに、帆布の袋をしっかり結びつけた。

「乗馬」コンコーディアは命じた。

何度も練習したとおりに、少女たちが整然と馬を乗馬台へ引いていった。エドウィナとシオドーラが牝馬に乗り、フィービとハンナが楽々ともう一頭の馬にまたがった。

コンコーディアは厩の入口を見張りながら、最後まで待った。

自分の番がきたので、マントのひだがじゃまにならないよう左右に押しやり、拳銃をポケットに入れて、乗馬台にあがった。

「よく聞き分けておとなしくしてくれてありがとう、ブロッチー」

靴の爪先を鐙《あぶみ》にかけてブロッチーの大きな背中にまたがる。そのとたん、去勢馬がいつにない勢いで前に出た。

「落ちついて。お願いよ」

厩の入口で手提げランプの明かりが揺れた。

外の明かりを背に、がっしりした黒い人影が入口に立ちふさがった。男の握っている拳銃が手提げランプの光を受けて光った。

「さては、かわいいおてんば娘たちはここへきてたんだな」男が言った。「先生もいっしょか。部屋に姿が見えなかったから、逃げたんじゃないかという気がしたんだ」

コンコーディアの血が凍った。聞きおぼえのある声はリンプトンの相棒のボナーだ。

「どいてください」ありったけの威厳をこめて言う。「生徒たちを安全な場所へ連れていかなければなりません」

「黙れ、このまぬけ女」ボナーが銃口をコンコーディアのほうへ向けた。「おれはばかじゃない。火事におびえて寝床から飛び出したんなら、みんな寝間着を着てるはずだ。ところが、公園へ散歩にでもいくような格好をしてるじゃないか。わかってるぞ。娘らを盗むつもりなんだろう？」

「安全なところへ逃げようとしているだけです」コンコーディアは冷ややかに言った。「わたくしには生徒たちを守る責任があります」

「おおかた、この娘らが値打ちものだってことに気づいたんだな？　それで、自分で売ってひともうけしようと考えたんだろう、え？」

「なんの話かさっぱりわかりません」

コンコーディアは気づかれないように手綱を左手でまとめて持ち、右手をリンプトンの拳銃が入っているポケットに伸ばした。ほかにどうすべきか思いつかなかったので、そのままブロッチーをゆっくり前進させつづけた。

「ラーキンさまのものを盗んで逃げおおせると思うとは、完璧なあほうだぜ。まったく」ボナーがばかにしたように鼻を鳴らした。「おまえはもう死んだも同然だ」

コンコーディアは空いている右手をマントのポケットに滑りこませた。拳銃を握る。「なにをばかなことを言っているのですか。この子たちはわたくしの生徒です。火事から避難させなければなりません。念のために言うと、火は急速に燃え広がっているのですよ」

「わかってるさ。考えれば考えるほど、この火事は事故なんかじゃないと思えてきた」そのときやっと、ブロッチーが自分のほうへ向かってきていることに気づいたようだ。「そこで止まれ」

「あなたはこの子たちの身を危険にさらそうとしています。あなたが言うように、それほどの値打ちがあるとすれば、そのラーキンという人は、この子たちが危険にさらされているとわかったら喜ばないでしょうね」

「そのくそいまいましい馬を止めないと、今すぐおまえを殺すぞ」ボナーがすごんだ。

ブロッチーが不意に左に方向を変えた。自分のまずい手綱さばきで馬が混乱したせいなのか、それとも、人騒がせにも深夜に引っ張り出されたことに腹を立てて勝手にすると決めただけなのか、コンコーディアには判断がつかなかった。

どちらにせよ、馬を御して体の平衡を保つために、やむなくポケットの拳銃から手を離した。急に手綱を引かれたので、ブロッチーが頭を高くあげ、小さく円を描いてまわった。

「くそいまいましい馬を抑えろ」ボナーがあわててあとずさりしながら言った。

それを見てコンコーディアは、ボナーは彼女以上に馬のことを知らないようだと気づいた。都会で生まれ育ったに違いない。都会で自分の馬を持てるのは金持ちだけだ。それ以外の人間は、歩くか、交通手段が必要なら辻馬車か乗合馬車を使う。この男は金のかかった身なりはしているが、粗野な言葉遣いでお里が知れた。上流階級ではなく下層階級の出だ。生まれてこのかた、馬に乗ったことがあるかどうかもあやしい。

「その銃を使うときは気をつけてください」コンコーディアは懸命に手綱を引きながら言った。「このように狭い場所で撃てば、馬たちがおびえます。そうなったら出口めがけて突進して、途中にあるものはなんであれ踏みつぶすことでしょう」

ボナーがあわてて三頭の馬を順に見た。そしてようやく、自分が馬と出口のあいだに立っていることに気づき、手提げランプを下に置いて、不安そうに一歩さがった。

「馬どもをしっかり抑えておけ」

「一生懸命やっていますが、あなたのせいで馬が落ちつきをなくしているようです」コンコーディアはぐいと手綱を引き、ブロッチーにもう一度小さな円を描かせた。半分ほどまわったところでポケットに手を入れ、拳銃をつかんで引き出した。

うまくボナーの不意をつけますように。そして、拳銃を撃ってブロッチーが走り出しても振り落とされませんように、と祈るしかなかった。

馬がまた前進を始めたとき、コンコーディアの手には拳銃が握られていた。

彼女が発砲する体勢を整えようとしていたとき、入口近くの暗がりから黒い人影が現れた。黒い影は音もなくボナーの背後に近づき、二度、手で強くなぐりつけるような動きをした。

まるで電気にでも撃たれたように、悪党の体が激しくけいれんしたかと思うと、地面にくずおれた。

だれも口をひらかなかった。コンコーディアと少女たちは目を丸くして黒い人影を見つめた。

男がしなやかな身のこなしでコンコーディアのほうへ進んできた。

「あなたが先生ですね」男が言った。

コンコーディアは自分がまだ拳銃を握っているのを思い出した。

「どなたですか？」彼女はたずねた。「なにをしているのですか？」

男は立ち止まらなかった。床に置かれた手提げランプの明かりの輪を横切るとき、全身黒ずくめなのが見えた。ゆらめく明かりに一瞬、こげ茶色の髪と冷静ないかめしい顔が浮かびあがった。けれどコンコーディアが目を凝らしたときには、もう明かりの輪から出て暗がりに入っていた。

「それについては、全員の安全が確保されてから話しましょう」男が言った。「そちらに異議がなければですが？」

男は今しがた、ロンドンからやってきた男を一撃で倒した。ということは、謎のラーキンの一味ではなさそうだ。古い格言がコンコーディアの頭に浮かんだ。〝敵の敵は味方〟

今夜、彼女には味方が必要だった。

「異議などありません」コンコーディアは拳銃をポケットにもどした。

「それを聞いてほっとしました」男が生徒たちを見た。「このお嬢さんたちはちゃんと馬に乗れますか?」

「四人とも乗馬の腕前は確かです」コンコーディアは少し得意な気分で請け合った。

男がブロッチーの手綱をつかんで落ちつかせた。「今夜初めてのいい知らせだ。それ以外はさんざんな夜だった」

そして、コンコーディアがあれほど念入りに鞍の後ろにくくりつけた荷物をはずした。

「それはわたくしのです」彼女は鋭く言った。「置いていくわけにはいきません」

「では、しっかり持っていることですね」

コンコーディアは袋を腋《わき》にはさみ、あいているほうの手であぶなっかしく手綱を持った。

そのとき、力強い手で足首をつかまれた。

仰天して下を見る。「いったいなにをするつもりですか?」

次の瞬間、男にはいちいち許可を取る気などないことがわかった。さっさとコンコーディアの足を鐙からはずして自分の長靴《ブーツ》の爪先をかけ、楽々と彼女の後ろに跳び乗った。

そしてコンコーディアの手から手綱を取って片手に持つと、ブロッチーを残り二頭の馬のほうへ寄せた。

「手綱を渡してください、お嬢さんがた。外は煙が濃く立ちこめてきています。格好の隠れ蓑《みの》になるが、そのいっぽうで、離れたらお互いの姿を見つけるのはむずかしい」

エドウィナとフィービがすなおに手綱を渡した。

「よろしい、では、出発」

男の膝が動き、去勢馬が勢いよく前に出た。

馬がいきなり前に飛び出したので、コンコーディアは不意をつかれた。あわてて鞍の前部をつかんだものの、もう少しで荷物を落とすところだった。

「生徒たちは全員すばらしい乗り手です」彼女はかろうじて言った。「でも、残念ながら、わたくし自身はまだ初心者の域を出ていません」

「それなら、しっかりつかまっていることですね。あなたのおかげで、今夜はもういやというほど面倒をかけられている。落馬しても、止まって拾いあげる気になるかどうかは約束できません」

口調から、男が本気だということがコンコーディアにはわかった。だから必死で鞍にしがみついた。

濃い煙と、炎が燃えさかる音と男たちのどなり声にまぎれて、一行は厩から襲歩《ギャロップ》で飛び出し、南門へと向かった。

コンコーディアには、自分がこの先一生、その夜の二つのできごとをまざまざと思い出すだろうとわかった。城を焼きつくす炎のすさまじい轟音《ごうおん》と、安全な場所へ向けて馬を飛ばすあいだ、ぴったり押しつけられていた見知らぬ男性の体の、たくましさと力強さを。

3

川の対岸にある低い丘の上で、男が馬を止めた。

このように長時間駆歩《かけあし》をつづけることには慣れていなかったので、ブロッチーとほかの二頭はすぐに止まった。そして、首をさげて脇腹を大きく上下させ、鼻の穴をふくらませて荒い息を吐いた。

馬を駆っての逃避行であがった息を整えながら、コンコーディアは燃えている城のほうを振り返った。月明かりに照らされた眺めはこの世のものとは思えなかった。火事の炎が赤々と輝くたいまつのように見えた。これほど離れても、煙のいがらっぽいにおいがまだはっきり感じられた。

「見て」フィービが指さした。「火が旧館に燃え移っているわ。旧館の部屋に隠れることにしなくてよかった」

「この分だと、じきにお城全部が灰になってしまうわね」シオドーラが呆然とした声で言った。

　コンコーディアの後ろにすわっている男が引きしまった体をわずかに動かして、はるか後方の火事現場を見るべく、馬の頭をめぐらして向きを変えた。

「あの火事はあなたがたのしわざですね？」男がたずねた。

　今ふと気づいた、きわめて興味深い新たな発見を分析検討しているかのような、考えこんだ口調だった。

「発火装置の薬剤を調合したのはフィービとミス・グレイドです」ハンナが言った。「導火線はエドウィナとシオドーラとわたしが縫いました。家具の後ろの壁に沿って走らせても気づかれないようにするために、細くて長い導火線が必要だったのです」

「しかも、燃えるのが速すぎも遅すぎもしない材料で作る必要がありました」シオドーラがつけ加えた。

「みんなで何度も実験しました」エドウィナが言った。

「ロンドンからきた男たちが夕食後に葉巻とポート酒を楽しむ部屋の近くに、装置を隠して導火線を引いたのは、ミス・グレイドでした」ハンナが説明した。

「そして、ミス・グレイドが導火線に火をつけました」フィービが言った。「なにもかも計画どおりにいきました」そこで言葉を切って振り向き、はるか向こうの火事に目をやった。

「ただ、あれほど大きな火事になるとは思ってもいませんでした」

「まったく、たいしたものだ」男がそっけなく言った。「そう、この誤算は、だれでもないわたし自身のせいだ。城には女子寄宿学校のようなものがあると村でうわさされていたのに、城で実際におこなわれていることを隠すために広められた作り話だろうと考えて、信じなかったのだ」

男が二頭の手綱をエドウィナとフィービに返した。

きわめて親密としか表現しようのない形で背中に押しつけられている男の体を、コンコーディアは今さらながらに強く意識した。当面の危険は去った。そろそろ事態を掌握する必要がある。

「おかげで本当に助かりましたが、どうか、どなたなのか教えてください」

「アンブローズ・ウェルズと申します」

「わたくしが知りたいのはお名前だけではありません、ミスタ・ウェルズ」コンコーディアは静かに言った。

ウェルズが火事に視線を向けたまま答えた。「綿密に練りあげた計画を、つい先ほど、あなたと生徒さんたちにめちゃくちゃにされた人間です」

「なんのことか説明してください」

「その前にまず、あなたの名前とお嬢さんがたの名前を教えていただけませんか？　ともに修羅場をくぐりぬけてきたことを考えれば、名乗ってもらって当然だと思いますが」

暗に無作法を指摘されて、コンコーディアは顔がかっと熱くなるのを感じた。今夜は、アンブローズ・ウェルズのおかげでどれほど助かったことか。ささやかな礼儀を示すくらいのことはしてもいいはずだ。

「ええ、そうですわね」コンコーディアは口調をやわらげた。「コンコーディア・グレイドと申します。このお嬢さんたちを教えるために雇われました。こちらは、エドウィナとシオドーラ・クーパー、そしてハンナ・ラドバーンとフィービ・レイランドです」

「よろしく」アンブローズが鷹揚《おうよう》に会釈した。

少女たちがそれに応えてあいさつの言葉を口にした。幼いころ身についた礼儀は危急の場合でも忘れないものだ、とコンコーディアは思った。

「では、わたくしたちが脱出するとき、都合よくあの場に居合わせて助けてくださったのはなぜか、おたずねしてもよろしいですか？」

ウェルズが手綱を引き、ブロッチーの首を燃える城の方向から反転させて、前進の合図を出した。

「その質問の答えはこみいっていて、とてもひと言では説明できません、ミス・グレイド。ですから、もう少しくつろげる場所に落ちついてからにしたほうがいいと思います。生徒さんたちはそろって大胆なお嬢さんのようですが、今夜はもう充分な刺激を味わったはずです。じきに疲れが出ることでしょう。朝まで休める宿をさがしましょう」

「宿屋に泊まっても安全だとお思いですか？」コンコーディアはたずねた。

「ええ」

彼女は顔をしかめた。「お言葉ですが、その考えには賛成できません。わたくしの計画は、幹線道路を避けて、夜明けまでにできるだけ遠くまでいくというものです。そして、木立かどこかの人目につかない場所で休んで、持参した食料を食べるつもりでした」

「ほう？　わたしにはえらく不自由そうに思えますね。おそらく、宿の寝台と食事のほうが、はるかに疲れが取れるでしょう」

アンブローズ・ウェルズは他人の助言や指図を受けるのに慣れていないことが、だんだんはっきりしてきた。

「どれほどの危険に直面しているかということが、よくわかっていらっしゃらないようですわね、ミスタ・ウェルズ。ロンドンからきたあの二人の男が意識を取りもどしたら、間違いなくわたくしたちをさがしにくるはずです」

「大丈夫、今夜もこの先も、あの二人の悪党がさがしにくる心配はありません」

その声が冷ややかで妙に抑揚がなかったので、コンコーディアの体に冷たい恐怖が走った。

「本当に、その、確かですか？」不安な思いでたずねる。

「ええ、ミス・グレイド、確かです。ひとりは死にました。もうひとりも、意識を取りもどしてもしばらくは朦朧として見当識を失っているでしょう」ウェルズが手綱を持ちなおしてブロッチーの速度をあげた。「古い納屋のそばに転がっていた男を倒したのはあなたですね？」

コンコーディアはごくりと唾をのみこんだ。「ご覧になったのですか？」

てです」

「ええ」

コンコーディアは荷物をぎゅっと握りしめた。「あのようなことをしたのは生まれて初め
「それで、彼は……？」

「ええ」


「あなたは必要なことをしたのです、ミス・グレイド」

手提げランプの二度目の殴打で、リンプトンは文字どおり完全に息の根を止められたのだ。コンコーディアはぶるっと身震いした。軽いめまいがした。

そのとき、ふとあることに気づき、あっと息をのんだ。「人殺しで指名手配されるわ」

「落ちついて、ミス・グレイド。たとえ地元の警察が城の焼け跡を調べることができたとしても、消火作業中に炎から逃げようとして起こった事故で死んだとされるでしょう」

「どうしてそう言いきれるのですか？」

月明かりを受けたウェルズの口がゆがんで笑みが浮かぶのが見えた。「大丈夫ですよ、ミス・グレイド、少女たちを教育することを生業《なりわい》にしている婦人に、拳銃を持った冷酷な犯罪者を殺すことができるなどとは、だれも考えもしないでしょう」

「あなたがなぐり倒した男はどうなのですか？　起こったことをみんなにしゃべるのではないでしょうか？」

「意識を取りもどしても、なぐり倒される直前のできごとはなにひとつおぼえていないはず

です」

　コンコーディアは荷物をぎゅっと握りしめた。「そういえば、あなたは今夜お城で起こったことを逐一ご存じですわね」

「あなたもです、ミス・グレイド。当面、われわれはお互いを信用するほかないようですね」

4

夜中の一時すぎ、アンブローズはようやく宿屋の居間にコンコーディアと二人だけになった。宿の亭主が夜更けの客のために燃やしてくれた暖炉の炎が、何世代もの旅人を迎えてすりきれ傷だらけになった調度を、やわらかく照らしている。

宿に着くとすぐ、疲れはてた生徒たちは、あくびを嚙《か》み殺した女将《おかみ》に冷製の肉とポテトパイをあてがわれたあと、二階の寝室へ案内された。そして宿の主人夫婦はその夜二度目の戸締りをして、自分たちの部屋へ引き取った。

アンブローズは宿の亭主のシェリー酒をグラスに注いで、コンコーディアに渡した。

彼女が顔をしかめた。「わたくしは――」

「飲みなさい」静かに命じる。「寝つきがよくなる」

「そうですか?」コンコーディアがグラスを受け取り、おずおずとひと口飲んだ。「ありがとうございます」

アンブローズはうなずきながら、彼女はまだ自分を極度に警戒しているようだと考えた。無理もないだろう。今夜の城のできごとで彼女が果たした役割について、いくつかたずねたいことがあった。

暖炉のところへいって片腕を炉棚にのせ、コンコーディアをじっくり眺める。薪《まき》の火が彼女のなめらかな茶色い髪に躍り、眼鏡の金色の縁をきらりと光らせた。年は二十代半ばだろう。昔から美人とされる正統的な整った顔だちとは言えないが、アンブローズは彼女に圧倒的な魅力を感じた。煙ったような緑色の目は、見る者を引きこんでしまいそうなほど深く、同時に、はるかに年を重ねて経験を積んだ婦人の、容易に人を信用しない用心深さがあった。

ドレスのぴったり体に沿った胴着の線から、小さく上品な胸のふくらみと、現在の流行ほどには細くないウエストのくびれがうかがわれた。先ほどまで馬の背でやむなく体を密着させていたので、魅力的な丸いヒップの持ち主だということはわかっていた。

アンブローズは婦人の服装の流行にはあまり関心がなかった。コンコーディアの体つきは服飾雑誌や新聞に描かれているものとは少し違っているようだが、彼にはひどく好もしく思えた。

ふるまいには自負と優雅さが感じられた。彼の目には不屈の負けじ魂と見える活発な内なる力と知性によって、どんな化粧品も及ばないほど輝いている。おそらくくたくたに違いない今ですら、あふれんばかりの活力と決意がみなぎっており、アンブローズは賞賛の気持ちを抑えられなかった。

いや、賞賛ではなく、欲望だ。それこそが、今彼がコンコーディアに感じているものだった。そう考えると心穏やかではなかったが、事実から目をそむけても意味がない。

この反応には純粋に肉体的な要因があることはわかっていた。危険に直面したあとはいつもこうなのだ。おまけに、彼女と体を密着させて馬の背で二時間揺られた。さらに、コンコーディア・グレイドという婦人はまだ大きな謎だった。生まれつきのものに加えて、職業柄、アンブローズは真相をさぐって答えを出さずにはいられなかった。

もっとも、こうした論理的な理由のどれも、彼が今夜この婦人に感じている不可解な魅力の説明にはなっていなかった。

コンコーディアがまたひと口シェリー酒を飲んだ。グラスを持つ手が小刻みに震えている。ひと息ついた今、緊張と危険、味わった恐怖の影響が現れてきたのだ。しかし、これはまだ序の口だとアンブローズは思った。最悪なのは、人間の頭蓋骨を砕いたというまぎれもない事実を、彼女がはっきり理解したときだ。

その身震いするほどの恐怖を実感するのはたいがい夜中だということを、アンブローズは経験から知っていた。暗い考えは暗い時間にふくらむ。彼の個人的な経験からすると、コンコーディアはこの先、数日どころか、何週間も何か月も、いや何年にもわたって、夜中にときどき、冷たい汗をかいて目をさますことになるだろう。

自分と教え子たちを助けるためにやったことだとわかっていても、悪夢を止める役には立たない。アンブローズは修行を通じて、暴力行為は危険な錬金術のようなものだと考えるようになっていた。それを用いる者に強大な力を与えるが、いっぽうで大きな代価が要求される。

「そうしたければ、話は明日の朝にして、少し休んでもかまわないが」アンブローズは自分がそう言っているのに気づいて驚いた。そんなことを言うつもりなどなかった。明日ではなく、今すぐ答えを知りたかった。今日は思いどおりにいかないことだらけだった。慎重に作りあげた計画は、文字どおり煙の中についえてしまった。早急に新しい計画を考えなければならない。

しかし、今夜は彼女をこれ以上追及する気にはなれなかった。

「いいえ」コンコーディアがシェリー酒を置き、決然とした表情で彼と向き合った。「お互いの質問には今答えておくのが一番だと思います。まず、なぜ今夜お城へいらしたのか、それを知りとうございます。目的はなんだったのですか？」

「近くの農家の廃屋に身を隠して、丸一日、城の人の出入りを見張っていました。ある人物が到着するのを待っていたのです。情報源の話では、まもなく、遅くとも明日かその翌日には到着するはずだということでした。しかしながら今夜のできごとで、もう現れないだろうと言ってよいでしょう」

「その人物というのはだれですか？」

「アレクサンダー・ラーキンです」その名前がコンコーディアにとって心当たりのあるもの

かどうかを探るべく、アンブローズは彼女の顔をじっと観察した。

コンコーディアの目が眼鏡のレンズの奥で大きくなった。「ラーキンという名前はお城でときどき耳にしましたが、いつもひそひそと小声で話されていました。どうやら、その人のことはわたくしの耳に入れてはいけないことになっているようでした。でも、今夜、その名前をまた聞きました」

「というと？」

「ロンドンからきた悪党のひとり、厩でわたくしたちの前に立ちはだかった男が、ラーキンのものを盗んで逃げおおせられると考えるとは、完璧なあほうだという意味のことを言っていました」グラスを持つ手に、それとわかるほど力がこもった。「それだけではなく……いえ、お気になさらずに。もうどうでもいいことです」

「それだけでなく、なにを言ったのですか？」アンブローズはやんわりとうながした。

「『おまえはもう死んだも同然だ』と」そう言って、ただでさえまっすぐな肩をいっそう怒らせた。「そのアレクサンダー・ラーキンについてなにかご存じですか？」

「ロンドンの暗黒街でもっとも悪名の高い男です。言うならば、犯罪界の長、闇の帝王ですね。ロンドンの最下層からのしあがった人間で、今でこそ金持ちの紳士のような暮らしをしているものの、上流階級とはまったく無関係で、当然のことながら、上流社会には受け入れられていません」

「外見はどこから見ても上流階級なのに、その仲間に入れてもらえないのですね」手を温めようとするかのように、コンコーディアがシェリー酒のグラスを両手ではさんでまわした。

「ちょうど、商売で財をなしたお金持ちのようですわね」

「確かにラーキンは商売人です。売春宿や阿片窟《あへんくつ》を始め、さまざまな非合法な事業でもうけています。何度も殺しの容疑をかけられているが、常に、犯罪行為とは用心深く距離を置き、自分では直接手をくださないようにしています。その結果、警察は逮捕できるだけの証拠をつかむことができないのです」

コンコーディアの口がぎゅっと結ばれた。「それで、お城のわたくしの前任者の身に起こったことについて、生徒たちが憶測していたことが裏づけられたようですわね」

「あなたの前にも教師がいたのですか？」

「はい。ミス・バートレットという婦人です。いたのはほんの数週間でした。ある日の午後、リンプトンと相棒がお城にやってきて、その夜、生徒たちはそれぞれの部屋に鍵をかけてとじこめられました。翌朝、部屋から出ることを許されたときには、ミス・バートレットは消えていました。ロンドンからきた二人の男もです。お城の使用人たちの話では、ミス・バートレットは解雇され、荷造りをして朝早く男たちに鉄道の駅まで送ってもらったということでした。けれど少女たちは、二人がミス・バートレットになにか恐ろしいことをしたに違いないと考えました」

「どうしてそう考えたのですか？」

「ミス・バートレットが、お気に入りの手袋を始めとして、身のまわりの品をいくつか残していったからです」

アンブローズはひょいと眉をあげた。「鋭い観察だ」

「少女たちの観察力は、お城の人たちが考えているよりはるかに鋭いと言えます」コンコーディアがぐいと顎《あご》をあげた。「天涯孤独で財産もない人間は、じきに、周囲の小さなこと――ほかの人びとが見すごすようなことに、注意を払うようになるものです」

「それはわたしもよく知っています、ミス・グレイド」

コンコーディアが値踏みするような目で彼を見つめた。「そうですの？」

「ええ」

アンブローズはそれだけしか言わなかったが、コンコーディアは彼の言葉を受け入れたようだった。

「結局わたくしも、最初の教師の身に、生徒たちの言うとおりのことが起こったのではないかと考えるようになりました」しばらくしてコンコーディアが言った。「おわかりでしょうが、すぐに生徒たちの考えに同調したわけではありません。若い婦人は極端に想像をふくらませがちだということは、よく承知しています。ことに、長期間、頼れる人もなく放っておかれるとね。生徒たちはお城にきてからずっと捨て置かれていました。つまり、わたくしがやってくるまでは、ということですが」

「あなたはいろいろすることを与えていたようですね」アンブローズは愉快になって言った。

「ミスタ・ウェルズ、きびしく統制するのがよいことだと考えているわけではありません。けれど、ある程度の規律と日課を課すことは、子供たち、とくに孤児《みなしご》になった子供たちに大きな安心感を与え、心の落ちつきをもたらします」

アンブローズはその洞察力に感心した。「つづけてください」

コンコーディアが咳払いをした。「ミス・バートレットが使っていた部屋に残されていた手袋を生徒たちから見せられたとき、正直なところ、おやと思いました。教師のお給料はそれほど高くありませんから、身のまわりの品をうっかり忘れる余裕などありません。ところが、その手袋は新品同様で、かなり高価そうでした」

アンブローズは納得したしるしに眉をあげた。「生徒たちがそのことをあなたに話したのは、いつごろでしたか？」

「お城に着いてしばらくたってからです。みんな、最初はわたくしを警戒していました」コンコーディアが片手で軽く振り払うようなしぐさをした。「無理もありません。まだ年端もいかないのに、あの子たちの暮らしは激変してしまったのです。当然のことながら、秘密を打ち明けるのにはひどく慎重になっています」

「若者について非常によく理解しておられるようですな、ミス・グレイド」

「正直なところ、ミス・バートレットの不可解な出発について生徒たちが話してくれるころには、わたくしもすでに、控えめに言っても、状況がひどく妙だということに気づき始めていました」コンコーディアがため息をついた。「実は、最初から、オールドウィック城の話にはなにか裏があるような気がしていたのです」

「なぜですか？」

「本当とは思えないほどいい話だったからです」

アンブローズはちょっと考えた。「失礼ですが、ミス・グレイド、人里離れた辺鄙《へんぴ》な場所にある荒れ果てた城で四人の少女を教える仕事が、なぜ本当とは思えないほどいい話なのですか？　わたしにはまるで逆のように思えますが」

「ある仕事をどう考えるかは、人がそれを提示されたときどういう状況にあるかによって変わります」コンコーディアがそっけなく言った。

「おっしゃるとおりです」

「そのときわたくしは、折悪しく、ロンドン近郊にある女学校の非常に居心地のいい勤め口を解雇されたところで、なんとしても新しい職を見つけたいと思っていました。お城の勤め口を提示したミセス・ジャーヴィスの手紙が届いたときには、心底ありがたくて、即座に引き受けました」

アンブローズは眉を寄せた。「ミセス・ジャーヴィスというのはだれですか？」

「職業紹介所を経営している婦人で、女学校の職を紹介してくれたのもそこでした。学校や個人の屋敷に教師や家庭教師を紹介しているのです」

彼はうなずいた。「城での職については、どのような説明を受けたのですか？」

「オールドウィック城に、親を亡くした少女のための新しい慈善学校が設立されたと書かれていました。わたくしをその新しい校長にということでした。今のところ、お城に住んでいる生徒は四人だけだけれど、これからもっとふえる予定だとも。それはもう……」いかにも気落ちしたように小さく肩をすくめる。「願ってもない話に思えました。言うならば、夢がかなったのです」

「夢というと、ミス・グレイド？」

「自分の学校を持つことです」疲れきっているにもかかわらず、コンコーディアが突然生き生きした表情になった。「女子の教育についての、わたくし自身の哲学と信念を実践できる学校を」

「なるほど」好奇心がむくむくと頭をもたげたが、今は彼女の夢についてあれこれ質問している場合ではなかった。「オールドウィック城の女学校の後援者の名前は聞かされましたか？」

　コンコーディアが用心するように身を硬くしたのを見て、アンブローズは自分の口調がひどく鋭くなっていたことに気づいた。

「紹介所からの手紙には、ミセス・ジョーンズという人だと書かれていました。隠遁《いんとん》した暮らしをしているお金持ちの未亡人だということでした」

「ほかに知らされたことは？」

「ほとんどありません。この先わたくしが受ける指示に関しては、だれにも口外しないようにということだけでした。ミセス・ジョーンズが求めているのはただひとつ、細心の注意を払って生徒たちの評判を守ることでした。オールドウィック城に着いたわたくしは、四人の生徒たちに満足しました。フィービもハンナもエドウィナもシオドーラも、利発で意欲のある生徒でした。教師にとっては願ってもないことです。でも、先ほども言ったように、なにか変だと感じました」

「ミセス・ジョーンズという婦人はいないと言っていいでしょうね。ミス・バートレットの手袋が見つかったことのほかに、あやしいと思ったのはどんなことでしたか？」

「家政婦は必要最小限しか口をきかないむっつりした婦人で、じきに阿片中毒だとわかりました。料理人には何度もきびしく意見せざるをえませんでした。生徒たちのために健康的な食事を作ろうという気がまったくなくて。厩の責任者はぐうたらの大酒飲みでした。庭師たちは庭の手入れをまったくしないばかりか」――コンコーディアはそこで言葉を切り、わずかに目を細くした――「拳銃を持ち歩いていました」

「庭師ではなく、番人だな」

「わたくしにもそう見えました」コンコーディアがシェリー酒をもうひと口飲んで、ゆっくりグラスを置いた。「でも、なによりわたくしが不安になったのはドレスでした」

アンブローズは彼女を見つめた。「ドレスとは？」

「十日ほど前、ロンドンからわざわざ仕立屋がやってきたのです。高価な生地を何反もたずさえて、お針子を三人連れてきました。そして生徒たち全員に、すてきなドレスを何着も新調したのです。ミセス・ジョーンズは、生徒たちが社交界にデビューするときの準備をしようと考えているということでした。でも、そんなのは意味がありません」

「なぜ意味がないと?」

その質問に、コンコーディアはいらだちを隠そうともしなかった。「少女たちはみんなしかるべき身分の家の出です。実際、エドウィナとシオドーラはかつては特権階級に属していましたが、今は四人とも孤児《みなしご》です。財産も遺産も縁故もありません。遠い親戚はいるものの、自分の家に引き取ろうと名乗り出るほど気にかけている人はいません」

アンブローズはそれについてちょっと考えてみた。「言っている意味はわかりました。四人とも社交界に入る見こみはないということですね」

「そのとおりです。せいぜい、教師か家庭教師の職につければ上々というところです。それなのに、なぜ、舞踏会や劇場にふさわしいドレスをあつらえるのでしょう?」

「どうやら、あなたは最悪のことを考えたようですね」

「ええ、ミスタ・ウェルズ、そのとおりです」彼女が膝の上で片手を握りしめた。「当世風の高級娼婦として売られる準備が進められているのだと考えました」

「それはありうるでしょうね」アンブローズは考えながら言った。「さっきも言ったとおり、ラーキンは売春宿を何軒も所有して莫大な利益をあげています」

「少女たちを孤児院から連れ出して娼婦として働かせる商売があることは、何度か新聞紙上をにぎわしたので目になさったことがあるはずです。本当にぞっとしますわ。にもかかわらず、警察はそれを止める手立てをほとんど取っていません」

「ええ、しかし、あなたの生徒たちが送られたのは売春宿ではなく、オールドウィック城だった。教師も雇われた。そして、あなた自身が言ったとおり、少女たちの評判は厳重に守られていました」

「生徒たちは普通の娼婦にされるのではないと思います。よく考えてみてください、ミスタ・ウェルズ。あの子たちは四人ともきちんとした家庭で育てられました。お行儀がよくて、育ちもよく、しかるべき教育を受けています。上流階級の洗練された言葉遣いも身につけています」

「つまり、下層階級の出ではないということですね」

「ええ。わたくしは世間知らずではありません。世間の風にたっぷり当たっています。ですから、上流階級の淑女さながらにふるまうことのできる高級な娼婦の需要があることは、よく知っています」

彼女がそのような現実をさらりと口にしたことにアンブローズは仰天したが、どうにか驚きを押し隠した。そういう話題を、コンコーディアのような身分の婦人が、しかも感情をまじえずに平然と口にするなど、聞いたことがなかった。

「確かに」彼は認めた。

「もしも、本当に上流階級の出身で、それとわかるものごしと優雅さを身につけていたら、そういう婦人たちはどれほど値打ちがあることでしょう？　純真で若くて純潔であることは、言うまでもありません」

「その点についてはまったく同感です。しかしながら――」

「今夜偶然、近いうちにひらかれる予定の競売《オークション》について、リンプトンと相棒が話しているのを耳にしました。もっとも高い値段をつけた買い手に生徒たちを売るつもりだったに違いありません」

「競売？」

コンコーディアが膝に置いていた手をぎゅっと握りしめた。「ええ」

アンブローズはそれについてちょっと考えてから、ゆっくりうなずいた。「あなたの言うとおりかもしれません。そう考えれば、妙なことだらけのこの状況の説明がつく」

「あなたはこの件とどういう関わりがあるのですか？　なぜお城を見張って、ラーキンの到着を待っていらしたのですか？」コンコーディアの顔がぱっと明るくなった。「警察のかたですか？　ひょっとして、ロンドン警視庁《スコットランドヤード》のかた？」

「いいえ。私的な調査を請け負っていて、今はある客の依頼で、その妹の死の真相を調べています」

「私立探偵なのですか？」コンコーディアは見るからに驚いたようだった。しかし次の瞬間、その美しい目に好奇心が燃えあがった。「なんて興味深いこと。そういうお仕事をしておられるかたに会ったのは初めてです」

「これからもわたしに興味を持ちつづけてもらいたいものですね、ミス・グレイド。当分のあいだ、たびたび顔を合わせることになりそうですから」

「え？」

アンブローズは暖炉のそばを離れてコンコーディアの前に立った。「今夜あのような騒ぎが起こったことで、ラーキンはあなたが彼の計画に気づいたと思うでしょう。さらに、自分の所有物とみなしているものを取りもどそうとするでしょう。つまり、全力をあげてあなたと生徒たちをさがすはずです」

コンコーディアが固まった。「わたくしが生徒たちをお城から連れ出したのに腹を立てるだろうということは、わかっています。ですから、あの子たちをしばらくどこかに隠しておくつもりです」

アンブローズは両手で彼女の上腕をつかみ、やさしく、しかし断固として椅子から立ちあがらせた。「自分が相手にしているのがどれほど冷酷無比なひとでなしか、あなたにはわかっていない。あの娘たちを隠すことはおろか、あなた自身がアレクサンダー・ラーキンから隠れおおせるかどうかも、大いに疑問です」

「スコットランドへ連れていこうかと考えていたのですが――」

「たとえ南洋へ連れていったとしても、ラーキンがなんとしても見つけようと考えたら、安全とは言えないでしょう。そして、彼はそうするつもりだと思います」

「数週間か、せいぜい一、二か月のあいだでしょう」コンコーディアが穏やかに言った。

「四人の少女と教師をさがすために、それ以上の時間と労力をかけるとは思えません。あなたがおっしゃるように闇の帝王だとすれば、いつまでもそんなことにかかずらってはいないでしょう」

「ラーキンにとってなにより重要なのは、自分の身の安泰です。あなたがもう自分の脅威ではないと確信するまでは、絶対に手をゆるめることはないと言ってよいでしょう」

「わたくしがラーキンのような人間の脅威になるわけがないでしょう?」コンコーディアは明らかに腹を立てているようだった。「わたくしは一介の教師ですよ。上流階級につてもなければ、どんな力も持っていません。アレクサンダー・ラーキンの身に危険を及ぼす可能性があるようなことができる立場にもありません。それは、わたくしと同様、ラーキンにもわかっているはずです」

「あなたはやり残しの未解決事項なのです、ミス・グレイド。ラーキンはなにかをするとき、けっして未解決事項を残したままにはしません。あなたが生徒たちを連れて逃げたことを知ったら、彼とその計画について知りすぎているという結論をくだすでしょう。間違いなく、あなたを見つけたら殺します」

コンコーディアが二度、三度とまばたきをしてから、ゆっくり大きな息を吐いた。

「わかりました」

その落ちつきぶりにアンブローズは舌を巻いた。男女を問わず、今の彼の話をこれほど平然と受け止められる人間は、そんなにはいないだろう。コンコーディア・グレイドは、実に変わった婦人だ。

アンブローズは腕をつかんでいた手を放した。「もう休みなさい、ミス・グレイド。今のあなたには睡眠が必要だ。善後策については、また朝になってから相談しましょう」

驚いたことに、コンコーディアがゆがんだ微笑みを浮かべた。「今のお話を聞いたあとでは、眠れるはずなどないでしょう」

「そうかもしれませんが、とにかく休まなくてはいけません。朝は、全員そろってなるべく早くここを発つつもりです」

彼女の目にまた警戒の色がもどった。「わたくしの生徒たちについて、なにか考えがおありのようですわね、ミスタ・ウェルズ」

「ええ、あなたについてもです、ミス・グレイド」

「どんな考えですか？」

「明日は最寄りの鉄道の駅までいって、あなたと生徒たちはそこから一等車でロンドンへ向かいます。あなたがたが列車に乗るのを、大勢の人が目にするでしょうね」

「でも、ラーキンについてあなたがおっしゃったことが正しければ、すぐに、わたくしたちがロンドンへ向かったことを突き止めるはずです。そして、向こうでわたくしたちをさがすでしょう」

「彼がさがすのは、四人の若い婦人と教師です」

コンコーディアがあらためてしげしげと彼を見つめた。「なにをなさるつもりなのですか？」

「手品です。ロンドンに着くと同時に、あなたたちは全員かき消すように姿を消すのです」

「どういう意味ですか？」彼女が鋭い口調でたずねた。

「朝になったら説明します」

コンコーディアがちょっとためらった。彼におやすみを言おうか、説明を求めようかと迷っているのがわかった。

「おやすみなさい」彼女が静かに言った。「力になってくださってありがとうございました。あなたがいらっしゃらなかったら、無事に逃げられたかどうかわかりません」

「ミス・グレイド、あなたなら自力で首尾よく逃げ出したことでしょう。知り合ってまだほんの数時間ですが、間違いなくあなたは、わたしがこれまで会っただれよりも機略縦横の婦人です」

その言葉をどう受け止めればいいのかわからないというように、コンコーディアが小さく会釈して、階段をあがり始めた。スカートの裾《すそ》が最初の段をかすったとき、こつんと小さな音が聞こえた。

「ミス・グレイド、どうも、あなたが歩くと小さな音がするようですね」アンブローズは言った。「先ほどスカートが扉の枠をかすったときにも、音がしたのに気がつきました。正直なところ、気になってならないのですが。新しい流行かなにかですか？」

コンコーディアが立ち止まって肩ごしに振り向いた。「とんでもない。お城から逃げ出したら、生き延びるためにお金が必要になります。それで、この数週間に、小さな銀器やお金になりそうな小物を部屋へ持ち帰っては、スカートの中に縫いこんだのです」

アンブローズは感心して軽く頭をさげた。「うまいやりかたですね、ミス・グレイド。すりや街娼がよく使う手です」

コンコーディアが憤然として言った。「言っておきますが、わたくしは常習的などろぼうではありません」

どういう気でそんなばかなことを言ってしまったのだろう？　コンコーディアがそれをほめ言葉と受け取るはずがないことくらい、わかっていてしかるべきだった。

「あなたをどろぼう呼ばわりするつもりはありませんでした、ミス・グレイド」

けれど、今さら手遅れだということはわかっていた。もう取り返しはつかない。

「生徒たちの身の安全のために、やるべきことをしただけです。ほかに方法がなかったのです」

「それはよくわかっています。あやまります、ミス・グレイド」

「おやすみなさい、ミスタ・ウェルズ」

一段ごとにスカートをこつん、かつんと鳴らしながら、コンコーディアは階段をあがって暗がりに消えた。

アンブローズは暖炉の前にもどり、長いこと火を見つめていた。

あの教師がどろぼうを高く評価していないのは明らかだった。

残念だ。

彼は非常に腕のいいどろぼうなのだ。

5

コンコーディアは足早に客室へ向かった。アンブローズ・ウェルズは彼女をそこいらのどろぼうか、客の持ち物を盗む娼婦としか見ていなかった。いや、彼にどう思われているかなど、どうして気にする必要があるのだ？　二人は運命のいたずらで偶然出会ったにすぎない。今回の件が片づいたらまたそれぞれの道に分かれて、それで終わりになるはずだ。

結構ではないか。異常な状況のもとで小物を盗んだだけでどろぼうとみなすとすれば、彼女の型破りな過去を知ったら、彼はいったいどう思うだろうか？

客観的に考えよう。今夜彼女が犯した罪の中では、ささやかな盗みなど取るに足りないものだ。人を殺してしまったのだから。

口がからからに渇いた。うつ伏せに倒れて頭の傷口から血が流れ出ているリンプトンの姿が、悪夢の一場面のように目の前に浮かんだ。

コンコーディアはその光景を頭から押しのけた。神経衰弱になるのは、もう少し落ちついてからでも遅くない。今は、ほかのもっと重要なことを心配する必要がある。フィービとハンナ、エドウィナ、シオドーラを守ることに考えを集中しなければ。

同室のハンナとフィービを起こすまいとして、音をたてないように小さな部屋へ入る。

「遅かったですね、ミス・グレイド」フィービが上掛けを顎の下に押し当てたまま、暗がりで起きあがった。「ハンナと二人ですごく心配していたんですよ」

「ええ」寝台の反対側でハンナが身じろぎし、いっぽうの肘を突いて体を起こした。「大丈夫ですか、ミス・グレイド？」

「元気そのものよ、ありがとう」コンコーディアは化粧台の蠟燭《ろうそく》をつけて、髪のピンをはずしにかかった。「いったいどうして大丈夫ではないなどと思ったの？」

「ミスタ・ウェルズが先生をいいようにしようとするのではないか、そうハンナが言ったんです」フィービがいつものようにずばりと言った。

「わたくしをいいようにする、ですって」コンコーディアはくるりと振り向いたが、スカートが化粧台の横に当たってこつんと音がしたので、かすかにたじろいだ。「まあ、ハンナ、なんということを考えていたのですか？　言っておきますが、ミスタ・ウェルズは非の打ちどころのない紳士でしたよ」先を見越した彼女の工夫を、すりや娼婦が使う小細工になぞらえた唾棄《だき》すべき評言を別にすれば、と声に出さずにつけ加える。けれど、今夜は少しばかり神経過敏になっているのかもしれない。

「本当に、これっぽっちもなれなれしいことをしようとはしませんでしたか？」ハンナが心配そうにたずねた。

「ええ、まったくね」コンコーディアは請け合った。そのとたん、自分でも説明のつかない、妙に残念な思いがこみあげてきた。

「まあ」ハンナが見るからにがっかりしたようすで枕に頭をもどした。「ひょっとして、先生に口づけをしてもらうことを期待しているのではと思ったのに」

「どうしてそんなことを期待するの？」コンコーディアはウエストをきつくしぼったドレスの前の留め金をはずした。「わたくしたちは今夜会ったばかりですよ」

「ハンナは、ミスタ・ウェルズが先生の感謝の念につけこんで、口づけをしなければならないような気持ちにさせるんじゃないかと考えたんです」フィービが説明した。

「なるほどね」きつい胴着と小物を縫いこんだ重いスカートから解放されてほっとしながら、コンコーディアは足からドレスを脱いだ。「その点なら心配は無用です、ハンナ。ミスタ・ウェルズはそのような紳士的ではない策を弄《ろう》する殿方ではありません」

「どうしてそう言いきれるのですか？」ハンナがたずねた。

コンコーディアはドレスを壁のフックにかけながら、その質問について考えた。なぜ、アンブローズ・ウェルズは婦人の弱みにつけこむような人間ではないと思うのだろうか？

「ひとつには、そのようなことをする必要はないだろうと思うからよ」おもむろに言う。「自分から進んで口づけをする婦人にこと欠くとは思えないわ」

「どうしてですか？」ハンナが心底困惑した声をあげた。「あの人は、ちっとも美男子じゃありません。言わせてもらうなら、ひどく恐ろしげな顔だちです。ライオンや狼《おおかみ》などの獰猛《どうもう》な獣みたいだわ」

「それに年寄りだし」フィービが平然と言い放った。

コンコーディアは一瞬言葉につまり、鏡の中の、蠟燭の明かりに照らされた少女たちの顔を見つめた。同じ人物のことを言っているのだろうか？　これまで会った中で、アンブローズ・ウェルズは抜きん出て魅力的な男性だと思ったのに。

「あなたの目にはきっと、ミスタ・ウェルズは老年にさしかかっているように見えるのでしょうね、フィービ。無理もないわ、まだ十五歳ですもの」コンコーディアは努めて軽い口調で言った。「言っておきますが、あのかたはわたくしより少し年上なだけよ」

多くて五、六歳、と無言でつけ加える。ものに動じない落ちついたふるまいと自制のせいで、実際の年齢より老けて見えるのだろう。

フィービが上掛けの下で膝を立てて体に引き寄せ、両腕で抱えた。「でしょうね。でも、ハンナの言うとおりだと思います。あの人に口づけをしようとする婦人が列をなしているなんて、とても思えません」

コンコーディアは寝台の足元に腰をおろし、踵《かかと》がすり減ったアンクルブーツのひもをほどいた。「もう少し大人になったらわかるわ。きっと、ミスタ・ウェルズのような殿方は、とても魅力的なだけでなく、めったにいないということがわかるはずよ」

フィービがぽかんと口をあけた。そしてくすくす笑い出したが、声がもれないよう、あわてて片手で口を押さえた。

コンコーディアはいさめるように彼女をにらんだ。「なにがそんなにおかしいの、お嬢さん？」

「もし口づけをしてほしいと言われたら、先生はミスタ・ウェルズに口づけをなさるわ、そうでしょう？」フィービが興味津々の口調で言った。「きっと、あの人に抱きしめてもらおうとしてならぶ婦人たちの列に加わられるわ」

「ばかばかしい」コンコーディアは蠟燭を吹き消した。「どれほど魅力的な殿方であろうと、口づけをするための列にならんだりはしません」

「本気でミスタ・ウェルズを美男子だと思っていらっしゃるのですね」ハンナがうっとりした口ぶりで言った。

「でも、列などなかったら？」フィービがいつものように論理的にたずねた。「ミスタ・ウェルズに口づけをしたい婦人が先生ひとりだけだったら？　そうしたら、抱きしめさせてあげますか？」

「もうたくさん」コンコーディアは月明かりを頼りに寝台へ向かった。「こんなばかげた話はこれでおしまいにしましょう。ミスタ・ウェルズと口づけをする話題にはもう加わりません。おやすみなさい、みなさん」

「おやすみなさい、ミス・グレイド」ハンナがささやいた。

「おやすみなさい、ミス・グレイド」フィービが枕に頭をつけた。

コンコーディアは上掛けをめくって寝台に滑りこんだ。

生徒たちがすぐに眠りに落ちる気配が感じられた。彼女にはそれがうらやましかった。遠い昔に学んだとおり、過去には目を向けず、将来のことだけを考えようと努力する。今夜、彼女の境遇は大きく変わったが、このようなことに遭遇したのは初めてではなかった。新しい計画が必要だ。計画があるかぎり、前に進みつづけることができる。

けれど、新たな計画の中に、アンブローズ・ウェルズをどのように組みこめばいいのだろうか？ 謎のアレクサンダー・ラーキンに関する彼の知識は、このうえなく貴重だ。しかしながら、この件では彼には独自の目的があるのは明らかだ。私立探偵というのは、正確にはなにをするのだろうか？ だれに雇われたのだろう？ このまま、生徒たちの身の安全をゆだねていいものだろうか？ ゆだねるとしても、いつまで？

寝台の反対側で起こった低いかすれ声で、コンコーディアは月明かりの中の夢想から引きもどされた。

ハンナが突然起きあがった。息遣いが荒い。「いや。いや、お願いだからドアをしめないで。お願い」

フィービが寝ぼけたまま身じろぎした。「ミス・グレイド？」

「大丈夫よ。ここにいます」コンコーディアはすでに寝台から起き出していた。

急いで寝台の足元をまわってハンナの側へいき、悪夢にうなされた少女を抱きしめる。

「落ちついて、ハンナ」

「真っ暗だわ」ハンナが夢うつつのぼんやりした声でつぶやいた。「いい子にします。お願いだからドアをしめないで」

「ハンナ、お聞きなさい」コンコーディアは震えている少女の肩をやさしくたたいた。「暗い場所にとじこめられてなどいません。ほら、月が見えるでしょう。とても明るいわ。窓をあけましょうか？」

ハンナがぶるっと身震いした。「ミス・グレイド？」

「ここにいます。フィービもよ。なにも心配はいらないわ」

「あの夢を見たんです」ハンナがつぶやいた。

「ええ、わかっているわ」コンコーディアは言った。「きっと、今夜の騒ぎで記憶がよみがえったのね。でも、もう大丈夫よ」

「ごめんなさい、ミス・グレイド」ハンナがシーツの端で目を押さえた。「先生とフィービを起こすつもりはなかったんですけど」

「わかっています。もうなにも心配はいらないわ」

ハンナの息遣いが穏やかになるまで、コンコーディアはやさしく背中をなでてなだめた。

やがてハンナがまた枕に頭をつけると、コンコーディアは立ちあがって寝台の反対側へもどった。

「ミス・グレイド？」ハンナが暗がりでささやいた。

「なあに？」

「ロンドンに着いたら、ウィンズロウにいるお友達のジョーンに手紙を出してもいいですか？　彼女のことがすごく心配なんです。オールドウィック城にいたあいだに何通も手紙を書いたのに、返事がまったくなくて」

先ほどアンブローズから聞いたアレクサンダー・ラーキンの恐ろしさを考えて、コンコーディアはちょっと口ごもった。

「しばらくのあいだは、だれとも連絡を取らないほうが賢明でしょうね、ハンナ」やさしく言う。「心配しないで、安全になったらすぐジョーンに連絡してかまわないわ」

フィービが枕の上で頭を動かした。「わたしたちはまだすごく危険なんですか、ミス・グレイド？」

「しばらくは用心しなければね」コンコーディアは言葉を選びながら言った。「でも、ミスタ・ウェルズが力になってくださるし、このような状況ではとても頼りになる人のようだわ」

「このような状況って、正確にはどんな状況ですか、ミス・グレイド？」フィービがいつもの好奇心を発揮してたずねた。

それがわかりさえすれば、とコンコーディアは思った。「少しばかりこみいっているのよ、フィービ。でも、きっとなんとかするから、心配ないわ。さあ、少し眠りなさい」

コンコーディアはじっと横になったまま、少女たちの規則正しい穏やかな息遣いに耳を澄ましていた。そしてハンナとフィービがまた眠りに落ちたとわかると、目をとじた。

……膝を突いたリンプトンが立ちあがろうとしている姿が見えた。手にはまだ拳銃を握っている。その後頭部が大きくへこんで……。

はっと目がさめた。心臓がどきどきしている。

部屋の外の廊下にだれかいる。なぜわかったのか自分でも定かではなかったが、しまっているドアの向こう側にだれかがいるのが感じられた。

アンブローズだろう。そうに違いない。

そろそろ寝にあがってくるころだ。この一時間、宿の亭主のシェリー酒を酔っ払うまで飲んでいたのでなければいいが。けれど、コンコーディアはすぐにその考えをしりぞけた。今夜見たところからすると、それほど自制心のない人間でないことは明らかだ。いずれにせよ、先ほどコンコーディアにシェリー酒を注いでくれたとき、彼自身はまったく飲んでいなかった。

客室のドアがあいてしまる音が聞こえるのを待ったが、いつまで待っても聞こえなかった。なにをしているのだろう？　なぜ自分の部屋へ入らないのだろうか？

もし思い違いだったら？　廊下をうろついているのはだれかほかの人間かもしれない。ほかの泊まり客だろうか？　エドウィナかシオドーラだろうか？

ことによると、城のだれかが追ってきたのかもしれない。

コンコーディアの体を電気のような恐怖が貫いた。ドアの下に見える剃刀《かみそり》の刃のように細いほのかな光を、じっとにらみつける。

一秒か二秒ほど、コンコーディアはそのまま固まって、身じろぎをすることも息をすることもできなかった。

やがて意志の力を振りしぼり、そっと寝台から滑りおりた。少女たちはぐっすり眠っている。

部屋はすっかり冷えていたにもかかわらず、腋の下を冷たい汗が流れるのがわかった。手さぐりで眼鏡をさがしてかける。そしてマントのところへいき、ポケットをさぐった。リンプトンの拳銃の握りをつかむと、静かに引っ張り出す。

扉の前までいき、もう一度廊下をじっとうかがう。何者にせよ、まだだれかいる。文字どおり、気配が感じられた。

きっとアンブローズだろう。けれど確かめるまでは安心できない。

コンコーディアは差し錠をはずし、細くドアをあけた。

廊下の端の窓から月の光が差しこんでいた。ドアの細いすきまからは、階段のおり口のあたりがわずかに見えるだけだった。だれもいない。もっとも、そこからでは廊下の一部しか見えず、ドアの右側は見えない。

「どうやらシェリー酒は効果がなかったようですね」暗がりから、低く抑えたアンブローズの声がした。

一瞬ぎくりとしたあと、コンコーディアはほっと安堵《あんど》の息をついた。拳銃をおろし、ドアをもう少し広くあけて首を突き出した。

最初は彼の姿はどこにも見えなかった。やがて理由がわかった。目の高さには立っておらず、脚を交差させて床にすわり、手で軽く膝を抱えるようにしていた。静けさに包みこまれている。

「ミスタ・ウェルズ」コンコーディアは穏やかに言った。「あなたの足音が聞こえたような気がしたのです。そんなところにすわって、いったいなにをしていらっしゃるのですか？お休みになったほうがいいですわ。わたくしたちと同様、あなたにも睡眠が必要です」

「ご心配なく、ミス・グレイド。寝床へおもどりなさい」

こんな時間に押し問答をするわけにはいかない。宿屋の主人夫婦はもちろん、生徒たちを起こしたくなかった。

「わかりました、そうおっしゃるのなら」コンコーディアはおぼつかない口調で言った。

「自分がなにをしているのかはわかっています、ミス・グレイド」

コンコーディアはしぶしぶドアをしめて差し錠をかけた。寝台へ引き返すと、眼鏡をはずして拳銃とともに卓に置き、上掛けの下にもぐりこんだ。

ドアの下からもれる細い光を見つめたまま、アンブローズの奇妙な行動についてしばらく考える。

先ほどの質問に答えは必要なかった。なぜ外の冷たい廊下にいるのか、なぜ先ほどシェリー酒に手も触れなかったのか、聞かなくてもわかった。見張り番をしているのだ。

厚い上掛けをかけているにもかかわらず、コンコーディアは寒気を感じた。

彼が徹夜の見張り番が必要だと感じているということは、とりもなおさず、アレクサンダー・ラーキンをひどく危険な人間だと思っているということだ。

6

アンブローズは、差し錠のほとんど聞こえないくらいのカチリという音に耳を澄ました。つづいて、寝静まった宿屋の音を点検した。夜の自然の音に隠れた、ごく小さな音も聞き分ける訓練を積んだ彼の耳にも、警戒を必要とする音はなにも届かなかった。

ふたたび、心の中の静かな場所へと沈んでいく。これから夜明けまで眠らずにいるつもりだったが、この内なる世界にいると、眠っているのと変わらない休息を取ることができるのだ。同時に、問題点をじっくり考え、可能性をさぐることができた。

当面、差し迫った最大の気がかりは、さっきコンコーディア・グレイドが言った言葉だった。〝あなたの足音が聞こえたような気がしたのです〟

それはありえない。自分がまったく音をたてなかったのはわかっていた。同様に、廊下を歩くとき、ドアの下の光を自分の影が横切るようなへまをしなかったのも間違いない。夜の暗がりでの動きかたは心得ている。彼はその道の達人だった。

〝あなたの足音が聞こえたような気がしたのです〟

アンブローズの胸にあの夜の記憶がよみがえった……。


階段の上の深い闇の中で、少年は縮こまって震えていた。書斎から聞こえるくぐもった怒声に耳を澄ます。父親が謎の訪問者と口論している。言葉ははっきり聞き取れないものの、双方とも怒声をあげていた。家の中に危険な黒い潮流が満ちている気がした。父親の声は憤怒で引きつっていた。

「きみは平然と彼女を殺したではないか、え？　証明することはできないが、きみがやったのはわかっている……」

「あんな女、どうでもいいじゃないか」見知らぬ客が低い声で言った。「知らなくてもいいことまで知った、ただのメイドだ。あの女のことなど忘れろ。もうじき大金が手に入るんだ……」

「……もうこれ以上この件に関わるつもりはない……」

「このまま抜けることなどできないぞ……」

「いや、そうするつもりだ」

「たまげたね、コルトン」客が言った。「あんたは若いときからずっと詐欺師でペテン師だったじゃないか。もうちっとものがわかってると思ってたが」

「腐るほど金を持っている紳士から数千ポンドの金を巻きあげるのと人殺しは、まったく別ものだ。わたしが人殺しをよしとしていないのは知っていたはずだ」

「だからこそ、あんたには言わなかったのさ」客が言った。「ぐだぐだ言うだろうという気がしたんだ」

「わたしがあやしまないとでも思ったのか？　彼女は無垢《むく》な娘だったのに」

「それほど無垢でもないさ」客が陰気な笑い声をあげたが、最後はしゃがれた咳になった。「安心しろ、あの女が寝た男はおれが初めてじゃなかった」

「今すぐ出ていけ。二度とくるな。わかったか？」

「ああ、コルトン、よおくわかったよ。残念だな。相棒のあんたを失うのは残念だが、あんたの意思を尊重する。安心しろ、もう二度とおれと会うことはない」

突然、鋭い爆発音が家じゅうに響き渡った。

拳銃の轟音に仰天して、少年はしばらく動けなかった。なにが起こったのかはわかっても、事実を受け入れることができなかった。

不意に、階下の書斎のドアがひらいた。少年は階段の上の暗がりに立ちすくんだまま、書斎の机の上で燃えているガスランプの光の中で客が動くのを見つめていた。

恐怖で身動きできないにもかかわらず、少年は無意識のうちに、人殺しの風体を詳細に頭に刻みこんだ。金髪、頬ひげ、上等な仕立の上着。

男が階段のほうを見た。

階段をあがってきて少年を殺すつもりに違いない。父親が死んだことと同様、それもはっきりわかった。

男の長靴《ブーツ》が階段の一番下の段にかかった。

「起きてるのはわかってるよ、ぼうや。残念ながら、悲しい事故が起こってな。今しがた、あんたの親父さんは自分で命を絶った。おりておいで。これからはおれが面倒をみてやるから」

少年は息を止めて、自分も影のひとつになろうとした。

人殺しが階段をあがり始めた。そして、はたと足を止めた。

「ちくしょう、家政婦だ」そうつぶやいて、また咳をした。

まわれ右をして階段をおりていく男を、少年はじっと見つめた。人殺しは暗い廊下へと消えた。ミセス・ダルトンがいるかどうか、部屋へ見にいくつもりなのだ。

少年はミセス・ダルトンが部屋にいないのを知っていた。今夜は休暇を与えられたのだ。父親は違法な仕事をするとき使用人が家にいるのを好まなかった。

大人の目撃者がいる心配はないとわかったら、客は、今夜起こったことを警察に話す恐れがあるたったひとりの人間をさがしにくるはずだ。

少年は階段の手すりの上からのぞき、人殺しがもどってくるまでに、長い階段をおりて玄関から安全な夜の闇の中へ逃げるのは、とうてい無理だと悟った。

進退きわまった……。

7

　翌日、アンブローズは魔法でも使ったように順調にことを運んでくれた。その手際のよさと交渉力に、コンコーディアはただ舌を巻いて感心するばかりだった。姿を消す作戦をこれほどうまく実行できる人間は、この広い世界にも数えるほどしかいないだろう。

「要は、できるだけ単純にやることです」駅で五人を見送るとき、アンブローズが説明した。「それと、人間は自分が見るはずだと思うものを見るものだということを、頭に入れておくことです」

　コンコーディアが気づいたときにはもう、アンブローズの姿は消えていた。けれど列車が駅を出る直前、混雑した三等車にみすぼらしい身なりの農夫が乗りこむのが見えた。身のこなしから、コンコーディアにはその男がアンブローズだとわかった。

　途中、列車はいくつもの小さな町や村の駅に停まり、乗客はときどき車外に降りては、こわばった脚を伸ばした。数時間後、行儀のいい少女たちと引率の教師が、一等車からにぎやかなロンドンの駅に降り立った。五人はすぐに四輪の辻馬車に乗りこんだ。馬車は午後のほこりっぽい混雑した街に消えた。

それから一時間ほどして、客でごったがえす商店街から労働者階級の若者が四人出てきた。四人は帽子をかぶり、ズボンに上着と襟巻といういでたちで、ぼろぼろのマントを着た花売りのあとをぶらぶらとついていった。

一行は人で混み合う野菜市場を抜けて、農夫の空《から》の荷馬車に乗った。すぐに荷台に防水布が広げられ、五人の姿を隠した。

コンコーディアはときおり帆布のすきまから、馬車が走っているあたりの景色を見た。じきに市場の喧騒《けんそう》は聞こえなくなり、馬車は細い路地や曲がりくねった暗い通りを走った。そして、客でにぎわう店や質素な住宅がならんでいる地区に入った。やがて、優雅な邸宅や整然と整備された広場がつづく地区へ入っていった。

コンコーディアが仰天したことには、荷馬車は大きな屋敷の裏口のどっしりした鉄の門をくぐり、ガラガラと音をたてて石畳の中庭へ入って停まった。

荷台の帆布が勢いよくめくられた。御者台から、農夫の帽子をかぶってみすぼらしい服を着たアンブローズが見おろしていた。

「新しい宿へようこそ、みなさん」そう言って、庭師の格好をしたひょろりと背の高い中年の男に手綱を放った。「こちらはミスタ・オーツです。オーツ、こちらは、ミス・グレイドと生徒のフィービにハンナ、シオドーラ、エドウィナだ。しばらくここに滞在することになるだろう」

「ようこそ、ご婦人がた」オーツが帽子のひさしに手をやった。

「初めまして、ミスタ・オーツ」コンコーディアは言った。

生徒たちが陽気にあいさつした。

丁重にあいさつされて、オーツは妙にうれしそうな、と同時に照れくさそうな表情を浮かべた。そしてなにやらぼそぼそとつぶやいて、赤くなった。

耳の尖《とが》った毛づやのいい大型犬が二頭飛び出してきて、一行の目の前で止まった。その冷たい賢そうな目を見て、コンコーディアのうなじの毛が逆立った。そして、いつか博物館で見た、ジャッカルの頭をしたエジプトの神の像を思い起こした。

「ダンテとベアトリーチェです」アンブローズが言った。

コンコーディアは不安な思いで犬を見た。「咬《か》みますか？」

アンブローズの笑みは二頭の犬の笑みと似ていなくもなかった。「むろんです。招かれざる客の喉笛を引き裂かないようでは、番犬を飼う意味がないでしょう？　しかし、ご心配なく。あなたと生徒さんたちはきちんと紹介されましたから、安全です」

「本当に？」

アンブローズの笑みが顔全体に広がった。「絶対に大丈夫ですよ、ミス・グレイド」

「ねえ、とっても楽しかったわね」フィービが男性に手を貸してもらうのを待たずに荷台から飛び降り、ダンテのぴんと立った耳の後ろをなでた。「このズボンがとても気に入ったわ。

股を縫い合わせたスカートより、はるかに楽でいいもの」そして期待をこめた表情でコンコーディアを見た。「これを持っていていいですか、ミス・グレイド?」

「いけない理由はないでしょう」コンコーディアは言った。犬がフィービになでてもらって喜んでいるようなのを見て、ほっと肩の力を抜く。「ある意味では、とても実用的ですもの」

ベアトリーチェがコンコーディアに近づいてきて、長い鼻面を彼女の手に押しつけた。コンコーディアはその頭をこわごわなでた。

「わたしもこのまま男物の服を持っていたいわ」ハンナが荷台の後部で立ちあがり、ズボンのウエストバンドに両手の親指を引っかけてポーズを取った。と、次の瞬間、人通りの激しい通りの角で新聞を売っている若者に変身した。「スカートとペティコートよりずっと楽ね。ズボンをはくと別人になったような気がするわ」

エドウィナが自分の粗末な服を見おろして鼻にしわを寄せた。「楽だけれど、あまりおしゃれじゃないわね」

「でも、男の子に変装するのはおもしろかったわ」シオドーラがオーツの手を借りて荷台から降りた。「商店街でまわりの通行人がわたしたちをよけていたのを見た?」

「懐中のものをすられるんじゃないかと心配したからだと思うわ」ハンナが顔をゆがめて言った。

アンブローズはおもしろがっているようだった。「そのとおりだよ、ハンナ。それもみな、きみの演技力のなせる業だ。感心したよ」そう言って軽々と地面に飛び降りるといたずらっぽい笑みを浮かべたので、コンコーディアは驚いた。「それはあなたもですよ、ミス・グレイド。これほどそれらしい花売りを見たのは初めてだ」

「そうですよ、ミス・グレイド」フィービが言った。「そのみすぼらしい服を着ると、すごくおばあさんに見えますね」

コンコーディアはため息をつき、髪を包みこんでいたよれよれのスカーフの結び目をほどいた。「ありがとう、フィービ」

「一体全体、どうやってこんな古い荷馬車と老いぼれ馬を手に入れなすったんですか?」オーツが小声でアンブローズにたずねた。

「親切な農夫から借りたのだ」

オーツが疑わしそうな顔をした。「借りた、ですと?」

「そんな顔で見なくてもいいだろう、オーツ」アンブローズがオーツの背中をぽんとたたいた。「ちゃんと借り賃は払った。当然、農夫はこの上等な馬車を返してもらいたがっている。返してきてくれないか? ブリンクス通りの劇場のそばに、馬と荷馬車を置いておくことになっているのだ」

「はい」オーツが御者台にあがって手綱を振った。

これほど奇妙な形でアンブローズが帰宅したというのに、オーツは少しも驚いたふうではなかったとコンコーディアは思った。このようなとっぴなできごとには慣れっこになっているようだ。

「さあ、中へ入りましょう。ミセス・オーツに紹介します」アンブローズが言った。「家を切り盛りしてくれている婦人で、あなたがたを部屋へ案内してくれるはずです」

あっと思ったときには、アンブローズがコンコーディアの腕を取って勝手口のほうへ歩き出した。彼女はそのたくましい手の感触を痛いほどに意識して、なぜか、みっともないぼろぼろの服を着ているのが残念でならなかった。

その思いから気をそらすべく、裏口へ向かうあいだ、大きな屋敷の外観をじっくり眺めた。

均整の取れた高い窓とみごとな円柱が配されたパラディオ様式の美しい館《やかた》で、周囲を高い石の塀とよく手入れされた庭に囲まれている。きわめて優雅ではあるけれど、全体に、なにがなし難攻不落の要塞という雰囲気が漂っていることに、コンコーディアはいやでも気がついた。そのとどめがダンテとベアトリーチェだ。

少女たちは興奮してにぎやかにしゃべりながら、犬といっしょに裏口へ駆けこんでいった。そういう生徒たちを見て、コンコーディアの胸に不安がふくらんできた。あの子たちをここへ連れてきたのは正しいことだったのだろうか？　もっといい選択肢があったのではなかろうか？

屋敷の敷居をまたぐとき、彼女は一瞬ためらった。

「とてもりっぱなお屋敷ですわね、ミスタ・ウェルズ」生徒たちに聞こえないように小声で言う。「あなたのお家なのでしょうね」

「実のところ、そうではありません」

コンコーディアは不意に足を止めた。「どういう意味ですか？」

「持ち主はジョン・ストーナーという人物です」

コンコーディアは眉を寄せた。「そのかたはここにおいでなのですか？」

「いいえ」アンブローズが言った。「あいにく、今はいません」

謎のミスタ・ストーナーの不在を伝えるその言いかたが、少しばかりさりげなさすぎるように思えた。

「本当に、わたくしたちがお世話になってもかまわないのでしょうか？」

「突然帰ってこないかぎり、屋敷に客がいることなど知る由《よし》もありませんよ」アンブローズが請け合った。

コンコーディアはその口調が気になった。「わかりませんわ。ミスタ・ストーナーはどちらにいらっしゃるのですか？」

「今は大陸のどこかにいるはずです。はっきりしたことを言うのはむずかしい。ストーナーのすることは予測がつかなくてね」

「なるほど。それで、あなたとそのミスタ・ストーナーとはどういうご関係か、おたずねしてもよろしいですか？」

アンブローズがちょっと考えてから言った。「古くからの知り合いと言ってさしつかえないでしょうね」

「お気を悪くなさらないでいただきたいのですが、ずいぶん漠然とした説明ですのね」

「心配は無用ですよ、ミス・グレイド」アンブローズが穏やかに言った。「保証します、あなたと生徒さんたちはここにいれば安全です」

その瞬間、コンコーディアは電気に打たれたようにはっきり悟った。生徒たちがアンブローズ・ウェルズから危害を加えられることはない、と直感でわかったのだ。ただし自分の気持ちの安全に関しては、そこまでの確信はなかった。

8

ポツン、ポツン、ポツンと窓の外に雨が落ちる低い音で、コンコーディアは目がさめた。のどかで気持ちの落ちつく音だった。しばらくじっと横になったまま、雨音に耳を澄ます。目ざめたとたん、こみあげてくる不安と緊張を味わわずにすむのは、何週間ぶりのことだろう。脱出計画を考えなくてもいい初めての朝だった。

最初の計画どおりには運ばなかったとはいえ、少女たちは無事にオールドウィック城から逃げ出した。今朝なにより重要なのはそれだ。これからどうするか、早急に新しい計画を考えなければならないが、朝食を食べてからでも遅くない。

コンコーディアは上掛けをめくると、眼鏡をかけ、昨夜ミセス・オーツがどこからか出してきてくれた部屋着《ガウン》を羽織った。城から持ってきた洗面用具を手に、部屋のドアをあける。

寝室の外の廊下にはだれもいなかった。ミセス・オーツの話では、この階でほかに使われているのはアンブローズの部屋だけということだった。少女たちがあてがわれた部屋はもうひとつ上の階だった。

廊下にほかにだれもいないことを確認して、期待に胸を躍らせて浴室へ急ぐ。昨夜、広い浴室がなんともすばらしいことを発見していたので、またそれを使うのが楽しみだった。ジョン・ストーナーは謎の人物ではあるけれど、近代的な浴室設備の重要性を知っているようだ。

浴室はぴかぴかの白いタイル張りの広大な空間で、退廃的と言ってもいいほど豪華だった。設備と備品はすべて、衛生的な最新の意匠を取り入れたものだった。壁から出ている二つの水栓からは、家の壁に沿って取りつけられた管を伝って、水だけでなく湯も出た。洗面ボウルはぴかぴかに磨きあげられており、浴槽の上にはシャワー設備まであった。

浴槽の隣にある水洗トイレは、芸術と現代の技術が融合したすばらしいもので、便器の外側と内側の両方に、黄色いひまわりの畑が描かれていた。あのように手のこんだ優雅な代物には、めったに出合えるものではない。

こういうぜいたくにはすぐに慣れることができる、とコンコーディアは思った。

取っ手に手を伸ばしたとき、浴室のドアがひらいた。彼女は驚いて立ち止まり、自分の部屋の扉を肩ごしにちらりと振り向いて距離を測った。

けれど、逃げるだけのひまはなかった。

白いタイル張りの浴室からアンブローズが現れた。異国風の刺繍《ししゅう》がほどこされた黒いサテンの部屋着を着ており、髪の毛は濡れてくしゃくしゃだった。

「ミスタ・ウェルズ」

コンコーディアは片手に洗面用具の入った小さな袋を持ったまま、空いているほうの手で部屋着の前をつかんだ。どうしよう、寝床から起き出したばかりのように見えるに違いない。事実そうなのだが、だからこそ、なおさらまずい。アンブローズが部屋着の下になにも着ていないことは明らかだ。そして彼女は、部屋着の下には寝間着しか着ていなかった。

アンブローズがにやりと笑い、コンコーディアはすっかりどぎまぎした。

「早起きなのですね、ミス・グレイド」

「はい、ええ、まだだれも起きていないと思っていました」そして咳払いをした。「あなたが起きていらしたのには気づきませんでしたわ」

「わたしも早起きなのです。どうやら共通点があるようですね」

コンコーディアはあわてて一歩あとずさった。「またあとで出なおします」

「その必要はありません。浴室はあきましたからどうぞ」

「あら。ありがとうございます」アンブローズの肩ごしにぴかぴかの室内に目をやると、湯気が流れ出てくるのが見えた。「とてもすてきな浴室ですわね」

アンブローズの口の端がひくひくした。「そう思われますか？」

「あら、ええ、もちろんです」コンコーディアは思わず熱のこもった口調で言った。「どこからどこまで、現代的で衛生的ですわ。お湯のシャワー設備まであって」

アンブローズが両手を部屋着のポケットに突っこみ、重々しくうなずいた。「それはわたしも気がつきました、数分前に使ったもので」

　今やコンコーディアは恥ずかしいどころの沙汰ではなかった。顔が真っ赤になっていた。足元に都合よく落とし戸があってくれたら。この場から消えてなくなれるものなら、どんな犠牲もいとわないだろう。

　ため息が出た。「完璧なおばかだとお思いのことでしょうね。このような現代的なお屋敷には雇われたことがないものですから」

「あなたはここでは雇われているわけではありません、ミス・グレイド」アンブローズの目尻の小さなしわが深くなり、いらだっているように見えた。「客人です」

「あら、ええ、ありがたいお言葉ですが、この家のご主人が不在で、控えめに言ってもひどく異常な状況だということは、お互いによくわかっているはず――」

「そして、あなたがばかでないのは知っています」コンコーディアの言葉が聞こえなかったかのように、アンブローズがつづけた。「ところで、シャワーを使うさいは、充分注意したほうがいいですよ。あのいまいましい代物は、湯と水を小さな弾丸のように吐き出します。わたしに言わせれば、あの設備が浴槽を使う本来の風呂に代わるには、まだ相当な工夫と改良が必要ですね」

　コンコーディアは咳払いをした。「おぼえておきます」

　アンブローズが自分の部屋のほうへ歩き出した。「非常に現代的できわめて衛生的な浴室をゆっくり堪能したら、階下の朝食室へきてください。いくつか質問したいことがあります」

「なにをお知りになりたいのですか？」コンコーディアは用心深くたずねた。

「とりわけ、あなたについてもう少し知りたいですね、ミス・グレイド。わたしには謎の人物ですから」

コンコーディアは気が重くなった。「わたくしの個人的な境遇が、アレクサンダー・ラーキンを見つけることとどのような関係があるのですか？」

「おそらくなんの関係もないでしょう」アンブローズが自室の前で足を止めて振り返った。

「しかし、数あるわたしの嘆かわしい欠点のなかに、疑問があると答えを手に入れるまで安心できないというものがあるのです」

にぎやかにおしゃべりしている教室いっぱいの女生徒を、一瞬にして黙らせることができるきつい表情で、コンコーディアはアンブローズをにらんだ。「眠れない夜がずいぶんたくさんおありのことでしょうね」

「ええ。しかし、そのようなことはたいした問題とは思っていません」そう言って、呆然とさせられるような親密な笑みを浮かべた。「夜、眠り以外にすることを見つけるのに困ることはめったにありません」

その言葉のとおりだろうとコンコーディアは思った。顔が真っ赤になっているのを感じながらつかつかと浴室に入り、ぴしゃりとドアをしめた。

9

アンブローズは階下の朝食室で、いつものようにひとり静かに紅茶を飲みながら新聞を読んでいた。しかし、内心は期待といらだちが入り混じって落ちつかず、どこかでコンコーディアを待っているのがわかった。

ささいなことながら、コンコーディアがこの家で客として扱われるのをよしとしていないように見えることが、アンブローズには腹立たしかった。まるで、彼とはできるだけ距離を取ったままでいようとしているようではないか。

つい先ほど廊下で見たコンコーディアの姿がまぶたに浮かんだ。楽な部屋着姿で、乱れた髪を頭の上でまとめ、寝起きのまだ上気した顔をしていた。空想が勝手に暴走し、彼女を抱きあげて自分の寝室へ連れていく熱い場面を思い描く。

彼の部屋で情熱的なひとときをすごそうと提案したら、彼女がどのような反応を見せたかは想像に難《かた》くないと考えて、アンブローズはちょっと鼻白んだ。それでなくてもコンコーデイアは彼をひどく警戒しているが、当然といえば当然だろう。

まもなくコンコーディアが階下へおりてきたら、無理やり彼女の秘密を聞き出すことになると考えると、気が重かった。彼女は私生活に踏みこまれて腹を立て、そのせいで二人のあいだは今以上にこじれるだろう。しかし、ほかに道はない。

アンブローズが解き明かそうとしている疑問は、ますます入り組んできていた。なんとか答えを出す必要がある。コンコーディアはかなりの期間、城で暮らし、ラーキンの手下たちと接していた。当人が自覚していようといまいと得がたい情報源だ、とアンブローズは新聞をめくりながら考えた。

馬にまたがったコンコーディアの後ろに飛び乗り、少女たちを先導して厩から出たときからずっと、そう自分に言ってきた。しかし、それが自分へのごまかしだということはよくわかっていた。

計画が失敗した原因がコンコーディアだと知った瞬間から、アンブローズには、自分が彼女に情報以上のものを求めているのがわかっていた。

アンブローズといっしょにいるとき、せめて、あのくそいまいましい浴室に示した程度の熱意を彼に示してくれさえすれば。

「新聞だわ」部屋の入口でコンコーディアが声をあげた。「すてき。お城の仕事につくためにロンドンを出たときから、まったく目にしていませんでした」

その澄んだ温かい声を聞いたとたん、アンブローズは電流が体を貫いたような気がした。

胃がこわばり、血管の血が音をたてて脈打ち始めた。

彼は顔をあげて、扉のところに立っているコンコーディアを見た。茶色の髪はきちんと髷《まげ》にまとめて後頭部にピンで留められている。眼鏡のレンズがきらりと光った。着ているのは、城から逃げ出したときと同じ、飾りのない地味なドレスだ。腰当て《バスル》はついていない。婦人が夜の危険な脱出にそなえるときには、着るものは実用本位にならざるをえない。

着るものをなんとかしなければとアンブローズは考えた。着の身着のままでやってきた婦人を大勢泊めるとなると、ドレスや手袋などを手配する必要がある。

「さして重大な事件はなかったと思いますよ」アンブローズは新聞を置き、コンコーディアのために椅子を引くべく立ちあがった。「お定まりの醜聞やうわさ話ばかりです」

「きっとそうでしょうね」コンコーディアが腰をおろしてナプキンを広げた。「でも、長いこと世間のできごとから隔離されていると、どのようなニュースでも知りたくなるものですわ。たとえそれが、扇情的な新聞の記事であっても」コンコーディアが手近にあった新聞を引き寄せた。「扇情的といえば、世間を騒がせている最新の事件はなんですか？」

「むろん、人殺しです」アンブローズは今しがた読み終えた記事を指し示した。「あなたとわたしが田舎で走りまわっていたあいだに、別の女ができたので別れると愛人に告げたロンドンの紳士が、その愛人に殺されたようです。毒を盛られたということだ。新聞によって話が違っているが、当然のことながら、おそらくそのどれもが事実とは異なっているのでしょう」

「なるほど」コンコーディアが眼鏡を押しあげて、その記事にさっと目をとおした。「道ならぬ恋のうわさがからんでいると、殺人事件の記事はよく売れるようですわね」

コンコーディアが真剣な顔で言ったので、アンブローズはおかしくなった。

「それはわたしも気がついていました」さらりと言う。「実際、驚くべきことですよ、恋と死がこれほどしばしば結びついているとは」

コンコーディアが新聞をおろし、興味深そうに眉を寄せて彼を見た。「あなたが調査していらっしゃる事件もそうだとお思いになりますか?」

アンブローズは首を横に振った。「この件に色恋沙汰がからんでいる兆候は皆無です。だれに聞いても、ラーキンがなにかをする動機はただ二つ、権力と金です」

朝食室と台所をへだてるドアがあいて、ミセス・オーーツが現れた。丸い陽気な顔はこんろの熱気で真っ赤に上気しており、炒り卵《スクランブルドエッグ》と揚げたての魚、それにトーストが載った大きな銀の皿を持っている。

「おはようございます、ミス・グレイド」ミセス・オーツがにっこりして言った。「よくお休みになったことでしょうね?」

「ええ、ありがとう」コンコーディアが言った。「でも、生徒たちはまだ寝床の中です。起こさないほうがいいと思います。くたくたに疲れていたから」

「そうですね、かわいそうに。心配いりません、ゆっくり寝かせておいてあげますから」ミセス・オーツは食卓に大皿を置くと、コンコーディアの紅茶茶碗に紅茶を注いだ。「家の中にお客さまが大勢いらっしゃるのは、ほんとにいいものですね。このお屋敷じゃ、お客さまをお迎えすることはめったになくて」そしてちらりとアンブローズを見た。「そうでございましょう？」

「ああ」アンブローズは言った。

コンコーディアがこほんと小さく咳払いをした。「ミスタ・ストーナーはお客を招くのが

お嫌いなのですか？」

「あら、まあ、いいえ、そういうことじゃないんです」ミセス・オーツが言った。「問題は、

この家にご婦人がいらっしゃらないことです。殿方だけでお暮らしだとどうなるか、おわか

りでしょう。お泊まりのお客さまを招くことはもちろん、面倒がって、晩餐会《ばんさん》や舞踏会も計

画なさろうとしないんですから」

「なるほどね」コンコーディアが言った。「わたくしたちがあまりお手間を取るようなこと

にならなければいいけれど」

「とんでもない、とんでもない」ミセス・オーツが仕切りのドアから台所へ消えた。

コンコーディアはスプーンで大皿から卵を取った。「ミスタ・ウェルズ、わたくしたちの

ひどく異常な関係について考えていたのですが」

ちくしょう、とアンブローズは思った。いい兆候とは言えない。

「奇妙な状況がかならずしも異常な関係ということにはならない」彼はきっぱりと言った。

「それはわかっています」コンコーディアがフォークを持った。「ですが、あなたとわたく

しの関係を、いわば事務的なものにするのが最善だろうと思いついたのです」

「ミス・グレイド、失礼なことを言うつもりはありませんが、一体全体なにを言っているのですか？」

コンコーディアが落ちついた目でじっと彼を見た。「あなたは私立探偵だとおっしゃっていましたね」

「ええ」アンブローズは用心深く言った。

「よかった。四人の生徒に代わって調査をしてもらうために、あなたを雇いたいと思います」

アンブローズはゆっくりと椅子の背に体をあずけた。「その必要はありません、ミス・グレイド。あなたと生徒たちが巻きこまれている状況については、もうすでに別の客の依頼で調査をしているところですから」

コンコーディアの目に考えるような光が浮かんだ。「それについて少しくわしく話していただきたいのですが」

「その依頼人は、最近亡くなった妹の死をめぐる状況を調査するためにわたしを雇いました。妹の死は、当局が考えているような不幸な事故ではなく、殺人だと思っているのです」

「わかりました」コンコーディアが眉を寄せた。「それで、どういうわけで城へいらしたのですか？」

「調査の過程で、ある情報提供者の話から、その婦人の死がオールドウィック城で起こっていることと関係があるらしいとわかりましてね。それで、偵察にいったのです。あとは知ってのとおりです」

コンコーディアが口を引き結んだ。「あなたのお仕事は謎めいたことだらけです。だからこそ、正式な契約を結んできちんと取決めをしたほうが、わたくしとしては安心できる気がします」

そう言われて、アンブローズはなぜか激しいいらだちを感じた。「契約など必要ないと思いますが」

コンコーディアの美しい眉が眼鏡の縁の上で一本になった。「ミセス・オーツは親切にもああ言ってくれましたが、実際には、生徒たちとわたくしはこの家のお客ではありません。それどころか、この家の主《あるじ》はわたくしたちがここにいることさえご存じないのです」

「ストーナーのことは心配無用です」

彼女はそれを無視して言った。「あなたはわたくしたちを守ると言ってくださり、わたくしはそれを受け入れました。それが生徒たちのために最善だと思うからです。けれどわたくしとしては、きちんと取決めをしておきたいのです。それには、あなたを雇うのがもっとも簡単な方法のような気がして」

アンブローズは椅子の腕に肘をつき、両手の指先を突き合わせた。自分はコンコーディアを寝床へ連れこみたいと考えているのに、彼女はアンブローズを雇いたいと考えている。二人の仲は楽観できる方向には進んでいなかった。

「なるほど」アンブローズはどっちつかずの返事をした。どんな場合にも安全な応答だ。

「よかった」コンコーディアがにっこりした。彼の返事を同意と取ったようだ。「それで、通常の料金はおいくらですか？　お城から持ち出した品々はかなり値打ちのあるものだと思います。五、六ポンドはすると思われる、みごとな銀とクリスタルの塩入れもあります」

「盗んだ品で料金を払うつもりですか、ミス・グレイド？」

コンコーディアの顔がぱっと赤くなったが、目は落ちついていた。「残念ながら現金は持っていません。それに、このような事情では、お城での仕事に対する四半期の賃金は、おそらく支払われないでしょう」

「ああ、そう考えて間違いないでしょうね」

コンコーディアがつんと顎をあげた。「仕事の代価として、いわゆる〝盗品〟を受け取ることはできないと思われるのなら、ほかの方法を考えなければなりません」

「ほかには方法はないでしょう、ミス・グレイド。それは、わたし同様あなたもよくわかっているはずだ」

コンコーディアが深く息を吸いこんだ。「それでも――」

「それでも、わたしを雇いたい。そうすれば自分が主導権を握っている気になれるからだ」

「かなり露骨な表現ですが、ええ、おっしゃるとおりだと思います」

「よろしい、ミス・グレイド。どうしてもわたしを雇いたいと言われるのなら、正式にあなたの仕事を引き受けましょう。それで、料金ですが、わたしが仕事の見返りに請求するのは金ではないことを承知しておいてもらいたい」

「わかりませんわ」

「わたしが受け取るのは好意です」

コンコーディアが体をこわばらせた。「好意ですって？」

「わたしの客の多くは、この国の貨幣で料金を支払うだけの金銭的なゆとりはありません、ミス・グレイド。それで、もうずいぶん前に物々交換にしたのです。つまり、こういうことです。わたしは客が求めている答えを得るために必要な仕事をする。そのかわりに客は、将来のいつか、彼らが与えることのできる好意がわたしに必要となったとき、それを見返りとして支払うことを承諾する」

「あなたが通常要求されるのは、どのような好意なのですか？」コンコーディアが冷ややかにたずねた。

「いろいろあります。情報が必要なこともあれば、品物や労力が必要なこともある。たとえば、数年前のことですが、金持ちの家で働く家政婦からの依頼を引き受けました。その家政婦は雇い主の私生活に関して懸念を抱いており、その答えを見つけてほしいという依頼でした。調査をおこなった結果、やはり雇い主がいかがわしいクラブの会員であることが確認され、彼女はその家で働きつづけるわけにはいかないと考えた。だからわたしは、うちで働くことを考えてくれないかと頼みました。そして、彼女と、腕のよい庭師で工具の扱いにも精通している亭主は、この家で働くことを承諾してくれた」

「そういいきさつでオーツ夫妻を雇ったのですか？」

アンブローズはうなずいた。「メイドのナンはミセス・オーツのいとこだが、彼女もいっしょにやってきた。それで八方うまくおさまりました」

コンコーディアが小さく咳払いをした。「あなたがご自分でオーツ夫妻とナンを雇われたのですか？　その決定にミスタ・ストーナーは関わられなかったのですか？」

「ストーナーには異議はなかったし、ちょうど新しい使用人を必要としていたときでした」

「一家の主が、使用人を雇うという重要な問題をほかの人にまかせるのは、少しばかり奇妙なことのように思えますが」

「ストーナーにとっては、この家の管理などより、自分の学術研究や執筆、旅行のほうが重要なのです」

「ミスタ・ストーナーはどれくらいの頻度でお帰りになるのですか？」

「気の向くままに、帰ってきたり出かけたりしています」

「あなたにとっては非常に都合のいいことですわね」コンコーディアがそっけなく言った。

「いわば、費用をまったく負担する必要なしに、大きな屋敷を自分の好きなように使えるようですもの」

「それで万事うまくいっているのです」アンブローズは椅子の背から体を離してフォークを取った。「では、当面の事件に話をもどしましょう。妹の死について調査するためにわたしを雇った婦人は、商店の店主でしてね。わたしに日傘が必要なときがきたら、婦人用の日傘で報酬を払うと約束しています」

「まあ」コンコーディアが目をぱちくりした。「いったいなんのために日傘が必要になるのですか？」

「先のことはわからない」

「そのようなお仕事のやりかたは、控えめに言っても、常軌を逸していると考える人もいることでしょうね」

「他人の思惑など気にしていません」

「そのようですわね」コンコーディアがため息をついた。「いいでしょう、あなたのお仕事のやりかたはよくわかりました。それで、教師にお求めになるのは、どのような好意なのでしょうか？」

「わからない」今やすっかり腹を立てたアンブローズは、フォークを置くと、威嚇《いかく》するように肩をそびやかして言った。「教師から依頼を受けたことはないものでね。しばらく考えさせてもらいます。支払いとして適当なものを考えついたら知らせます。とりあえずは、わたしを雇ったと考えてもらってかまいません」

　コンコーディアは威嚇するような彼の表情には気づかないようだった。

「では、決まりですね」満足そうに言った。「今後は、わたくしを雇い主と考えてもらってかまいません」

「コンコーディア、そうはならない」

「あら、そうではありませんか。わたくしは調査をおこなうためにあなたを雇いました。つまり、あなたの雇い主というわけです。これでお互いの関係が定まったので、依頼人として、進捗《しんちょく》状況を知らせていただくことと、わたくしがこの件に関わることを、はっきりさせておきたいと思います」

「調査に依頼人が関わることは認めていない」アンブローズは静かに言った。

「わたくしは通常の依頼人ではありません。実際、もうすでに調査に深く関わっています。それどころか、オールドウィック城で自分なりに調査をしていなかったら、脱出計画を立ててはいなかったでしょう」

「それはそうだが――」

「加えて、ラーキンの計画に関してきわめて貴重な情報を提供したことも、お認めになる必要があります」

　事態はまずい方向へ進んでいる。

「ふん」アンブローズは言った。当意即妙の答えとはとても言えないが、ほかに適当なものを思いつかなかった。

「承認の言葉と受け取らせていただきます」コンコーディアが言った。「それに、今後調査を進めるさい、わたくしと生徒たちは、あなたにとって大いに役に立つはずの、お城のくわしい状況や見たことをお話しできます。それは否定できないでしょう?」

「ああ」

コンコーディアがしごく満足そうな表情でにっこりした。

アンブローズは眉をあげた。「今思えば、教育の専門家を議論に引きこむべきではないとくらい、わかっていてしかるべきだった」

彼女がうれしそうに言った。「お互いの関係が定まったところで、もっと重要な問題に移りましょう」

「というと?」アンブローズは小声で言った。

「もちろん、事件を解決することです。次はどうなさるのですか?」

アンブローズがなにより望んでいるのは、立ちあがって卓の向かい側へいき、彼女の上腕をつかんで立ちあがらせて、その顔に浮かんでいる勝ち誇った表情を口づけで消し去ることだった。

しかし、そうするかわりに、やむなく、当面コンコーディアが関心を持っている唯一の話題に移った。

「あの城の職は、ミセス・ジャーヴィスという婦人が経営する職業紹介所を通して見つけたということだったが」

「そのとおりです」

「不幸なミス・バートレットも同じ紹介所を介したのかどうか、知っているかね?」

コンコーディアが驚いた表情で彼を見た。「さあ。それは考えたことがありませんでした。なぜですか?」

「あなたとバートレットがともにジャーヴィスの紹介所を通して雇われたとしたら、その紹介所がなんらかの手がかりになるだろう」

「まあ。まさか、ミセス・ジャーヴィスがこの件に関わっているかもしれないとおっしゃるのではないでしょうね？」

「今のところはわからないが、調べてみるつもりだ。紹介所の住所はわかるかね？」

「ええ、もちろんです。でも、正面から入っていって、ミス・バートレットやお城の職について調査するわけにはいきませんよ。もしもミセス・ジャーヴィスがラーキンの計画に関わっていたら、あやしんで、おそらくラーキンに知らせるでしょう」

「驚くなかれ、わたしもその可能性は考えていた」

「当然でしょうね」コンコーディアが鼻にしわを寄せて紅茶ポットに手を伸ばした。「お許しください、お仕事のやりかたを指図するようなことを言ってしまって。わたくしの中の教師が顔をのぞかせたのでしょう。あれこれ指示せずにはいられないのです」

アンブローズは思わず声をあげて笑った。「怒ってなどいない」

「どのようになさるつもりなのか、おたずねしてもいいですか？」

「まずジャーヴィスの書類を調べるつもりだ」

「ミセス・ジャーヴィスがあなたに書類を調べさせてくれるとはとても思えませんが」

「許可を得るつもりなどない」

コンコーディアの紅茶茶碗が中空で止まった。「留守のあいだに忍びこむつもりですか？」

「それが最善の方法だと思う。しかし、明日の夜まで待ったほうがよいだろう。今夜は、ラーキンについて知っている知り合いに話を聞く予定なのだ。それに、この雨は夜までやみそうにないからな」

コンコーディアが目を丸くして彼を見た。「天候がいったいなんの関係があるのですか？」

アンブローズは肩をすくめた。「避けられるものなら、雨の夜にそのような仕事はしたくない。うっかり足跡を残す危険が大きいからだ」

「なるほど」コンコーディアが少し呆然とした表情で言った。「でも、天候には関係なく、あなたの計画は危険ですわ。もしつかまったらどうするのですか？」

アンブローズは人さし指を立てた。「ああ、そこがわたしの計画の実に巧妙な面でね。つかまるようなへまはしない」

コンコーディアが眉をひそめた。「どうやら、そういうことには熟練していらっしゃるようですね」

「そういう技能は、わたしの仕事には重宝でね」

「正直なところ、あなたというかたは謎ですわ」

「もしそうなら、お互いさまだな、ミス・グレイド。というのも、わたしにとってあなたは大きな謎だからだ。興味深い疑問といえば、城の仕事を引き受けたのは、女学校を解雇されたところだったからだと言っていたが」

彼女の顎がこわばったが、声はしごく冷静で落ちついていた。「そのとおりです。推薦状は書かないと言われました」

「なぜ解雇されたのだ？」

コンコーディアは持っていたトーストを置き、考えこんだ表情で彼を見た。「わたくしが解雇された理由を知ることが、どうしてこの問題を解く助けになるのかわかりません」

アンブローズは得心してうなずいた。「では、男がらみだったのだな」

彼女が膝の上でナプキンを握りしめた。目に怒りが躍っている。「そう早合点されるのも当然です。よくある話ですものね。婦人の評判を台なしにするのは簡単ですし、教師を破滅させるのはもっと簡単です。恋愛沙汰のうわさや醜聞、ちょっとした軽率な行為を見とがめられれば、もうその婦人の経歴は台なしになってしまいますから」

「すまない、不愉快な思い出をほじくり返すつもりではなかったのだ」

「ばかな。まさにそれがねらいだったくせに。かっとさせれば、あなたの知りたいことを話すだろうとお考えになったに違いありません。ええ、思う壺でしたわ。ご参考までに言いますと、わたくしが解雇されたのは、殿方との道ならぬ恋のせいではありませんでした」

「では、婦人とか？」

コンコーディアがめんくらって目を丸くした。そして、陽気な声で笑い出した。

アンブローズが彼女の笑い声を聞いたのはそれが初めてだったが、すっかり魅了された。

彼女があわててナプキンで口を押さえた。「すみません」ナプキンを口に当てたままつぶやく。

アンブローズは空になった皿を押しやり、食卓に肘をついて腕組みをした。「わたしの質問がおかしいのか？」

「質問がではありません」彼女は落ちつきを取りもどしてナプキンをおろした。「あまりにも普通の口調でおたずねになったので、虚を衝かれてしまって。婦人同士の恋愛の可能性を口にするのに、あれほど……」ちょっと口ごもる。「そう、平然とした口調でおっしゃれる紳士は、そんなには多くないと思います」

「わたしはもう長いこと世の中を見てきているからな、ミス・グレイド。愛や情欲がかならずしも旧来のように働かない人間もいることは知っている。それにしても、あなたがわたしの質問に衝撃を受けるどころか、おもしろがったのには驚かされたよ」

コンコーディアは無造作に肩をすくめて、トーストをもう一枚取った。「わたくしは、型破りな流儀と世の多くの人に呼ばれる環境で育ったのです」

「わたしもだ」

考えるような表情で、彼女が長いことアンブローズを見つめた。彼は目に見えないはかりではかられ、値踏みされているような気がした。やがてコンコーディアが、手をつけていないトーストを置いて椅子の背に体をあずけたとき、その試験に合格したのがわかった。

「あなたの偏見のなさには敬服しますが」コンコーディアが言った。「わたくしが職を失ったのは無分別な密通のせいではないと、一点のくもりもない心で言うことができます。問題というのは、さっきお話しした型破りな育ちに由来するものでした」

「なるほど」

「あなたはたった今、雇い主に自分の過去を隠して、ずっと教師として働いてきた女に雇われたのだということを、知っておかれたほうがいいですよ」

「刻一刻おもしろくなっていくな、ミス・グレイド」

「残念ながら、わたくしにはほとんど選択の余地がありませんでした」不自然なほど抑揚のない調子でコンコーディアがつづけた。「現状では、婦人に門戸がひらかれている職業は数えるほどしかありません。わたくしのような過去がある者には、その幅がさらに狭まります」

「言っても信じないだろうが、それはよくわかる」

「女学校の教師の職につくために、わたくしは偽名を使いました。アイリーン・コルビーと名乗っていたのです。これまではうまくいっていましたが、今回はだめでした。どこからか本当のことが知れてしまい、当然のことながら、即座に解雇されました」

気の毒な話だったが、アンブローズはにやりとせずにはいられなかった。「職につくために、何度も偽名を使っていただと？　うまいことを考えついたものだな、ミス・グレイド。その才覚には感心する。ほかの家族はどうなのだ？　みな、きみと同じように変わっているのか？」

「近親者と言える人はもういません。両親は十年前、わたくしが十六のとき亡くなりました。父方のいとこが何人かいるようですが、会ったことはありません。わたくしは一族の正統な一員とみなされていないのです」

「なぜだね？」

「おそらく嫡出子ではないからでしょう」コンコーディアがさらりと言った。

あまりにさらりとしすぎている、とアンブローズは思った。「またもや、例の型破りな育ちかね？」

「うーん。ええ」コンコーディアが首をわずかにかしげて彼をじっと見た。「この話題を打ち切るおつもりはないのですね？」

「言っただろう、答えを知るのが好きだと」

なにかひどく重大なことを思案しているかのように、コンコーディアはちょっと考えていたが、心を決めたようだった。

「ミスタ・ウェルズ、わたくしの両親は有名な自由思想家でした。結婚をよしとしていませんでしたが、それはおそらく、出会ったとき、二人ともすでにほかの相手と不幸な結婚をしていたためでしょう。結婚制度を、婦人にとってはことさら残酷で、不当にとじこめる檻《おり》と考えていました」

「なるほど」

「あなたにはおわかりにならないと思います」彼女の過去をあっさり片づけたアンブローズに挑むように、コンコーディアが仮借のない笑みを浮かべた。「わたくしの父はウィリアム・ギルモア・グレイド、母はシビル・マーロウです」

どこかで聞いたことのある名前だった。少しひまがかかったが、アンブローズはようやく古い醜聞を思い出した。

「まさか、クリスタルスプリングズ共同体《コミュニティ》を作ったマーロウとグレイドではないだろうな?」アンブローズは思わず興味をそそられてたずねた。

「やはりお聞きになったことがあるのですね」

「十年前には、マーロウとグレイド、クリスタルスプリングズ共同体の話を耳にしたことのない者はいなかった」

コンコーディアが口を引き結んだ。「共同体が解散したとき、そこでおこなわれていたとされる恥ずべき行為の衝撃の詳細とやらが、扇情的な新聞や三文小説誌に山ほど載りましたからね」

「その記事のいくつかはまだおぼえている」

「記事のほとんどはまったくの嘘っぱちでした」

「当然だ」アンブローズは軽く振り払うように手を振った。「あの手の新聞の記事が正確でないことはだれもが知っている。事実ではなく、醜聞とうわさ話を売りものにしているのだから」そしてかすかに眉を寄せ、ちょっと言葉を切った。「共同体はなぜ解散したのだ?」

「両親がアメリカで猛吹雪に巻きこまれて亡くなったという知らせが届いたあと、共同体はほどなく崩壊しました」コンコーディアが静かに言った。「両親は共同体の設立者であり、指導者でした。二人がいなくなると、残った人たちだけでは目的と方向性を持ちつづけていくことができなかったのです」

「ご両親はアメリカでなにをしておられたのだ？」

「姉妹共同体を設立する目的で渡ったのです」コンコーディアが紅茶茶碗を持ちあげた。「アメリカには、イギリスよりは自由思想の理念を歓迎する素地があるだろうと考えたのです」

「そのような若さでご両親を失ったとは、お悔やみ申しあげる。非常につらかったことだろう」

「ええ」

その返事は切り口上でそっけなく、顔は冷静で無表情だった。けれど、胸の内は緊張で張りつめているのが感じられた。アンブローズの口から、あざけりか、さもなければ非難の言葉が出てくるものと身構えているのだ。

「クリスタルスプリングズ共同体の理念についてはよく知らないが」アンブローズは慎重に言葉を選びながら言った。「きみのご両親は、男女の関係について、極端に自由な考えかたと呼ぶ者もいる考えを唱道していたようだな」

「新聞のおかげで、世間の人びとが共同体についておぼえているのはそれだけです」コンコーディアの口調が急に激しくなった。「けれど、両親はほかにも多くの進歩的な考えを持っていました。たとえば、婦人も男性と同じ水準の教育を与えられるべきだと考えていました。そして、大学への入学も職業も、男性と対等に門戸をひらかれるべきだと」

「なるほど」

「医学校に入るのが母の夢でした」コンコーディアはすぐに自制心を取りもどし、一瞬見せた悲しみと怒りを押し隠した。「医学校への入学を拒絶された母は、両親に愛のない結婚を強要されました」

「そして、父上は？」

「父はすばらしい男性で、あらゆる分野の現代的な考えを積極的に取り入れる学者であり、科学者でした。父もまた不幸な結婚をしていました。そして、婦人の権利についての講演会で母と出会ったのです」コンコーディアの顔になつかしそうな微笑みが浮かんだ。「二人はいつも、お互いにひと目ぼれだったと言っていました」

「その口調からすると、きみはそのようなものは存在しないと考えているようだな」

「そんなことはありません。存在するという証拠がわたくしの両親ですもの。ただ、両親の場合には非常に大きな代償が必要でした。自分たちの幸福を手に入れるために、二組の結婚を壊し、大きな醜聞を引き起こしたのです」

「そしてきみに、非嫡出子という重荷を負わせた」

コンコーディアが低い冷めた笑い声をあげた。「そんなのは取るに足りないささいなことです。わたくしが直面しているもっともやっかいな問題は、クリスタルスプリングズ共同体で育ったとわかると世間の人びとが思い描く、さまざまな憶測から起こるものです」

「その憶測とは、きみの個人的なふるまいに関するものかね？」

「そのとおりです、ミスタ・ウェルズ」薄い磁器がかちゃんと音をたてるほどの力をこめて、コンコーディアが紅茶茶碗を受皿に置いた。「ウィリアム・グレイドとシビル・マーロウの娘だとわかると、わたくしも、男女の関係に同様の現代的な考えを持っていると決めつけるのです」

「雇い主になる可能性のある相手に、徹底して過去を隠してきた理由がわかるな」

「そのような現代的な考えで育てられた教師を進んで雇う人など、皆無に近いと言っていいでしょう。さっきも言いましたが、前に勤めていた女学校では、過去が知られると即座に解雇されました」

アンブローズはそれについて考えてみた。「きみはアレクサンダー・ラーキンの目的にうってつけだったのではないだろうか？」

「え？」

「なんとしても仕事を見つけたいと思っていたうえに、身内もいない。用ずみになったあとゆくえがわからなくなっても、たずねまわる者はだれもいないだろう」

コンコーディアがぶるっと身震いした。「恐ろしいことですわね」

「ミス・バートレットも同じような境遇だったのかな」

「どうして――？　ああ、わかりました。どうやらそのようですね。お城から消えても、わたくしの知るかぎり、だれも消息をたずねてはきませんでした」コンコーディアが口ごもった。「もっとも、たずねてきたとしても、だれもわたくしに話してはくれなかったでしょうが。なんといっても、わたくしは一介の教師ですもの。ほとんど無視されていました」

　アンブローズはゆっくりうなずいたが、胸の中におぼえのある感覚が頭をもたげてきた。求めている答えに近づいているとわかったときいつも感じる感覚だ。

「コンコーディア、この件の鍵はきみだという気がする」静かに言う。「きみを選んだとき、ラーキンは致命的な失敗を犯したのだと思う。身の破滅につながるかもしれない大失敗をな」

「どういう意味ですか？」

「ラーキンは教師を見くびったのだ」

10

宿屋の女将《おかみ》は、亭主に根掘り葉掘り質問している男が気に食わなかった。少し前に入口から入ってきたとき、男は二人が営んでいる質素な宿への軽蔑《けいべつ》の念をあらわにしていたが、気に食わないのはそのせいばかりではなかった。女将は長年この商売をしていた。こぎれいできちんと管理のいきとどいたこの宿屋を、まるであばら家のようにみなす金持ちの傲慢《ごうまん》な紳士がいるのは事実だ。そういう男たちは、せいぜいが酔っ払って給仕女にちょっかいを出し、ときにシーツを汚す程度だ。ところがこの男は違う。この上品そうな男は、始末の悪いけちな犯罪に手を染める種類の人間だ。ひどく身ぎれいで澄ましかえっている。前日ははるばるロンドンから列車でやってきて、オールドウィック城の近くの村に一泊し、今朝は焼け跡を見てまわったあと、馬車を雇って調査をしてまわっているということだった。

しかしながら、この近辺を走りまわったというのに、上等な仕立の上着にはちりひとつついていなかった。シャツの襟《えり》は真っ白でぴしっとアイロンがかかっている。

きちょうめんの度がすぎている。自分のシーツとタオルを持って旅行する類《たぐい》の人間だ。女将と亭主のネッドが切り盛りしているこういう宿屋の清潔さを信用していないからだ。

ネッドが男と話しているあいだ、女将は事務室で金勘定に忙殺されているふりをしていた。けれどドアがあいていたので、目の端に受付の机が見え、やりとりが残らず聞こえた。

「四人の若い娘と教師はここにひと晩泊まったのだな?」ロンドンからきた男が、受付の机に硬貨をいくつか落とした。「五人は昨日の朝早く発ったのだな?」

ネッドは硬貨には手を触れなかった。「朝のロンドンいきの列車に間に合うよう駅に着きたいような話でした」

「城の火事のことを話していたか?」男が鋭い口調でたずねた。

「いいえ。ここからあの古い城までは、馬でもかなりの距離です。火事の知らせを聞いたのは、昨日ご婦人がたが駅へ向かって出発なすったあとでした」ネッドが陰鬱な表情でかぶりを振った。「城は全焼して、男がひとり焼け死んだって聞きました」

「ああ、そのとおりだ」男の声には、死人が出たのは悲劇というより迷惑なことだとでも言いたそうな、いらだたしげな響きがあった。「しかしながら、死因はまだはっきりしていない」

「え?」

「いや、なんでもない。その娘たちと教師について、ほかになにかおぼえていることはないか?」

「いいえ。さっきも言ったように、みなさん夜更けに到着して、朝は早ばやと発たれたもので」

男が口をゆがめた。「あの馬どもはどうしたのだろうな？」ネッドにというより、ひとり言のような口調だった。

「それならわかります」ネッドが言った。「駅の隣の貸し馬車屋にあずけてありますよ」

男がさらに数個の硬貨を受付の机に放り投げた。「教師は宿賃をどうやって払ったのだ？金を持っていたのか？」

「あのご婦人の懐具合はわかりませんが」ネッドが片方の肩をあげて、軽くすくめるしぐさをした。「宿賃を払ったのはあの人じゃありませんでした」

紳士はまつげ一本動かさず、表情もまったく変えなかった。にもかかわらず、女将は不意に息苦しさを感じた。

「だれが宿賃を払ったのだ？」ロンドンからきた男がひどく低い声でたずねた。

「ああ、先生が途中で護衛として雇った男です」ネッドが驚くほど静かに言った。

ステッキの金の握りをつかんでいる男の手に、突然力が入った。そして、魚のように無表情な目でじっとネッドを見た。「護衛を雇っただと？」

「なかなか賢明だと思いましたね。なんといっても、生徒さんを連れて夜中に旅をしなけりゃならなかったんですから」

「護衛の名前は？」

「スミス、だと思います」ネッドが宿帳をひらき、人さし指で名前をたどった。「ああ、これだ。ミスタ・スミス。部屋は五号室でした。先生と生徒さんたちには三号室と四号室を使ってもらいました」

「ちょっと見せてくれ」男がぶっきらぼうにさっと宿帳の向きを変え、そのページに書かれている名前をじっくり見た。「筆跡は教師のものと同じようだが」

「先生がひとりで、生徒さんたちと自分とスミスの名前を書かれました」

「スミスの風体は？」

ネッドがまた肩をすくめた。「これと言って特徴のない人で。そう、背丈は中くらいで、実際、どこにでもいそうな感じでした」そして肩ごしにちらりと振り向いた。「リジー、一昨日の夜、先生と生徒さんたちといっしょに泊まった男のことを、なにかおぼえてるかい？」

その質問で重要な仕事を中断させられたというように、女将はゆっくり振り返った。

「髪は茶色だったと思います」ていねいに言った。

「思い出せるのはそれだけか？」男が腹立たしそうにたずねた。

「残念ながら。ネッドが言ったとおり、取り立ててこれという特徴はありませんでした」

「いったい、こんな田舎のどこで護衛を見つけたのだろうな？」男がたずねた。

女将と亭主はぽかんとした顔で男を見たまま、なにも言わなかった。

「時間のむだだな」男がつぶやいた。

それだけ言うと、踵《きびす》を返して表に出て、待たせてあった馬車に乗りこんだ。

ネッドが受付の机の硬貨をかき集めて事務室へ入ってきた。そして、元気づけるようにリジーの肩に手を置いた。二人は、馬車が庭から出て、村と駅がある方向へ走り去るのを見送った。

「ミスタ・スミスの言ったとおりだったな。たぶん、だれかが先生について調べにくるだろうということだったが」ネッドが言った。

リジーはぶるっと身震いした。「スミスに、金をやる見返りに嘘をついてくれって頼まれたんでなくてよかったね。今の男をごまかすのは簡単じゃなかったと思うわ」

昨日の朝スミスに頼まれたのは、ごく単純で簡単なことだった。彼は受付に十ポンド札を置き、丁重な口調でネッドに言った。「あれこれたずねにくる者がいるだろう。無事ロンドンゆきの列車に乗れるように先生がわたしを雇ったことは、遠慮なく話してくれてかまわない。だが、わたしの人相風体に関しては、できるだけつかみどころのない言いかたをしてもらえると、非常に助かる」

「ある意味じゃ、おれたちは嘘をついた」ネッドが言った。「ロンドンからきた男に、ミスタ・スミスには取り立てて言うような特徴はなにもなかったと言ったじゃないか」

「だって、なかったじゃないの」リジーは言った。「少なくとも、顔形も背の高さも」

「だが、あの人にはなにか特別なものがあった……」ネッドの声が尻すぼみになって消えた。

言葉に出して言うまでもないとリジーは思った。二人とも宿屋という商売を長くやっているおかげで、人の本性を正しく見抜けるようになっていた。確かに、ミスタ・スミスにはなにか特別なもの、なにかひどく危険な感じがあった。けれど、あの教師はスミスを信頼しているようだった。リジーにはそれで充分だった。というのも、あの教師にもなにか特別なものがあったからだ。

以前にも、婦人にあれと同じ猛々しさと決意を見たことがあった。それは、自分の子供が危険にさらされたとき動物全般の雌に見られるものだった。

リジーは肩に置かれたネッドの手に自分の手を重ねた。「大丈夫よ、少なくともあたしたちにとっては、もう終わったんだから。それに、あたしたちとしては文句を言う筋合いはないわ。いい稼ぎになったじゃないの」

「まったくだ」

「それなのに、まだなにを心配してるのさ？」

ネッドが深いため息をついた。「ミスタ・スミスはなんでおれたちに嘘をつくように頼まなかったのか、それがどうにも腑に落ちない。昨日の朝あの人が受付に置いた額を見て、てっきり、あの人のことも連れのことも、ひと言も話さないようにと言われるものと思った」

「ところがあの人が頼んだのは、自分の人相をくわしく言わないようにってことだけだった。どう考えても妙じゃないかねえ？　それっぽっちの頼みに十ポンドは多すぎるよ」

「スミスは」ネッドがゆっくりと言った。「先生と生徒たちに護衛がついてるってことを、ロンドンからきた紳士に確実に知らせたかったんじゃないかって気がするな」

「どうして？」

「たぶんロンドンの男に、近づくなと警告したかったんだろう」ネッドが自分のうなじをなでた。「だが、考えられる理由はもうひとつある」

「なんなの？」

「あのお上品な男の注意をそらしたかったのかもしれない」

「というと？」

「弱い子羊の群れに飢えた虎が迫っていくのを見て、殺そうとしてる獲物から虎の目をそらさせようと思ったら、その鼻先にもっとおいしそうなにおいがする獲物をぶらさげることだろう」

　リジーは夫の手に重ねていた手に不意に力をこめた。「今、殺すって言葉を使ったね？」

「言葉のあやだよ、おまえ」ネッドがあわててなだめるように言った。

「そう思えたらいいんだけど」リジーはため息をついた。「あの二人にはもう二度と会いたくないものだね」

11

「青と海緑色のドレスは、エドウィナとシオドーラによく似合うわ」コンコーディアはそう言って、二人の生徒とミセス・オーツを見た。「そうじゃなくて？」

いっせいに同意の声がもれた。

「すてきだこと」ミセス・オーツがうっとりした表情でエドウィナとシオドーラを眺めて言った。「お二人のきれいな金髪に、ほんとによくお似合いですよ」

エドウィナとシオドーラはドレスを体の前に当てて、鏡に映る姿をためつすがめつしていた。喜びに顔が輝いている。その後ろでハンナとフィービが、姿見の前に立つ順番を待っていた。

時刻は午後五時で、昨日の朝、仕立屋に注文したドレスの大半はまだできあがっていなかったが、先ほど、待ちこがれた着替えが、とりあえず五人分届けられたのだ。

さらに、ミセス・オーツがオクスフォード通りの大きな百貨店まで出かけて、既製の靴や帽子、手袋、下着などの必需品をあれこれ買いそろえてきてくれた。

　今や少女たちの忠実な仲間となったダンテとベアトリーチェは、美しいドレスに万が一粗相をしたりすることのないよう、今は廊下に出されていた。部屋にいる全員が、まさに興奮で沸き立っているなかで、フィービひとりが、ロンドンに帰ってきたあと変装に使った安物の男物のズボンとシャツを着て、ふてくされたように脇に立っていた。

「ハンナには黄色と茶色の生地をと指定なさいましたが、そのとおりでしたね」ハンナが鏡の前で顔に合わせているドレスを満足そうに見ながら、ミセス・オーツが言った。「この色はハンナの目の色にとてもよく合ってますわ」

「裾にきれいなひだが入っているのよ」ハンナが言った。「ジョーンに見せたいわ」

　コンコーディアはハンナの声に悲しそうな響きがあるのが気になった。「心配しないで、じきに新しいドレスを見せてあげられますからね」

　ハンナの表情がぱっと明るくなった。「ジョーンもこんなドレスを持てたらいいのに」

「とんでもない」エドウィナが言った。「少なくとも、ウィンズロウにいるかぎり望みはないわ。あそこの生徒は全員、あのひどい灰色の制服を着なくちゃいけないのだもの。知っているでしょう」

「ええ、でも十七歳になったらあそこを出るのよ。そうしたらこんなドレスを持てるでしょう」ハンナが言いつのった。

「ウィンズロウにいる女の子たちのほとんどがそうだけど、ジョーンも家庭教師か先生になるはずよ」シオドーラが望みを打ち砕くような口調で言った。「そういう職業の婦人は、こんなきれいなドレスを着られるようにはならないわ」

ハンナの下唇が震え、何度も強くまばたきをした。

「お願いだから泣かないで」コンコーディアはハンナの手にハンカチを押しつけた。「この件が片づいたら、ジョーンのことを考えましょうね」

ハンナが涙を拭いた。「ありがとうございます、ミス・グレイド」

「さあ、元気を出して、このすてきな靴をはいてごらんなさい」ミセス・オーツが淡い黄色のボタン留めのブーツを持ちあげた。「そのドレスとよく合うはずですよ」

コンコーディアはフィービを見た。「そのピンクのドレスはどう？」

フィービが顔をしかめてピンクのドレスを見た。「また前のようにドレスを着るのはいやです。ズボンのほうがいいわ」

「ズボンをはいたあなたは、本当にさっそうとしているわ」コンコーディアは穏やかに言った。「ズボンがよければ、いくらでもはいてかまわないわ。でも、たまに気分を変えたくなったときのために、そのピンクのドレスはどうかしら？」

無理にまたドレスを着せられるわけではなさそうだとわかって安心したらしく、フィービがじっくりドレスを眺めた。「お茶の時間に着るのによさそうですね」

「よかった。では、それで決まりね」コンコーディアは言った。

ミセス・オーツが大きくうなずいた。「ドレスはあちこちを少し手なおしする必要がありますが、ナンが針仕事が得意でしてね。ちょっと見によこしましょう」

コンコーディアはまだあけてない包みのほうを指し示した。「さあ、手袋を見てみましょう、みなさん」

エドウィナとシオドーラ、ハンナ、フィービが包みをあけた。

コンコーディアはミセス・オーツの横に立って、四人が手袋をはめるのを見守った。

「心から感謝しています、ミセス・オーツ」小声で言う。「あれやこれやと買い物をしてきていただいて」

「どうってことありませんよ」ミセス・オーツがくっくっと笑った。「実のところ、とても楽しゅうございました」

「それにしても、仕立屋がたった一日で何枚ものドレスを縫いあげてくれたなんて、本当に驚きましたわ。この注文に応じるために、ほかの仕事をすべて棚あげにしなくてはならなかったことでしょうね」

ミセス・オーツがひょいと眉をあげて、訳知り顔で言った。「そうでしょうとも」

「仕立屋はミスタ・ウェルズのお友達なのですか?」コンコーディアはさらりとたずねた。

「というより、以前の依頼人です。ようやく借りを返すことができて喜んだはずですよ」

コンコーディアは驚きに目を丸くして高価なドレスを見た。「まあ、ミスタ・ウェルズが調査の見返りに請求された料金は、この何枚ものドレスの代金に匹敵するほどの額だったのですか?」

「いえ、いえ、とんでもない、ミス・グレイド」ミセス・オーツがくすりと笑って手を振った。「ミスタ・ウェルズはドレスの代金はきちんと支払われましたよ。ミスタ・ウェルズが要求なさった好意というのは、できるだけ急いで縫いあげて届けることです。仕立屋はそうすることで、ミスタ・ウェルズと取り決めた料金を支払ったというわけです」

「なるほど。ミスタ・ウェルズは非常に変わった方法でお仕事をなさっているのですね」

「ええ、ミス・グレイド、その点では、そうですね」

「どうもよくわからないことがあるのですが、ミセス・オーツ」

「と言いますと、ミス・グレイド？」

「ミスタ・ウェルズが調査の見返りにお金を請求されず、必要になったときに好意で回収していらっしゃるとすると、当然、お金持ちなのですね」

「たしかに、充分すぎるほどのたくわえがおありです」

「それなのに、自分のものではない家に住んでいらっしゃるのですね」コンコーディアはさらに言った。

「ああ、あのかたがここに住んでらしても、ミスタ・ストーナーは少しも気にしておられません」

「でも、お二人は肉親ではないのでしょう？」

「ええ、ミス・グレイド。血縁関係はまったくありません。親しいお友達というだけです」

「どうやら、とても親しいお友達なのですね」

「ええ、ミス・グレイド。そうですとも、そうですとも」

「ミスタ・ストーナーはミスタ・ウェルズをとても信頼しておられるようですね」コンコーディアはいかにもさりげない口調で言った。

ミセス・オーツがかすかにうなずいて、コンコーディアの言葉を肯定した。「ええ、そのとおりです」

とても親しいお友達。アンブローズが平然と、婦人が別の婦人を恋人にすることもあるという話題を口にしたことが頭によみがえった。あの話題がずっと出てきたのは、彼自身の性的な関心が同性に向いているからだったのだろうか？　アンブローズと謎のミスタ・ストーナーとの奇妙な関係は、それで説明がつくのかもしれない。

純粋に個人的な見地からすると、コンコーディアにとってそれはひどく残念なことでもあった。

もっとも、アンブローズと情熱的な関係を結ぶことを本気で期待していたわけではないではないか。コンコーディアはそう自分に言い聞かせた。

「あら、もうこんな時間だわ」ミセス・オーツが小さな声をあげた。「いつのまにこんなに時間がすぎてしまったのかしら。夕食の準備に取りかからなくては。ミス・グレイド、失礼させていただきますよ。お嬢さんがたと、新しいドレスをゆっくりご覧になっててください」

ミセス・オーツがあたふたと部屋から出ていった。

生徒たちが靴と手袋とドレスの相性をあれこれ話し合っているのをぼんやり聞きながら、コンコーディアは化粧台を人さし指で軽くたたいた。

この家の奇妙な内情を聞き出そうとしたのだが、うまくいかなかった。なにか役に立つ情報を知りたければ、今度はもっとうまくやる必要があるようだ。

12

アンブローズは図書室の扉がノックされる音で、フランス窓の向こうに広がる庭を前にしてふけっていた深い物思いを中断された。没我の瞑想からゆっくりと現実にもどる。

「お入り」彼は言った。

背後で扉がひらく音が聞こえたが、アンブローズは振り向かず、絨毯《じゅうたん》にあぐらをかいて膝《ひざ》に両手を置いたままだった。

ミセス・オーツが咳払いをした。「おじゃまして申し訳ありませんが、ミス・グレイドが、ミスタ・ストーナーについてあれこれたずね始めたことをお知らせしておきたいと思いまして」

「やむをえないことだな、ミセス・オーツ。うまくいけば、わたしがほかの問題を片づけるあいだ、彼女の注意をそちらに引きつけておけるだろう」

「あたしなら、ミス・グレイドがそれに気を取られて、自分の周囲で起こってることに注意を払わなくなるなどとは考えないでしょうね」

「ありがとう、ミセス・オーツ。その警告を忘れないようにしよう」

「それがいいでしょうね」

「お嬢さんたちは新しい服に満足しているかね？」

「ミス・フィービをのぞいては。ミス・フィービはズボンがたいそう気に入ったようです」

アンブローズはにやりとした。「うちは型破りな家だ。遠慮なくズボンをはいてかまわない」

「はい。今夜は、ミス・グレイドとお嬢さんたちといっしょに夕食を召しあがりますか？」

「そのつもりで楽しみにしている」そこでちょっと言葉を切った。「だが、お客さんたちが床に着いたあとで、出かける。起きて待っている必要はない。おそらくかなり遅くなるだろうから」

「承知しました、ミスタ・ウェルズ」

かすかな音とともに扉がしまった。アンブローズはまた庭を眺めて物思いにふけった。はるか昔のできごとがよみがえってきた。

二階の裏側の窓からジョン・ストーナーの優雅なタウンハウスに忍びこんだ夜、アンブローズは十八になったばかりだった。

アンブローズが盗みを始めたのは、家を飛び出した最初の夜からだった。しかし、十三歳のそのときからすでに、人なみすぐれた生存本能がそなわっていた。近くの墓地へいき、小さな礼拝堂の裏口の鍵を壊して入りこむと、祭壇の後ろに隠れて夜明けまですごした。

その夜は夢を見るのが恐ろしくて眠らなかった。その年でもう、その夜のできごとは生涯脳裏にこびりついて離れないだろうとわかった。

アンブローズはまず、新しい仕事に取りかかる前にすべきこととして祖父と父から教えられたことをした。計画を立てたのだ。それをすませたあと、父の死を悲しんで少し泣いた。

翌朝、天はみずから助くるものを助くという古い格言を守り、礼拝堂の銀器を無断で持ち出した。上等な蠟燭立てと聖杯二個を選び、祈りを捧げたのち、一族に受けつがれた才能を使って世の中で出世すべく、出発した。銀器を質入れする方法については心得ていた。過去に仕事が順調にいかなかったとき、父と祖父がしばしば質屋をおとずれていたのだ。

総じて、盗みを生業《なりわい》にしたのはなかなかいい選択だった。アンブローズはジョン・ストーナーの寝室を見まわして考えた。幼いときから盗みをしこまれたわけではなかった。彼の家系は、先祖代々、詐欺師やペテン師を生業としてきたのだ。

予想どおり、部屋にはだれもいなかった。計画を立てるにあたり、一週間近くジョン・ストーナーを見張って観察し、慎重に調査をおこなった。その結果、目あての獲物は、若いころ極東で長期間暮らした学者だということがわかった。

その夜は召使いたちの休日だった。さっき家を調べたときは、階下の図書室にまだ明かりがついていた。

カーテンのすきまから、刺繡をほどこした海老茶《えびちゃ》色の上等な部屋着を着たストーナーが、赤々と燃える暖炉の前にすわっているのが見えた。横にポート酒のグラスを置き、分厚い学術書に読みふけっていた。

アンブローズは引出しをあけた。まず目に入ったのは懐中時計だった。ほの暗い月明かりの中でも、金特有の鈍い輝きを放っているのがわかった。

懐中時計に手を伸ばす。

そのとき、隣り合った部屋の扉がだしぬけにあいた。

「きみの年ごろだったころのわたしより、目がよいようだな」暗がりでジョン・ストーナーが言った。

盗みに入って見つかったのはそれが初めてだったが、いずれはそういうことが起こるだろうと思っていた。父と祖父に教えられたとおり、そういう事態が出来《しゅったい》したときの準備はしてあった。しかも、二人にいつも注意されていたように、対策はひとつではなく二つ用意してあった。

脱出計画その一で肝要なのは、速さと敏捷《びんしょう》さだった。

懐中時計をつかむことはもちろん、考える間もあればこそ、アンブローズはあいたままの窓めがけて跳んだ。そこには窓枠に結びつけたままにしておいた綱があった。それを使えば、地面までほんの数秒でおりられる。

ところが、窓までいきつけなかった。足払いをかけられたのだ。次の瞬間、アンブローズは床にあおむけに倒れていた。倒れた衝撃で一瞬頭がぼうっとして、息ができなくなった。

「動くな」

その命令を無視して、アンブローズは大きく息を吸いこむと、起きあがって膝立ちになった。とにかく窓にたどりつくことしか頭になかった。

けれどブーツでいっぽうの足首を押さえられ、今度は前のめりに床に伸びた。

もう一度起きあがる前に、かがみこんだストーナーに、まず右手首を、つづいて左の手首をつかまれた。アンブローズは振りほどこうともがいた。自分は相手よりはるかに若くて力も強い。そのうえ今は必死で、どこから見ても有利なはずだった。にもかかわらず、ほんの数秒で丈夫なひもで後ろ手に縛られてしまった。

アンブローズは両足をばたつかせて抵抗したが、ストーナーは横っ飛びして楽々とよけた。

「お若いの、なにがなんでも逃げようという意気は立派だが、逃がすつもりはない。少なくとも、まだ今はな」ストーナーが彼を見おろした。「古い格言に曰《いわ》く『砦《とりで》の壁に体当たりすべからず。壁の下にトンネルを掘れ』」

アンブローズは恐慌にのみこまれそうになるのを懸命にこらえた。そうなったら自滅するのは目に見えている。

脱出計画その二を使うときだ。アンブローズは早口でしゃべり始めた。

「すみません。その古い格言は聞いたことがありません。シェイクスピアですか、それとも聖書の箴言《しんげん》ですか?」

　この紳士が属する階級の人間を相手にするときに使う、冷静で洗練された口調で言った。自分も同じ階級の出身で、今もそうだという印象を与えるしゃべりかただ。

　そして、それはまぎれもない事実だった。父と祖父は好んでならず者になったが、生まれは紳士階級だった。世間では道徳観より社会階級のほうがはるかに重要だということを、アンブローズはよく知っていた。

　少しばかりのツキがあれば、この場をうまく切り抜けられるだろう。紳士は仲間の紳士を牢獄に送りたいとは思わないものだ。

　ストーナーが部屋着のポケットに両手を突っこみ、満足そうに小首をかしげた。「いいぞ、お若いの。このようなときに教養のある会話ができる押しこみ強盗には、めったにお目にかかれぬ。きみはその場に応じて当意即妙に受け答えができるが、それは重要なことだ」

　アンブローズはストーナーがなにを言っているのか見当もつかなかったが、少なくとも、巡査を呼ばずに話をしている。

「こんなふうに残念な出会いになってしまい、心からおわびいたします」アンブローズはそろそろと体を起こしてすわった。「ご安心ください、あなたが考えておられるようなことではないのです」

「というと?」

「今夜の押しこみは、ポート酒を数本飲んだあげく、友人たちとばかな賭《か》けをしたせいです」アンブローズは顔をしかめた。「オクスフォードの学生がどんなものかはご存じでしょう。挑発されると、つい乗ってしまうのです」

「その賭けというのはどのようなものだったのだね？」ストーナーがすっかり興味を惹かれた口調で言った。

「今も言ったように、先日の夜、仲間と酒を飲んでいました。だれかが、たぶんケルブルックだったと思いますが、このところ扇情的な新聞をにぎわせている記事の話題を持ち出したのです。お読みになったことがありますか？　金持ちの紳士だけを専門にねらうと言われている夜盗のばかげた記事です」

「ああ、そう言われれば、一、二度、そういう記事を読んだことがある。その記事を書いた記者は、その悪党に〈幽霊《ゴースト》〉というあだ名をつけておるようだな」

アンブローズはうんざりした声をもらした。「扇情的な新聞は、記事をおもしろくするために、悪党に奇抜な名前をつけるのが大好きですからね」

「まったくだ」

「ええ、それで、今も言ったとおり、ケルブルックがその〈幽霊〉の話題を出したのです。その手練の強盗を模倣するのはどれくらいむずかしいかについて、ぼくと友人たちは論じ合いました。ぼくはさほどむずかしくないだろうと言ったのですが、だれかがそんなことはないと言いました。そんなこんなで、結局、残念ながら賭けを受けてしまったのです」

「なるほど。で、その実験のためにわたしの家を選んだのはなぜだね？」

アンブローズは深いため息をついた。「〈幽霊〉が好むとされる被害者像にぴったりだと思ったからです」

ストーナーがくっくっと笑った。「実に頭の回転が速いな、お若いの。それは認めよう。名前はなんというのだ？」

「アンブローズ・ウェルズです」アンブローズは父の家から逃げ出した夜に思いついた名前を名乗った。これを切り抜けたら、別の名前を考えればいい。

「階下へいってお茶を飲みながら、きみの将来を話し合うというのはどうだね、ミスタ・ウェルズ？」

「お茶を？」

「わたしが提示するもうひとつの選択肢よりはそちらのほうがよいだろうと思ってな」

「もうひとつの選択肢というのはなんですか？」

「警官との面会だ。もっとも、その場合はまともなお茶が飲めるかどうかは疑問だがね」

「お茶はとてもいい考えだと思います」

「そう言うだろうと思ったよ。では、いっしょにきなさい。台所へいこう。お茶は自分たちの手でいれるほかないだろうな。今夜は召使いたちが休みなのだ。だが、それは承知のうえだったのだろう？」


木の椅子に縛りつけられたアンブローズは、この家の主人が紅茶をいれるのを驚きの目で見守った。紳士階級の大多数の男と違って、ジョン・ストーナーは自宅の台所の勝手をよく知っており、くつろいでいるようにすら見えた。ものの数分で、やかんをこんろにかけ、趣味のいい小型のポットにスプーンで紅茶の葉を入れた。

「〈幽霊〉として仕事をしてどれくらいになるのだね、ミスタ・ウェルズ？」ストーナーがたずねた。

「失礼なことを言うつもりはありませんが、それはかなり意地の悪い質問ですね。どのように答えても、ぼくに〈幽霊〉だと認めさせることになるではありませんか」

「このような事情だから、賭けについての作り話はなかったことにしようと思うのだが、どうだね？」ストーナーがポットと小さな茶碗を二つ持ってきて、厚板の卓の上に置いた。

「さてと、二階の寝室で見たところでは、きみは右利きだな。したがって、左手は右手ほど器用には動かないだろうから、そちらの手のひもをほどくことにしよう」

「あの暗がりで、ぼくの姿がそれほどはっきり見えたのですか？」窮地に立たされているにもかかわらず、アンブローズは急速に、ジョン・ストーナーという人物に好奇心を抱き始めていた。

「さっきも言ったように、かつてほどではなくなったが、それでもまだ、夜間視力は同年代の人間よりははるかによい」

ストーナーが卓の向かいにすわって、紅茶を注いだ。アンブローズは薄手の茶碗に取っ手がついていないことに気づいた。ポットと同様、彼にはどこのものかわからない異国風の風景が描かれている。中国でもなければ、日本でもない。しかし意匠の感じから、東洋のどこかのものだということはわかった。

アンブローズはひどく慎重に茶碗を持って、紅茶の香りを吸いこんだ。繊細で、複雑で、引きこまれるような香りだった。

「ぼくが二階にいることがどうしてわかったのか、教えていただけませんか？」アンブローズはたずねた。「図書室で読書をしておられるものとばかり思っていました」

「この何日か、きみがくるのを待っておったのだ」

品のいい小さな紅茶茶碗が、あやうくアンブローズの手から滑り落ちそうになった。「ぼくに気づいておられたのですか？」

そんなのはたいしたことではないとでもいうように、ストーナーがうわの空でうなずいた。しかしアンブローズには、たいしたことだとわかった。彼が尾行してその人物の習慣を書き留めていたあいだに彼の存在に気づいた被害者は、これまでひとりもいなかった。

「今夜きみがここに現れたときには、さして驚かなかった」ストーナーが言った。「新聞の記事を読んで、〈幽霊〉は侵入する前に、被害者の家を徹底的に調査しているのではないかと考えた。そして、きみのやりかたに興味をおぼえた。ほとんどの押しこみ強盗には、そうした慎重な段取りをする知性や忍耐力が不足しておる。概して、戦略家というより、でき心で盗みに入る人間どもだ」

「さっきから言っているように、ぼくは〈幽霊〉ではありません。賭けのために〈幽霊〉のやりかたをまねようとしただけです。そして、ご覧のとおり、失敗しました」

ストーナーが考えこんだ表情で紅茶をすすった。「実のところ、きみは非常にみごとにやってのけた。この商売をだれに教わった？」

「ぼくは紳士です。身を落として商売をすることなど、考えたこともありません」

ストーナーがふくみ笑いをもらした。「そうやって質問をはぐらかしてばかりでは、わたしひとりが一方的にしゃべることになりそうだな」

「失礼ですが、たずねられた質問に答えようとしたではありませんか」

「誠実さを装う戦術は、場合によっては有効だし、きみにはその才能があるようだが、今夜わたしにそれを使ってもむだだ」

アンブローズはそのとき初めて、ジョン・ストーナーは頭がおかしいのではないかと思い始めた。

「おっしゃる意味がわかりませんが」アンブローズは言った。

「おそらくわたしのやりかたが間違っておったのだろう」上品さと自制を感じさせる手つきで、ストーナーは小さな紅茶茶碗を指のあいだにはさんで持った。「きみには身の上話をする気がないようだから、わたしが自分のを話そう。わたしの話が終わったら、きみの将来について話し合おう」

13

ジャーヴィス職業紹介所の事務所は、ロンドンでも評判のよくない地区にある汚い石造りの建物の最上階にあった。真夜中を少しすぎたとき、アンブローズは錠前破りの道具を使って中に入った。

事務所に入って扉をしめ、しばらくその場にじっと立ったまま、体に広がるいつもの興奮の身震いを楽しむ。

自分には生まれつき、このようなときにわきあがってくる冷たい活力を楽しむ嗜癖《しへき》があったのではないだろうか。すべての感覚が鋭敏になり、巨大な夜の鳥のように、空でも飛べそうな気がした。困るのは、強力な薬物がみなそうであるように、後遺症が残ることだった。極度の興奮状態が体から抜けきるまでにしばらく時間がかかるのだ。

受付の部屋は長期間しめきったままになっていたらしく、むっとする瘴気《しょうき》と、それとは別の、もっと不快な腐敗臭のようなにおいがこもっていた。

今夜は、カーテンのない窓から充分すぎるほどの月明かりが差しこんでおり、部屋にだれもいないことが見て取れた。しかしながら、しばらく前にここでだれかが死んだことに、アンブローズは躊躇《ちゅうちょ》なく大金を賭けたことだろう。

どっしりした机の周囲に、ガラスの破片や書類、ペンなどが散乱している。争いがあったようだ。

アンブローズは机の引出しを残らず調べたが、特別なものはなにも入っておらず、帳面や文具類、予備のインク瓶、封蠟など、ごく普通のものばかりだった。

一番下の引出しに黒いマフが入っていた。

いくつかならんでいる書類戸棚のところへいき、最初の戸棚をあけた。書類がぎっしり詰まっていた。マッチをすり、フォルダーを端から順に手早く調べる。

バートレットという人物のファイルはなかったが、アンブローズはさして驚かなかった。バートレットがこの紹介所を介して雇われたことをうかがわせるものはなにもなかった。しかしながら、コンコーディア・グレイド、あるいは、コンコーディアが前の職場で使っていた偽名のアイリーン・コルビーの記録もまったくないのは、見すごしにできないことだった。

アンブローズは書類戸棚の引出しをしめてマッチを吹き消し、しばらく考えた。

そして机に引き返すと、もう一度一番下の引出しをあけた。マフを取り出す。マフには内側に小さなポケットがついていたが、入っていたのはハンカチだけだった。

マフを引出しにもどしかけたとき、なんとなく引出しの大きさが気になって手を止めた。妙だ。引出しの深さが浅すぎる。

かがみこんで、右手の指先で静かに引出しの中をさぐる。底板の一番奥の部分に小さなへこみがあった。昼間の明るさの中でも、注意深く観察しなければほとんど気づかない程度のへこみだ。

アンブローズは二重底などの細工がほどこされた引出しには多少の知識があった。へこみを慎重に押すと、小さなばねがはねた。隠れた蝶番《ちょうつがい》がきしる小さな音がして引出しの底が持ちあがり、その下に隠されていた空間が現れた。

そこに入っていたのは、小さく四つに折りたたまれた新聞だけだった。

アンブローズはそれを取り出し、四つ折りを一回ひらいて二つ折りの状態にした。もう一本マッチを擦ると、見おぼえのある紙名が目に入った。『フライング・インテリジェンサー』はとりわけどぎつい扇情的な新聞で、血なまぐさい犯罪のおどろおどろしい記事と扇情的な連載小説を売りものにしている。

ジャーヴィスはなぜわざわざ新聞を隠したのだろうか？　ひょっとすると、自分がそれを持っているのを顧客になりそうな人間に見られたくなくて、目につかない場所に入れたのかもしれない。『フライング・インテリジェンサー』はおもしろい読み物ではあるが、教師や家庭教師を斡旋《あっせん》する紹介所の経営者が、読んでいるところを他人に見られたいような類の新聞とは言えない。

それにしても、わざわざ机の秘密の引出しに隠す必要はないような気がした。客の目に触れないようにするためであれば、マフといっしょに引出しに入れておけば充分だろうに。

アンブローズは折りたたんだ新聞を外套《がいとう》のポケットに突っこんで事務所を出た。一階までおりて、無人の建物の裏口から外に出る。路地で外套の襟を立て、山の低い帽子を目深にかぶって顔を隠すと、入り組んだ暗い小道と狭い通りを歩き出した。きたときとは別の道をとおってその地区を抜け、どこにでもありそうな売春宿の近くに出る。通りには二輪の辻馬車がずらりと客待ちをしていた。アンブローズはそのうちの一台に乗った。

座席にすわると、馬車のランプの灯を小さくした。一夜の悪徳を楽しんで家路につく酔っ払いの紳士など珍しくもないので、だれかが目を留めることはありそうになかったが、危険を冒す必要はない。

アンブローズは辻馬車の暗がりに体を沈め、帰ったときコンコーディアはまだ起きているだろうかと考えた。彼女の顔を見て、今夜わかったことを話したいという強い思いがこみあげて、自分でも当惑するほどだった。

外套のポケットに入れた新聞が、がさがさと小さな音をたてた。中身を読むのは家に帰ってからにしよう。夜間視力が他人よりすぐれているとはいえ、暗がりで字を読めるほどではなかった。

14

アンブローズが帰宅した最初の兆候は、階段の踊り場の床を蹴《け》る犬の爪の音だった。コンコーディアは安堵がこみあげてくるのを感じた。無事に帰ってきた。これでやっと、彼が出かけてからずっと胸に居すわっていた不安を払いのけることができる。

アンブローズの帰宅によって引き起こされた第二の反応は、突然期待がわきあがったことだった。ジャーヴィス職業紹介所の事務所を調べてなにか発見したのなら、一刻も早く聞きたかった。

彼が犬に小声でなにか言っているのが聞こえた。また板張りの床を歩く犬の足音が聞こえ、やがて静かになった。アンブローズは、ダンテとベアトリーチェを生徒たちが眠っている三階へいかせたようだ。

寝室のドアの下の深い暗がりにかすかな動きが感じられた。アンブローズが彼女の部屋の前で立ち止まったのだ。今にも低いノックの音が聞こえるものと期待して、コンコーディアは上掛けをめくって起きあがり、眼鏡を手さぐりした。

眼鏡をきちんとかけて、部屋着をつかむ。

まだノックはない。

ドアの下の影が動いた。どうやらアンブローズは気が変わったようだ。そのまま自分の寝室へと歩いていった。

コンコーディアはあわてて部屋着のひもを結び、ミセス・オーツが買ってきてくれた新しい室内ばきに足を滑りこませると、ドアのほうへ走った。今夜、アンブローズが調査の顛末《てんまつ》をくわしく話さずにすますつもりなら、考えなおしたほうがいい。

ぐいとドアを引きあけて暗い廊下に頭を突き出したとき、ちょうど、アンブローズの部屋のドアがしまるかすかな音が聞こえた。

コンコーディアは冷たい廊下に出て、足早に彼の部屋へ向かった。

ノックしようと右手をあげたとき、アンブローズがドアをあけた。まるで彼女がくるのを待っていたようだった。部屋の中の小さな机に載っているランプの明かりを背に受けて、彼の姿は黒い影のように見えた。黒いリンネルのシャツは前のボタンがはずされて、裾がズボンの外に垂れさがっていた。

「ずいぶん夜更かしだな、ミス・グレイド」アンブローズが言った。

そのときコンコーディアは、目の前にあるのが、はだけたシャツの深いV字形のすきまからのぞいている、むきだしのたくましい彼の胸だということに気がついた。

あわてふためきながらも、どうにか意志の力で気持ちを落ちつけて、ずり落ちかけた眼鏡を押しあげ、用があってきたのだと自分に言い聞かせた。

「あなたと同じです」抑えた声で言う。「どうでしたか？ なにかおもしろいことがわかりましたか？」

「断言はできないが、ミセス・ジャーヴィスは死んだのではないかと思う。事務所には激しく争った跡が残っていた。きみのファイルもバートレットのファイルも見つからなかった」

「まあ」コンコーディアは愕然《がくぜん》とした。ドアの枠をつかんで気を取りなおし、ひどく簡潔な彼の報告の、もっとも驚くべき部分に考えを集中した。「ミセス・ジャーヴィスは死んだのですか？」

「まだ確たる証拠はない。明日の朝、調べてみるつもりだ。しかし、アレクサンダー・ラーキンと関わっていたかもしれないことを考えると、そのようなことが起こっても不思議はないだろう」

「おっしゃるとおりだとすると、この件で、これまでに三人が死んだことになりますね。あなたの依頼人の妹さん、ミス・バートレット、そしてミセス・ジャーヴィス」コンコーディアはぶるっと身震いして、部屋着の襟をしっかりかき合わせた。「ラーキンは、わたくしの生徒たちによほど大きな価値があると考えているのですね」

「そうだな」アンブローズが手で髪をかきあげたが、コンコーディアにはそれが、彼らしくない不安のしぐさに見えた。「くわしい話をする前に、少し待ってもらってもいいかね？」

彼がたずねた。「顔と手を洗ってさっぱりしたいのだ。帰りに乗った辻馬車が、あまりきれいではなかったものでね」

「え？　ああ、ええ、もちろんです」コンコーディアは彼のじゃまにならないよう、あわてて脇へ寄った。「失礼しました」

「階下《した》の図書室で待っていてくれないか。わたしも数分でおりていって、わずかだがわかったことを話すから」

「わかりました」コンコーディアはちょっと口ごもった。「大丈夫ですか？　おけがをなさったのではありませんか？」

「大丈夫だ」アンブローズがいらだたしそうに彼女の脇をすり抜けた。「さあ、もう失礼してもいいかな？」

「ごめんなさい」コンコーディアはつぶやくように言った。

彼が廊下を進んで浴室の扉の取っ手をつかんだ。「長くはかからない」

「待ってください」彼女は思わず小声で言った。「なにか手がかりが見つかりまして？」

アンブローズが肩ごしに振り向いた。「見つかったのは新聞だけだった」

「どんな新聞ですか？」

「書き物机の上にある」そう言って、顎《あご》で寝室の中を示した。「あれが手がかりになるかどうかわからないが、意図的に隠したようだった。ジャーヴィスの机の引出しの、二重底の下に入っていた。見たければ見てもかまわない」

アンブローズはそれだけ言うと、浴室に入って扉をしめた。

コンコーディアは扉の向こうで水の流れる音が聞こえるまで待ってから、アンブローズの寝室の入口へゆっくり引き返し、中をのぞきこんだ。

深い琥珀色と緑で統一された部屋は、見るからに男性的な印象だった。分厚い絨毯には一面に大きなシダの模様が織り出され、大きな四柱式寝台と大型の衣装箪笥《だんす》がかなりの面積を占めている。寝台の上には、アンブローズが脱いだ外套が放り出されていた。

窓の近くに置かれた書き物机の上に、折りたたんだ新聞があるのが見えた。

書き物机までいってその新聞を取り、まっすぐ部屋から出ればすむ。にもかかわらず、なぜかためらわれた。アンブローズの寝室に入るのは、たとえようもなくなれなれしいことのような気がした。

コンコーディアは深く息を吸いこむと、つかつかと部屋に入って新聞をつかみ、大急ぎで戸口へ引き返した。

無事廊下に出たとき初めて、自分が息を止めていたことに気づいた。

ばかげている。たかが寝室ではないか。それも、ミセス・オーツの言葉の意味を正しく理解したとすれば、婦人にまったく性的な関心がない男性の私室ではないか。

コンコーディアは急いで自分の部屋へもどり、ランプをつけて新聞を広げた。それが六週間ほど前の『フライング・インテリジェンサー』だとわかったときは、がっかりした。

新聞を広げて最初のページをめくり、ミセス・ジャーヴィスがつけた印か書きこみがないかとさがす。二ページ目をめくったとき、紙が二枚、はらりと絨毯に落ちた。足元に落ちた紙に目を落とすと、便箋だった。宛名は二枚ともR・J・ジャーヴィスとなっており、どちらにもS・バートレットの署名があった。

コンコーディアは手紙を拾いあげて急いで読んだ。読むにつれて血が凍りついた。読み終えると、また廊下に走り出た。水の音は止まっていた。

彼女は浴室のドアを鋭くたたいた。

「ミスタ・ウェルズ」上ずりそうな声を懸命に低く抑えながら呼ぶ。上の階で眠っている生徒を起こすことだけはしたくなかった。「ミスタ・ウェルズ、新聞のあいだにはさんであったものを見てください」

アンブローズがドアをあけた。あきらめたような表情を浮かべている。シャツを脱いでおり、上半身は完全に裸だ。

顔と上半身を冷たい水で洗ったらしく、肌に水滴が光っているのが見えた。肩幅が驚くほど広い。たくましく盛りあがった胸と引きしまった腰は、ギリシャ神話の英雄の彫像そのものだった。逆三角形に生えているこげ茶色の胸毛が、先細りになってズボンの中へ消えている。

「今度はなんだね、ミス・グレイド？」彼が丁重にたずねた。

コンコーディアは目を丸くして彼を見つめた。自分の口がぽかんとあいているのがわかった。「まあ、それは刺青《いれずみ》ですか？」

アンブローズが右胸上部の小さな花にちらりと目を落とした。「いかにも、ミス・グレイド。観察力が鋭いな」

「まあ」彼女は大きく息を吸いこんだ。「刺青のある人に会ったのは初めてです」

「ようやく、きわめて現代的なきみの感性に衝撃を与えることに成功したようだな」

「いいえ、いいえ、そうではありません」コンコーディアはあわてて言った。「これが、その、刺青というものなのですね」小さな刺青をのぞきこんで、じっくり観察する。「なにかの花ですわね？　なんの花なのかわかりませんけれど」

「このようなことをすると、きっと後悔するだろうな」アンブローズが言うなり、彼女の顎をつかんで仰向かせ、煙ったような目をのぞきこんだ。「だが、こうせずにはいられない。ちょうど悪いときに現れたものだな、ミス・グレイド。冷たい水でほてりをさますつもりだったのだが、あまり効果がなかったようだ」

「なんのほてりをさますのですか？　熱があるのですか？」

「火がついているのだよ、ミス・グレイド」

次の瞬間、アンブローズが唇を重ねた。コンコーディアはその口づけで、刺青はもちろん、ほかのすべてを忘れた。

15

アンブローズは彼女に口づけをするつもりなどなかった。まだ今は。今夜は。まだ早すぎるうえに、時期もまずい。だからこそ、さっき彼女を階下へいかせようとしたし、冷たい水を大量に浴びるために浴室へ入ったのだ。

ところが、コンコーディアのほうからこちらへやってきた。部屋着姿で、刺青を見た驚きに口をぽかんとあけて浴室の前に立っている彼女は、あまりにも親しげで、思わず口づけをせずにはいられなかった。

理性と分別に勝ち目はなかった。

じきに重大な間違いだったとわかるに違いないと思いながら、アンブローズはゆっくり口づけをした。

けれど、今夜浴室のドアをノックしたのは彼女だ、そう自分に言い聞かせた。しかも、相手はミス・コンコーディア・グレイドだ。有名な自由思想家ウィリアム・ギルモア・グレイドとシビル・マーロウの、型破りな娘だ。そこいらの感傷的で経験のない小娘ではない。ちょっとのあいだ、コンコーディアは凍りついて動けなくなったかのように、ただ突っ立ったままだった。アンブローズは片手で彼女の後頭部を押さえ、せめて、彼女の心にも自分と同じ思いが何分の一かでもあることを示す反応を引き出そうと、口づけを深めた。

コンコーディアがぶるっと体を震わせた。唇がやわらかくなった。満足したようなかすかなうめき声がもれた。

「ミスタ・ウェルズ」驚きのこもった低いささやき声だった。「つまるところ、あなたはやはり婦人に惹きつけられるようですね」

アンブローズははたと動きを止めた。そして、慎重に頭を起こした。

「一体全体、なにを言っているのだ?」

「ミセス・オーツの話から、ひょっとしてあなたとミスタ・ストーナーは、とても親しいお友達という以上の関係ではないかと思ったのです」

「なるほど」アンブローズの胸におかしさがこみあげた。「自業自得だな」

「お気になさらないで。もうどうでもいいことです」

「ああ、そうだな。小さな誤解を正させてもらおう」

アンブローズは彼女を抱きしめて、もう一度、今度はていねいに口づけをした。

コンコーディアが彼の首に腕を巻きつけて熱っぽく口づけを返してきたので、アンブローズはくらくらしそうになった。熱い欲望と天にも昇るほどの歓びがわきあがった。

彼女の髪に指をもぐりこませ、やわらかい唇をむさぼる。

やがて息が苦しくなってきて、やむなく唇を離した。

「もうこのような仲になったのだから」彼は言った。「そろそろアンブローズと呼んでくれてもいいのではないかな？」

「アンブローズ」

少し顔を引いてみると、二人の息でコンコーディアの眼鏡がくもっていた。

「すまない」アンブローズはにやりとして眼鏡を取った。「暗がりで見知らぬ男と口づけをしているような気分だったろうな」

「いいえ」コンコーディアが一、二度まばたきをして、焦点の合わない目で彼の顔を見た。

「あなたがどなたかはよくわかっています」

「コンコーディア」アンブローズは思わずささやいた。「きみはわたしになにをしたのだ？」

熱く燃えあがっている体に彼女のやわらかな体のぬくもりを感じたくて、コンコーディアをひしと抱き寄せる。体の中で暴れている欲望をやわらげるには、そうするしかなかった。

彼女も同じように飢えているらしく、しがみついてきた。アンブローズは彼女の部屋着のひもをほどいた。

彼の手が胸のふくらみを包みこんだとき、コンコーディアが体をこわばらせた。

アンブローズは唇を離した。「どうしたのだ？」

コンコーディアの目がくもって、大きく見ひらかれていた。そして彼の体にまわしていた手を放すと、一歩さがった。

「まあ、忘れるところでした」そう言って部屋着のポケットに手を突っこんだ。

「忘れるとは、なにをだね？」

「手紙です」コンコーディアが二枚の便箋を振って見せた。「このことをお話しするためにきたのに。新聞のあいだにはさんでありました。ミス・バートレットからの手紙です。オールドウィック城にいたあいだに、ミセス・ジャーヴィスに宛てて書いたものです。二通目は姿を消す直前の日付です」

アンブローズは自制心をかきあつめて、顔の前で振られている二枚の便箋に注意を向けた。「見せてくれ」

コンコーディアが彼に手紙を渡した。「ミス・バートレットはお城のようすがなにかおかしいと感じたのです。最初の手紙に、お城では手紙を出したり受け取ったりすることができないと書かれています。それで、お城の台所へ野菜を届けにくる農夫のひとりに袖《そで》の下を渡して、手紙を投函してもらったと書いています」

アンブローズは彼女に眼鏡を渡した。「階下の図書室で待っていてくれ。すぐにいく」

十分後、アンブローズは部屋着を着て図書室の机の前に立っていた。目の前の吸取紙の上には、ミス・バートレットがミセス・ジャーヴィスに出した二通の手紙が広げてあった。

「彼女とジャーヴィスはかなり親しかったようだな」

「ええ」コンコーディアは机の前をいったりきたりして歩きまわっていた。「この文面からすると、以前からの知り合いだったようですね」

「ミス・バートレットは最初の手紙に、自分が教えている娘たちを巻きこんだ、なんらかの違法な計画があることを発見したと書いている」

「わたくしが出した結論と同じです」コンコーディアの形のいい唇がこわばった。「そのような計画があることは、もう間違いありません。下劣きわまりないアレクサンダー・ラーキンは、やはり、高級娼婦を斡旋する事業を始めようとしていたのです」

アンブローズは少し考えてから言った。「これを読むと、フィービとハンナ、エドウィナ、シオドーラは、いわば実験的な試みだったのかもしれない。これがうまくいったら、ほかの孤児を使ってつづけるつもりだったのだろう」

「見さげ果てた男です」

アンブローズはちょっと考えた。「手紙にはラーキンの名前は書かれていない。ミス・バートレットは彼がこの件に関わっていることは知らなかったようだ」

「そう言えば、ラーキンは違法な事業とは慎重に距離を取っているとおっしゃっていましたわね」

「ああ」

コンコーディアが拳を握りしめた。「実に唾棄《だき》すべき、見さげ果てた男です」

アンブローズは机に左右のてのひらを突いて、最初の手紙を声に出して読んだ。

「……ここでなにが起こっているかは明らかです。最初の競売《オークション》が成功したら、また次の競売がおこなわれることでしょう。あなたとわたしがその利益の分け前にあずかっていけない理由はないと思います……」

コンコーディアがはたと足を止めた。「ミス・バートレットは、ミセス・ジャーヴィスにゆすりをしようと提案しているように聞こえませんか？」

「ああ。残念ながら、どちらの手紙にもゆする相手の名前は書かれていない」

彼女が顔をしかめた。「ラーキンは自分の名前がこの件と結びつけられないよう、充分に注意を払っていたはずだとおっしゃいましたね。二人がゆする相手として考えていたのは、別の人物に違いありません」

「ああ、わたしもそう思う。そう考えれば納得がいく」アンブローズは机の前にまわり、机の端に浅く腰をのせた。「コンコーディア、実は、きみに話してないことがあるのだ」

「どういう意味ですか？」

「しばらく前から、ラーキンが上流階級の紳士と組んでいるといううわさが流れていた。ミセス・ジャーヴィスの紹介所へいって、この実験的な試みに使う最初の四人の娘を教える教師をさがしてほしいと依頼したのは、その新しい相棒だろう。ミス・バートレットとミス・ジャーヴィスがゆすろうとしていたのは、その男かもしれない」

コンコーディアが腕組みをした。「ラーキンの新しい相棒が上流階級の人間だとすると、きっとゆすりには弱いでしょうね」

「そして、自分を守るためなら人殺しでもするだろう」

二人が考えるあいだ、長い沈黙が流れた。

「ミス・バートレットはどうしてあんなことができたのでしょう？」しばらくしてコンコーディアがたずねた。

「ゆすりの危険を冒したことかね？」アンブローズは肩をすくめた。「報酬がいいとは言えない仕事で暮らしを立てていたのだ。懐を温かくする絶好の機会に出合って、飛びついたのだろう」

コンコーディアが首を横に振った。「ゆすりをしようとしたことではありません。わたくしが言ったのは、どうして、あのような恐ろしい計画にさらに深く関わろうと考えることができたのか、ということです。自分にあずけられている生徒に、どうしてあんなことをしようと考えることができたのでしょう？」

アンブローズは厩《うまや》で初めて見たときの彼女を思い出して、口の端に笑いを浮かべた。エドウィナとシオドーラ、ハンナ、フィービを逃がすために、浮き足立っている馬を抑えながら悪党に拳銃を向けていた姿を。

「ミス・バートレットという人物は、きみとはまったく違っていたと言ってさしつかえないだろう」彼は静かに言った。

「でも、教師だったのですよ」

「いや、コンコーディア」アンブローズは机から腰をあげてコンコーディアの目の前に立った。「きみは教師だ。しかし、ミス・バートレットはまったく別の人種だったのだ」

「なにを考えていらっしゃるのですか?」コンコーディアが必死で気持ちを落ちつけようとしながらたずねた。

「わたしに少しでも分別があるなら、きみを二階へ寝にいかせるだろう、ということだ。もう遅い」

コンコーディアがじっと立ったまま言った。「ええ。とても遅い時間ですわ」

「わたしにとっては、間違いなく、もう遅すぎる」

アンブローズは両手を彼女のうなじにかけると、また唇を重ねた。彼女がなまめかしく体を震わせた。

彼は親指の先でコンコーディアの唇をひらかせて、口づけを深めた。肩に置かれた彼女の手に力がこもった。

アンブローズはもう一度彼女の部屋着のひもをほどいた。部屋着の前がはだけ、下に着ている白いリンネルの寝間着が見えた。

胸のふくらみを両手で包みこんだとき、コンコーディアがうめき声をもらした。寝間着の薄い布地ごしに、固く突き出した小さな薔薇《ばら》のつぼみが手に触れた。

手をさらにさげていくと、丸く張りきった太腿《ふともも》が触れた。

コンコーディアが身震いして、彼の髪に指をもぐりこませた。

アンブローズは彼女を抱きあげて長椅子へ向かった。コンコーディアが夢見るような目で彼を見あげた。

コンコーディアを長椅子におろし、眼鏡をはずそうと手を伸ばす。

そのとき、図書室の扉に鋭いノックの音が響いた。

「ミス・グレイド？」厚い木の扉の向こうでシオドーラの声がした。「急いできてください。ハンナがまた悪い夢を見たんです。泣いていて、手に負えません」

とたんにコンコーディアが緊張した。誘いこむようななまめかしさは一瞬にして消え去った。そして部屋着のひもをつかみ、はじかれたように長椅子から立ちあがった。

「すぐにハンナのところへいかなければ」そう言って足早に扉のほうへ向かい、大きな声で答えた。「今いくわ、シオドーラ」

アンブローズは自分の部屋着の乱れをなおしながら、コンコーディアが鏡の前で髪と部屋着を整えるのを眺めた。

身づくろいがすむと、コンコーディアは扉のところへいってあけた。

部屋着に室内ばきを突っかけたシオドーラが、いかにも心配げな顔で廊下に立っており、アンブローズの姿を見ると、目をすがめるようにした。

「先生のお部屋へいったら、いらっしゃらなかったもので」シオドーラが言った。「そのとき、階下のこの部屋に明かりがついているのに気がついて」

「今日起こった重大なことについて、ミスタ・ウェルズとご相談していたのです」コンコーディアが歯切れよく言った。そして廊下に出てから、振り向いてアンブローズを見た。「失礼させていただきます。ハンナがこれほどすぐにまた悪い夢を見ることはないだろうと思っていたのですが」

アンブローズはシオドーラをじっくり観察した。彼を見つめているその表情が、少しばかり無邪気すぎるように思えた。

「このようなときにちょうど悪い夢を見るとは、いやはや、きわめておもしろいな」

コンコーディアが困惑した表情を浮かべた。「え?」

「おやすみ、ミス・グレイド」アンブローズは小さくうなずいた。「心配ない、話のつづきはまた別の機会ということにしよう」

彼女が顔を赤らめた。「おやすみなさい」

そう言って、大急ぎでドアをしめた。

アンブローズはそのまましばらく待ってから、ランプを消して図書室を出た。耳を澄まして階段をあがる。二階に着いたとき、三階へあがる階段の上から、抑えたささやき声とかすかなくすくす笑いが起こった。

つづいて、上の階をあたふたと動く軽やかな足音とあわててドアをしめる音が聞こえたあと、不意に静かになった。

16

翌朝、アンブローズは食卓の上座にすわり、にぎやかな朝食室を見まわした。コンコーディアは彼と向かい合う席にすわっていたが、毎日、彼が朝一番にコンコーディアを見ることができるその席に、もともとそこが自分の席であるかのようにしっくりなじんでいる。

茶色の髪は優雅にきっちり巻きあげてピンで留めてあった。今朝着ているのはアンブローズが仕立屋に注文した新調のドレスで、美しい青銅色の地に封蠟の赤の縞《しま》が入った生地のものだった。

今朝は少女たちはみな上機嫌だった。若くて回復力が旺盛なおかげだ。

ことにハンナは、夜中に悪夢にうなされたにしては、ひどく元気がいいようだった。その隣にすわっているフィービは、男物のズボンとシャツを着て晴れやかな顔をしており、見るからに幸せそうだった。フィービのためにもっと上等な生地で男物の服を仕立ててくれるよう、自分の仕立屋に手紙を書こうとアンブローズは考えた。

二人の向かいには、緑と青のドレス姿が天使のように美しいエドウィナとシオドーラがすわっており、オーツが案内すると約束した温室の見学について、四人で夢中になってしゃべっていた。

アンブローズは卵とトーストを食べながら、食卓のにぎやかな会話を聞いていた。コンコーディアと少女たちの存在を自分がこれほど楽しんでいることを、愉快に思うと同時に困惑してもいた。長年、朝のこの時間はひとりで新聞を読んですごすのが習慣となっていた。ところが今朝は、新聞は小卓に置かれたままだった。いずれにせよ、少女たちがにぎやかにしゃべっていては、新聞に集中するのは無理だろう。

新聞はいつでも読める。

「今朝から勉強を再開するつもりです」コンコーディアが断固とした口調で言った。

それを聞いて、生徒たち全員が仰天した表情を浮かべた。

「でも、ミス・グレイド」シオドーラが訴えるように言った。「教科書も定規も地球儀も地図もないのに」

コンコーディアがアンブローズににっこりと微笑んだ。「きっとミスタ・ウェルズは、図書室を臨時の教室に使うことを許してくださるでしょう」

アンブローズはその申し出をちょっと考えてから、ひょいと肩をすくめた。「ああ、かまわないとも」

「ありがとうございます」コンコーディアの顔に満足そうな表情が浮かんだ。

フィービが疑わしそうな顔をアンブローズのほうに向けた。「図書室には化学の本はありますか?」

「化学の教科書は、入口を入って右側の二番目の本棚にあるはずだ」アンブローズは言った。

「古代エジプトの本は?」エドウィナがたずねた。「わたしの好きな科目なんです」

「古代エジプト関係の本は、階段の上のバルコニーにある。中国やアメリカ、インド、アフリカ、そのほかさまざまな地域の本も山ほどある」

エドウィナが顔を輝かせた。「本当ですか?」

「本当だとも」アンブローズはまたフォークで卵をすくった。「ミスタ・ストーナーは長年世界を旅してまわったのだ。ミスタ・ストーナーが書いた本も置いてある」

少女たちがうっとりした顔になったが、コンコーディアは疑わしそうな表情を浮かべた。

「ミスタ・ストーナーが旅から持ち帰った興味深い工芸品もある。なかにひとつ、きみたちの好奇心をそそりそうなものがある。〝からくり戸棚〟というのがそれだ。言い伝えでは、その戸棚には百一の引出しが隠されているらしいが、いまだかつて、それをすべて見つけてあけた者はいない」

「秘密の引出しがいっぱいある戸棚ですって」フィービがうっとりした声で言った。「わくわくするわ。それをあけてみてもいいですか、ミスタ・ウェルズ?」

「遠慮なくどうぞ」

エドウィナが期待のこもった表情で言った「図書室にはミセス・ブラウニングの本もありますか？　彼女の詩が大好きなのです」

「エリザベス・バレット・ブラウニングとご亭主の本はどちらもある」アンブローズは請け合った。「同じ棚にならべて置いてある。そうするのがふさわしいと思えたものでね」

シオドーラが食卓に少し身を乗り出すようにしてアンブローズを見た。「水彩絵具と絵筆はありますか？」

アンブローズは少し考えた。「戸棚に絵の道具が少し入っていると思うが、かなり古い。今日、オーツに新しい絵具を買いにいかせよう」

シオドーラが喜んだ。「ありがとうございます。すてきだわ。ミス・グレイドがお城にこられたときに、上等な絵具と絵筆を持っていらしたんですけど、逃げ出すとき、そのほとんどを置いてこなくちゃならなくて」

「そうだろうな」アンブローズは言った。

「小説は？」ハンナがたずねた。「わたしは小説が大好きなんです。ことに、秘密の結婚とか行方不明の相続人とか屋根裏部屋の異常者などが出てくる小説が」

「きみが言っているのは扇情小説だな」

「そうです」ハンナがにっこりした。

アンブローズはトーストを皿に取った。「図書室には扇情小説は一冊もないと断言してよいと思う」

「まあ」ハンナががっかりした表情を浮かべた。

ほかの三人の顔からも、熱っぽい表情がいくぶん薄れた。

「残念だわ」ハンナがつぶやいた。

アンブローズは少女たちの落胆した表情をしげしげと見た。

「この家では新聞を何紙も取っている」やがて彼は言った。「連載小説が載っているものもあるから、遠慮なく読みなさい」コンコーディアと目が合って、アンブローズはちょっと口ごもった。「ミス・グレイドに異論がなければ、だがね」

「とんでもない」コンコーディアがトーストにバターを塗った。「わたくしは小説を読むのは大切なことだと考えています。小説を読むことで、構想力の発達がうながされ、上流社会では当然抑えるべきものとされている、ある種の情感や情緒を経験することができるからです」

アンブローズはひょいと眉をあげた。「きみには驚かされるな、ミス・グレイド。きみと同業でその考えに賛同する者は、さほど多くはいないだろう。いや、それを言うなら、教育者の大多数とほとんどの親は、扇情小説は青少年の心によくない影響を与えると考えているはずだ」

「若い婦人の教育に対する考えがいくぶん変わっていることは、自分でも承知しています」

「〝独特〟といったほうがいいだろうな」アンブローズは愉快な気分で言った。

「そうかもしれません」コンコーディアの目に熱意が浮かんだ。「でも、自分の考えは正しいと心底信じています。いつの日か女子のための学校を設立して、自分が練りあげた教育方針を実践するつもりです」

　コンコーディアがふともらした夢に興味をそそられて、アンブローズは食べようとしていたトーストをおろした。

「確か、前にもそう言っていたな」静かに言う。

「わたくしが設立する学校は、両親が唱道したのと同じ教育理念にもとづいたものになるはずです。両親は、ものごとを筋道立てて考える力を伸ばすだけでなく、さまざまな職業につくためにも、広範囲な教育課程が必要だと考えていました。わたくしもその考えに賛成です。自力で生きていける能力を身につければ、もう、経済的な理由から結婚しなければという強迫観念に駆られずにすみます」

「しかし、きみも言っていたように、大半の職業はまだ婦人に門戸をとざしたままだ」アンブローズは指摘した。

　眼鏡の縁の上で、コンコーディアの眉が一本になった。「婦人を医学校やそのほかの職業訓練機関からしめだすのに使われる論拠のひとつが、婦人はそれにふさわしい専門的な教育を受けていないというものです。けれど、わたくしの学校を卒業する女子は、男子学生にひけを取らないでしょう。さらに、自分たちが職業につく権利を断固として主張し、世論を喚起するようになるはずです」

「なるほど」

「いいですか、大勢の婦人たちが団結して権利を主張すれば、世界は大きく変わることでしょう」

アンブローズはうやうやしくうなずいた。「高邁《こうまい》な目標をめざすきみの熱意には感服するよ、ミス・グレイド。その壮大な計画が成功することを祈っている」

コンコーディアが輝くような笑みを浮かべた。「ありがとうございます。そうおっしゃるからには、このような問題に非常に進歩的な考えを持っていらっしゃるのですね」

アンブローズはにやりとした。「男にしては、ということか?」

コンコーディアが頬を染めた。「男女を問わず、です。お気づきだと思いますが、男女同権の意見に対しては、概して大きな抵抗があります」

「社会一般ではそうかもしれない。しかし、きみが育てられた家と同様、この家では、多くのことに対して型破りな考えかたに理解があるのだよ、ミス・グレイド」

コンコーディアが咳払いをした。「ええ。さてと、この話題はもうこれくらいにしましょう。今日はいそがしい日になりそうです」そう言ってナプキンを丸めて皿の横に置いた。「よろしければ、失礼して図書室を見せていただき、今日の授業に使う本を集めたいのですが」

アンブローズは立ちあがって食卓をまわり、コンコーディアの椅子を引いた。「図書室の本についてなにか質問があれば、遠慮なくたずねてくれ」

「はい、ありがとうございます」コンコーディアは立ちあがって足早にドアのところまでいったが、そこで振り返り、ハンナとエドウィナ、シオドーラ、フィービを見た。「二十分後に図書室で待っています」

「はい、ミス・グレイド」四人が口ぐちに従順な返事をした。

コンコーディアが身をひるがえして朝食室から出ていった。青銅色と赤の縞模様のドレスのスカートが、後ろに入っている小さな腰当て《バスル》のせいで、気をそそるように優雅に揺れた。何時間それを見ていても飽きないだろうとアンブローズは思った。

背後の食卓が妙に静かになった。振り向くと、四人の少女が真剣な表情でじっと彼を見つめていた。

アンブローズは食卓の自分の席へもどって腰をおろした。

「どうかしたのかね？」丁重にたずねる。

ハンナとシオドーラ、フィービが、彼に向けていた視線をエドウィナに向けた。

暗黙のうちに押しつけられた責任を引き受けることに決めたらしく、エドウィナが立ちあがると、ドアのところまでいってきちんとしめた。そして自分の席へもどり、決然とした表情で腰をおろした。

「わたしたち、ミス・グレイドの立場がとても心配なのです」

アンブローズは紅茶茶碗に紅茶を注いだ。「立場とは？」

「この家での立場です」シオドーラが説明した。

「よろしい」アンブローズは椅子の背に体をあずけた。「これでわたしにもよくわかったと思う。きみたちは、この家でのミス・グレイドの立場を非常に心配しているのだな」

彼がすぐに状況を理解したことに満足したように、フィービがこくりとうなずいた。「そのとおりです、ミスタ・ウェルズ」

「問題は」ハンナがひどくまじめな口調で言った。「ミス・グレイドが、とても聡明で高い教育を受けていて、考えかたはしごく現代的なのに、実地の経験があまりないことです」

アンブローズは少女たちの顔を順に眺めた。「ミス・グレイドをみくびってはいけないよ。十年近くものあいだ、独力で世間を渡ってきたのだ。断言してもいいが、婦人がこの世界をひとりで生きていくという芸当は、実地の経験を相当に積まなければ、とうていできるものではない」

「わたしたちが言ってるのは、そういうことではありません」エドウィナがいらだたしそうに言った。「確かに、ミス・グレイドには実地に得たある種の知識はあります。たとえば、列車の時刻表の読みかたとか、ドレスを次の年も着られるように手を加える方法とか。でも、紳士に関してはほとんど経験がないも同然です」

「なるほど」

「教師を職業としている婦人は、紳士との交際にはきわめて慎重になる必要があります」シオドーラが真剣な口調で言った。「職を失う恐れがあるので、どんなささいなものでも醜聞は避けなければならないんです」

「だから、そういうことにはほとんど経験がないのです」ハンナがつけ加えた。

アンブローズは紅茶茶碗を持ちあげた。「ミス・グレイドは紳士とどのようにつきあえばいいのかを知らない、きみたちはそう確信しているわけだな?」

「ミス・グレイドはこれまで、家庭教師と女子校での教職しか経験していらっしゃいません」フィービがにべもなく言った。「だから、その方面の実地経験はほとんどないと確信できるんです」

アンブローズは紅茶茶碗を置いた。「話というのは昨夜のできごとについてだな?」

フィービとハンナ、エドウィナ、シオドーラが互いに目くばせをして、また彼に視線をもどした。決然とした四組の目が彼に向けられた。

「ぶしつけなのはわかっています」エドウィナが不穏な調子で言った。「昨夜、わたしたちはやむなくミス・グレイドを助け出しました。先生には、自分の立場が危険なことを察知するだけの経験がないんですもの」

「正確には、どんな危険だね?」アンブローズはたずねた。

四人がぱっと顔を赤くして、また不安げな目を見交わした。けれど、だれも後へ引かなかった。そろって顎をあげて肩を怒らせているが、その姿が、一心に目的に向かって進んでいるときのコンコーディアそっくりだということに気づいているのだろうか、とアンブローズは思った。このひと月のあいだに四人は、自分で気づいている以上のことを彼女から学んだようだ。四人にとって、コンコーディアは今や婦人のふるまいの手本になっていた。

「わたしたちが言ってるのは、真夜中に紳士と二人きりになったとき婦人がさらされる危険のことです」フィービがせきこんだように早口で言った。

「寝間着に部屋着を羽織っただけの姿で紳士と二人きりになったときに」ハンナが補足した。

「そして、相手の紳士も部屋着だけしか着ていないときに」エドウィナがつづけた。

「わたしたちにはわかるんです」シオドーラが親切にもつけ加えた。「あんなに聡明で、あんなに進歩的な考えを持っているせいで、ミス・グレイドはある種のことについて実際以上の経験があると世間の殿方に思われがちだということが」

アンブローズはうなずいた。「きみたちの心配していることはわかった」

ハンナが満足そうな表情を浮かべた。「ミス・グレイドには、ルシンダ・ローズウッドのような悲しい運命をたどってもらいたくないんです」

「ルシンダ・ローズウッドというのはだれだね？」

「『薔薇《ローズ》と棘《ソーン》』のヒロインです」ハンナが言った。「わたしのお気に入りの作家のおもしろい新作です。その第七章で、ルシンダ・ローズウッドはミスタ・ソーンに誘惑されます。ミスタ・ソーンが、ルシンダの純真で疑うことをしない性格につけこむのです。やがて、ルシンダは自分が誘惑されたことに気づいて、夜の闇の中へと逃げ出します」

「それからどうなったのだね？」アンブローズは思わず引きこまれてたずねた。

「わかりません」ハンナが認めた。「本はお城から逃げ出すときに持ってきたのですが、まだ最後まで読む時間がなくて」

「なるほど」アンブローズはちょっと考えた。「そうだな、わたしなら心配はしないな。最後まで読めば、ミスタ・ソーンがルシンダ・ローズウッドを追いかけていって、彼女を誘惑したことをあやまり、結婚を申しこむのがわかるだろう」

「本気でそうお思いになりますか？」ハンナが熱っぽくたずねた。

「ばかなことを言わないでください」フィービがやりこめるような口調で言った。「相手の婦人に相続財産がないかぎり、紳士は誘惑してものにした婦人とは絶対に結婚しません。それはだれもが知ってることです」

「そのとおりよ」エドウィナがうなずいた。「誘惑されて捨てられた貧しい婦人は、現実の世界と同じように、小説の中でもかならず不幸な最期をとげるんです」

シオドーラが顔をしかめた。「不公平だわ。ミス・グレイドがおっしゃるように、誘惑した紳士こそ不幸な最期をとげてしかるべきなのに」

「高邁な道徳観念からすると、ミス・グレイドのおっしゃるとおりかもしれないけど、実際には、現実の世界はそんなふうにはいかないわ」エドウィナが断言した。そして、きびしい表情でひたとアンブローズを見た。「でも、ミス・グレイドが世間の紳士に間違った印象を与えるのは、とても進歩的な考えかたのせいだというのは確かです」

「きみたちの言いたいことはわかった」アンブローズは言った。

それを聞いてエドウィナは満足したらしく、ほかの三人を見まわした。「ミス・グレイドが呼びにこないうちに図書室へいったほうがいいわね」

「早く〝からくり戸棚〟を見たいわ」フィービが言った。

「それと、詩集も」シオドーラが大きな声で言った。

アンブローズは立ちあがって一番近い椅子を引こうとしたが、少女たちはもう席を立って扉のほうへ駆け出していた。

「よかったら、ちょっと待ってくれ」アンブローズは静かに言った。

四人がすなおに戸口で立ち止まり、たずねるような表情で振り向いた。

「はい？」エドウィナがたずねた。

「城へ送られる前、きみたちは四人とも孤児院で暮らしていたのだったな」

それまで日が照っていた朝食室に突然雲がかかったように、少女たちの顔から明るさがかき消えた。

「そのとおりです」シオドーラが消え入りそうな声で言った。

「四人とも同じ孤児院にいたのかね？」

「はい」フィービが小声で言った。

「お願いです、あの恐ろしいところへ送り返さないでください」ハンナが体の横で両手を拳に握りしめた。目に涙が浮かんだ。「とても、とてもお行儀よくしますから」

シオドーラの唇が震えた。フィービが何度もまばたきした。エドウィナがくすんと鼻を鳴らした。

アンブローズはおとぎ話の人食い鬼のような気がした。「ちくしょう、ばかなことを言うな」

四人の顔に驚愕《きょうがく》の表情が浮かんだ。アンブローズは、婦人の前、ことに若い婦人の前では悪態をついてはいけないことを肝に銘じた。

「すまない」ポケットからハンカチを出してハンナの手に握らせる。「涙をふきなさい。だれもきみたちを孤児院へ送り返すことなど考えてはいない」

「ありがとうございます」ハンナが軽く腰を落として上品にお辞儀をすると、急いで扉のほうを向いた。

シオドーラとフィービ、エドウィナもそれにならった。

「もうひとつ質問がある」

狼《おおかみ》に遭遇した四羽の兎《うさぎ》よろしく、四人がその場に立ちすくんだ。

シオドーラがごくりと唾をのみこんだ。「どんな質問ですか？」

「その孤児院の名前を知りたい」

まだアンブローズの意図を警戒しているらしく、四人はちょっと考えているふうだった。

やがてエドウィナがアンブローズのほうを向いた。「ウィンズロウ女子慈善学校です」

「で、住所は」アンブローズはさらにたずねた。

「レックスブリッジ通り六番地です」フィービが言った。喉から無理やり言葉を引っ張り出したような顔だった。「恐ろしいところです」

ハンナはもう涙も出ないほどおびえて、顔が真っ青になっていた。「校長先生のミス・プラットは、〝感謝を忘れない少女が守るべき規則〟を守らない生徒を、罰として地下室にとじこめるんです。ときには何日も真っ暗な地下室から出してもらえないこともあります。とっても……とっても恐ろしいんです」

悪夢の原因はその地下室だとアンブローズは気づいた。

「もういい」彼は言った。「きみたちはだれも、自分の意思に反して施設に送り返されることはない」

朝食室をおおっていた黒い雲が奇跡のように消え失せた。また陽光がもどってきた。

少女たちは廊下を駆けていった。歌うような陽気な声が大きな屋敷の中に響き渡った。

ようやくひとりになって、アンブローズは腰をおろした。しばらく新聞の山を眺めてから、『タイムズ』を取った。

しばらくして、これまでずっと早朝の安らぎの場所だった朝食室が、妙にがらんとしているように思えることに気づいた。

17

　午後三時を少しすぎたとき、コンコーディアは今ではもうなじみとなったときめきを感じた。ミセス・オーツに渡すために書いた献立から目をあげると、図書室の入口にアンブローズが立っていた。箱を小脇に抱えている。

「お帰りなさい」コンコーディアは献立表を脇に置き、袖椅子《ウィングチェア》にすわったまま彼をじっと見た。「ミセス・オーツの献立に加えてもらいたい果物と野菜の一覧表を作っていたところです。ずいぶん遅かったのですね。二、三、調べることがあると言ってお出かけになったのに、何時間もお帰りにならずに」

「わたしが帰宅するまで、生徒たちの授業でいそがしいだろうと思っていた」アンブローズが図書室へ入ってきて、自分の机についた。「生徒たちはどうしたのだ?」

「ミスタ・オーツが温室を案内してくれるというので、いかせました。植物に関しては、わたしよりはるかに専門的な指導をしてくれるのではないかと思って」

「きっと喜んで教えてくれることだろう」アンブローズが箱を机の上に置いた。「オーツは庭師の仕事が好きでたまらないのだ」

「そのようですわね」コンコーディアは彼が机の椅子に腰をおろすのを見つめた。「それで？　お出かけになってなにをなさったのか、話してくださるのでしょう？」

「まず、ミセス・ジャーヴィスが住んでいた近所を調べてみた」

コンコーディアはすぐに、彼が過去形を使ったことに気づいた。「では、やはり死んでいたのですね？」

「ひと月半ほど前、死体がテムズ川から引きあげられた。自殺ということだった」

「もし本当に殺されたのだとすると、ミス・バートレットが姿を消したのとほぼ同じころですね」

「ラーキンか相棒はおそらく、ジャーヴィスのファイルからバートレットの後任者をさがしたのだろう」

コンコーディアは椅子の腕をつかんでいた手に力をこめた。「わたくしだわ」

「ああ。そのあと、レックスブリッジ通りのある施設へいってみた」

「生徒たちが入っていた慈善学校ですね。なぜですか？」不安がわきあがり、コンコーディアは体をこわばらせた。「まさか、生徒たちをあの恐ろしい場所へ送り返すことを考えていらっしゃるのではないでしょうね。そうだとしたら、問題外だと申しあげなければなりません。生徒たちがご迷惑で、わたくしたちにこの家から出ていってもらいたいと思っていらっしゃるのなら、もちろん出ていきます。でも、どんなことがあろうと——」

「またか。頼むよ」アンブローズが片手をあげて彼女の言葉をさえぎった。「それは今朝きみの生徒たちから聞いた。本人の意思に反してウィンズロウ女子慈善学校へ送り返すようなことはしない。約束する」

コンコーディアはほっと肩の力を抜いた。「わたくしたちがいるとご迷惑だということはわかっています」

「この屋敷は広い」アンブローズが言った。「場所はたっぷりある」

「ありがとうございます。だれに聞いても、ウィンズロウは実に悲惨なところです。どうやら、校長のミス・プラットの教育方法は前近代的で、学校の使用人たちは非常に思いやりがないようです。ハンナは、あそこで悪夢にうなされるようになったのです」

「地下室のことは聞いた」

「残酷な罰ですわ。そのことを考えるたびに、ミス・プラットを絞め殺したくなります」

「無理もないな。さてと、よかったら当面の話題にもどりたいのだが？」

「ええ、もちろんです」コンコーディアは両手を膝の上で握り合わせて、謹聴する態勢になった。

「レックスブリッジ通りの施設のことだ」アンブローズが椅子の背に体をあずけて脚を前に投げ出し、頭の後ろで手を組んだ。「今朝ふと思ったのだが、四人に共通するのはあの慈善学校だ」

「そうですわね。なんらかの関係があるのではありませんか？」

「ああ。そのことを頭に置いて、今日、学校の近所を歩いて調べてみた」

「中へお入りになったのですか？」

「いや。注目されずにあそこへ入る適当な方法が見つからなかった。今の時点では、注目されるようなことはしたくないからな」

「そうでしょうね。でも、まさか、ミセス・ジャーヴィスの事務所をお調べになったときのように、夜中に忍びこむつもりではないのでしょう？」

「それもひとつの方法だ」アンブローズが考えこんだ表情で認めた。「しかし、あの建物には大勢の人間が住んでいるから、まずい廊下に入りこんだり、はからずも少女たちのだれかを起こしたり、なんらかの理由で起きている職員と鉢合わせしたりする危険がきわめて大きい」

「まったくですわ」

アンブローズが意味ありげな表情でコンコーディアを見た。「この調査に加わりたいと言っていたな。あれは字義どおりの意味だったのかね？」

「もちろんです」コンコーディアは興奮で息をのんだ。「わたくしに学校の中へ入ってもらいたいということですか？」

「密偵《スパイ》を演じるのがいやでなければだが」

「胸が躍りますわ」

アンブローズが顔をしかめた。「この冒険には胸が躍るようなことがなにも起こらないよう願っている。あそこへは型どおりの用事でいってもらうつもりだ。エドウィナやハンナ、フィービ、シオドーラに関することは、いっさい口にしないでもらいたい。さらに、オールドウィック城の名前も、それ以外の、このところの一連のできごとについてもだ。わかったかね？」

「はい、よくわかりました。ウィンズロウにはわたくしの顔を知っている人はだれもいませんから、問題はないはずです」

「しかり。とはいえ、危険を冒すのは無意味だ。だれかに、ことにミス・プラットに、きみの顔をおぼえられたくない」

「変装するのですか？」

「そのようなものだ」アンブローズが頭の後ろで組んでいた手をほどき、先ほど机に置いた箱を引き寄せた。「今日、帰りにこれを買ってきた。それで遅くなったのだ」

アンブローズが箱のふたをあけ、黒い麦わらでできたつばの広い大きな帽子を取り出した。黒い絹の造花がついており、つばの周囲に黒い網《ネット》が垂れさがっている。

「未亡人のベールですね」うれしさのあまり、コンコーディアははじかれたように椅子から立ちあがって机に近づいた。帽子を手に取り、ゆっくりと手の中でまわす。黒いネットがふわりと揺れた。「とてもいい考えですわね。これをかぶれば、わたくしと会う人はだれも顔を見ることができませんわ」

「それに合わせた黒い手袋も買ってきた。濃い灰色のマントを着たまえ。そうすれば上流階級の未亡人に見えるだろう」

18

アレクサンダー・ラーキンは、向かいの彫刻をほどこした大理石のベンチにすわっている相棒をにらみつけて、奥歯を嚙《か》んだ。個室の高熱室《ホットルーム》の中は、普通の人間ならだらだら汗が流れるほどの暑さなのに、まるでクラブの椅子におさまっているかのように、エドワード・トリムリーは涼しい顔をしている。

しかし、トリムリーは紳士だ。ラーキンはそう自分に言い聞かせた。貧民窟で生まれたわけではない。教養のある発音と言葉遣い、上流階級の人間だけが会得できる洗練された尊大さを身につけていた。

トリムリーは生きるために食べ物を盗む必要などなかった、とラーキンは考えた。短刀を所持した男を目の前にして、そいつはブーツを手に入れるためなら平気で相手の喉を搔っ切る人間だと直感したときのように、冷や汗をかいたことなど一度もないのだ。

「火事が事故によるものではなかったというのは、確かなのか?」ラーキンはたずねた。

「なんといっても、城の台所は古かった」

「本当だ、火元は台所ではなかった」トリムリーが言った。

トリムリーの自信たっぷりな口調がラーキンには癇《かん》にさわった。組んだ当初、トリムリーはラーキンから学べるものはなんでも学ぼうと意気ごんでいた。ところが最近は、ボスは自分だという態度を取るようになった。

二人はともに、麻の白い大きなシーツを体に巻きつけていた。ラーキンはその扱いに苦労しており、どことない気恥ずかしさが消えなかった。いまいましい布が滑り落ちないよう、体の前でしっかりつかんでいなければならなかった。ところがトリムリーは、金持ちが自分の邸宅を飾るのに使う古代ローマの彫像のように、悠然としている。数年前に広いみごとな屋敷を買ったとき、ラーキンは玄関の広間に古代ローマの彫像をずらりと飾った。

「新しい翼棟の浴室にあったガス湯沸し器はどうなんだ？」ラーキンは立ちあがり、タイル張りの狭い部屋の中をうろうろと歩き始めた。「あれがあてにならんことはだれもが知っている」

「火は浴室から出たのではなかった」トリムリーがいらだったような声で言った。「あの夜城にいた使用人全員に話を聞いた。爆発が二度あって、どちらも食堂付近で起こった、みな口をそろえてそう言っていた」

ラーキンはうなり声をもらした。「火事は娘たちを連れ去るために仕組まれたと言うのか？」

「そのようだ」

「ちくしょう」ラーキンはタイル張りの壁の前までいき、まわれ右をして反対の方向へ引き返し始めた。「娘たちと教師が出ていったのを、だれも見てないのか？」

トリムリーが首を横に振った。「真夜中だったし、大量の煙と混乱の中だった。馬の蹄《ひづめ》の音を聞いた者が二人いたが、二人とも、火事から逃れさせるためにだれかが馬を放したのだろうと思ったらしい」

「いったいなんで、火が出たときすぐに、だれかが娘たちを見にいかなかったんだ？」ラーキンは詰問調で言った。「手下どもは、あの娘たちがおれにとって大きな価値があることを知っていたはずだ」

「リンプトンがほかの連中に、娘たちのことは引き受けると言ったようだ」トリムリーが払いのけるように片手を振った。「だが、やつは姿を消して、その晩はもどってこなかった。翌日、古い納屋の近くで死体が発見された」

「翌日までだれも、教師と娘たちが逃げたかもしれんとは考えなかったのか？」

「最初は、五人とも火事で死んだと思われていた」トリムリーがベンチの上で少し体をずらし、くつろいだ姿勢を取った。「あの状況ではしごく妥当な判断だった。大量の瓦礫《がれき》と焼け落ちた材木がくすぶっている状態では、焼け跡を徹底的に捜索するのは簡単ではなかった」

「ちくしょう」ラーキンの胸に、いつもの熱く沸き立つようなざわめきが起こった。「慎重に準備した計画がすべて水の泡だ。競売まであと数日だったというのに。こんなことになったとは、信じられん」

突然、激しい怒りが沸きあがって、息がつまりそうになった。ラーキンはぴかぴかの白いタイル張りの壁に拳をたたきつけた。

「ちくしょう」

それでも足りず、小さな卓の上にある水差しをつかむと、部屋の隅めがけて投げつけた。陶器の水差しが砕け散った。破片が音をたててタイルの上を跳ねた。

そのとたん、気持ちが落ちつき、自制心がもどってきた。もうすでに、怒りを爆発させたことを後悔し始めていた。

ラーキンは深く息を吸いこんでゆっくり吐き出しながら、怒りを静めた。ときどき激しい怒りが突発するのが、ずっと悩みの種だった。今は、そうしようと思えばなんとか抑えられるようになったが、ときにはわざと爆発させることもあった。概して、人はそれを見て恐れをなした。ラーキンはそれをいいことだと考えていた。使用人や仕事仲間を安閑とさせすぎると、ろくなことはない。

ところが上流紳士のミスタ・トリムリーは、そういう派手な力の誇示に対して、ほかの人間のような反応は見せなかった。感情を爆発させても、この尊大なくそったれには冷笑まじりの軽蔑以外のなにものも引き起こさないことを、ラーキンは悟った。

虚を衝けば、この男にわずかなりとも恐怖を感じさせられるかどうかが確かめたくて、ラーキンは力をこめてシーツをつかみ、突然くるりと振り向いた。しかし、ベールをかぶったような相棒の表情には、いつものようになんの変化も表れなかった。

「すべてはあの四人の娘にかかっていた」ラーキンはつぶやいた。「それなのに、あのくそいまいましい教師のおかげで四人とも消えた。いったいどういうわけで、娘たちを連れていったんだろうな？」

「前任者の運命に疑念を抱いて、自分自身の命が危険にさらされていると考えたに違いない」トリムリーが静かに答えた。

「そう考えれば、城から逃げ出したことは納得がいく。しかし、娘たちをいっしょに連れていったことの説明にはならん。わけがわからん。いっしょに連れていけば足手まといになるだけだとわかっていたはずだ。四人の娘というよけいな荷物がなければ、首尾よく逃げられる可能性がかなり高くなることは、あの女もわかっていたろうに」

「それは」トリムリーが静かに言った。「非常におもしろい質問だ。ロンドンまでの帰途、わたしもずっとそれについて考えていた」

ラーキンは足を止めて、ぱっと振り向いた。「どういうことなのか、なにか考えが浮かんだか？」

「命の危険を感じた女が、足手まといになる四人の娘を連れて逃げるのはどう考えても納得がいかないというのは、同感だ」トリムリーが気を持たせるように間を置いた。「しかし、あの教師がひとりでやったわけではないと言ってさしつかえないと思う」

「いったいなにを言ってるんだ？」

「確かにミス・グレイドは小利口だが、娘たちを城から連れ去る手はずを整えたのは彼女ではなかったようだ」

「手伝いがいたのか？　見張りのだれかか？　手下に裏切られるのはこれが初めてではないが、そうちょいちょい起こることでもない。そんなことをすればどういう目にあうか、だれもが知ってるからだ」

「あんたの手下ではない」トリムリーが言った。「その男が教師と娘たちといっしょに泊まった宿屋の亭主夫婦から、人相風体を聞くことができた」目に困惑した表情が浮かんだ。

「二人の話では、洗練された言葉遣いで、行儀もよかったそうだ。つまり、紳士だ」

「そいつが紳士だというのは確かなのか？」ラーキンはたずねた。「そういうふりをしていただけでなしに？」

　トリムリーがいっぽうの眉をひょいとあげた。「言わせてもらうと、生まれながらの紳士でないかぎり、紳士の役を演じるのは簡単ではない。いずれにせよ、わたしの経験では、宿屋の主人というのは、商店主と同様、客の階級を正確に言い当てることができる。ラーキン、あんたと同じで、その能力に長《た》けているかどうかに生活がかかっているからだ」

　ラーキンはぐっと怒りをこらえて聞き流した。トリムリーはラーキンを、仕事上であればつきあってもかまわないが、社会階級は自分より下だとみなしていた。その軽蔑の念が、言葉の端々に露骨に表れた。

「その宿屋の夫婦は、それ以外になにか役に立つ情報を知っていたか？」

「いや。女たちと付添いの男がロンドンへ向かったということだけだ。駅長に確かめたところ、娘たちとその教師をよくおぼえていた。五人は一等車に乗ったそうだ」

「連れの紳士はどうなんだ？」ラーキンはすかさずたずねた。

「おもしろいことに、駅長は男の連れがいたことはおぼえていなかった。宿屋から駅までのどこかで姿を消したようだ」

ラーキンは首の後ろを汗が流れ落ちるのを感じた。「そうか、男がいたことで、いくつかのことは説明がつく」

「なかでも、リンプトンが頭を割られていたことと、ボナーが脳震盪《のうしんとう》を起こして腕を骨折していたことはな」トリムリーが言った。

ラーキンは顔をしかめた。「どういうことだ？　リンプトンは火事で死んだと言ったではないか」

「あの夜死んだと言っただけだ。この目で死体を調べることができたのだが、火事ではなく、人間の手で殺されたのは間違いない」

ラーキンはふんと鼻を鳴らした。「女教師にそんなことができたはずはない。あんたの言うとおりだ。手伝いがいたんだな。問題は、紳士の共犯者のねらいはなにかということだ。たとえわれわれの計画をくわしく知っていても、そいつが自分で同じことをするのは無理だ。競売の手はずを整えるのに何か月もかかったんだからな」

「金を手に入れるために、そいつはわれわれと同じことをする必要はない」トリムリーが言った。「ラーキン、あんたは商才に長けている。だれかほかの人間にとって大きな価値があるとわかっている商品を手に入れたとしたら、どうするね？」

四人の娘がいなくなったという知らせを受け取って以来初めて、ラーキンはほっと肩の力を抜いた。「なくなった商品を買いもどさないかと、元の持ち主に持ちかける」

「そのとおりだ。娘たちを連れ去ったのが何者にせよ、いずれ、交渉の用意があることを伝えてくるはずだ。そうしたら、そのときにつかまえればいい」

「ちくしょう。じっと手をこまぬいて、向こうが接触してくるのを待つことなどできるか。おれはアレクサンダー・ラーキンだ。他人の都合のいいときまで待つ気はない」

「落ちつけ、ラーキン」トリムリーがベンチから立ちあがって出口へ向かった。「へたに動いて注目を集めるのだけはごめんだ。遅かれ早かれ、どろぼう紳士はあんたに取引を持ちかけてくる」

「あんたの指図は受けん、トリムリー」ラーキンは右手を拳に握りしめた。「ロンドンじゅうを引っかきまわしてでも、娘たちを見つける」

「好きにしろ。だが、時間のむだだろうな」

「なぜそうだとわかる？」

トリムリーがドアの前で立ち止まった。「あんたがロンドンのある方面に強力なコネがあることを否定する気は、毛頭ない。しかし、あんたが上流社会の一員でないことは、二人ともよくわかっている。そしてわれわれの相手は、どうやらその上流社会の人間らしい」

部屋の暑さにもかかわらず、ラーキンの体がすっと冷たくなった。

トリムリーが唇の端に笑いを浮かべた。「ラーキン、あんたのやみくもなやりかたはそれなりに効果があるのだろうが、今回は慎重に立ちまわる必要がある。わたしにまかせてくれ。われわれが手を組んだ理由のひとつはそれだったはずだ。わたしには、あんたが足を踏み入れることのできないところにコネがある」

トリムリーはそれだけ言うと、冷たい大浴槽のある部屋へ出てドアをしめた。

ラーキンは長いことそのドアをにらみつけていた。もう終わりだと心を決めた。この一年間トリムリーは役に立ったが、もううんざりだ。四人の娘が関わっているこの仕事が終わったら、トリムリーとの協力関係は永遠に解消しよう。

ずり落ちかけたシーツを巻きなおすと、ラーキンはどうやってことを運ぶかについて考えた。上流階級の紳士を始末するのには、周到な計画が必要だ。トリムリーが属している階級の人間が疑わしい状況で死んだら、警察は本腰を入れて調査をおこなうに決まっている。新聞も大騒ぎするだろう。そして調査がおこなわれる。

この件ではもうすでに、何人もの人間が疑わしい形で姿を消している。ラーキンがなによりも避けたいのは、スコットランドヤードの注意を引くことだった。

とはいえ、慎重のうえにも慎重を期してやれば、できなくはないだろう。トリムリーは間違っている。上流階級と下々《しもじも》の階級をへだてる壁を越えるのは、トリムリーが思っているほどにはむずかしくない。死はどんな階級の壁も越えることができる。

19

ウィンズロウ女子慈善学校の建物は広い邸宅だった。コンコーディアの目には、その建物は春のうららかな陽光を残らず吸い取り、明るさと暖かさを、冷たく無慈悲な夜に変えてしまうように思えた。

校長室も学校のほかの部分と同じで、無慈悲な陰気さが漂っていた。大きな机に向かってすわっているエディス・プラットに似つかわしい部屋だ。

恐るべきミス・プラットは、ハンナとフィービ、エドウィナ、シオドーラの話から想像していたほど年寄りではなかった。それどころか、コンコーディアよりいくつか年上なだけで、せいぜい三十歳だろう。

なかなか魅力的な婦人だった。背が高く均整のとれた体つきに加えて、胸は豊かで顔だちは整っており、髪は明るい茶色、目ははしばみ色だ。

しかしながら、持って生まれた外見の美しさは、とうの昔に、全身からにじみ出る近づきがたい険しさにおおい隠されていた。人生に手ひどい失望を味わわされたに違いない。今の最大の生きがいは、自分が思い知った悲しい現実への覚悟を、あずかっている生徒たちに確実に教えこむことではないかとコンコーディアは思った。

「ご主人を亡くされたこと、お悔やみを申しあげます、ミセス・トンプスン」プラットが言った。

まったく同情している口調ではない、とコンコーディアは思った。エディス・プラットの中に本物の情け深さがあったとしても、はるか昔に流れ出て枯渇してしまったのだろう。

「ありがとうございます、ミス・プラット」

コンコーディアは黒いヴェールごしに、部屋をひとわたり見まわした。壁にはこげ茶色の鏡板が張りめぐらされ、写真が二枚と額入りの銘板のほかには、飾りと言えるものはまったくなかった。

写真の一枚は、当然のことながらヴィクトリア女王の肖像だった。何十年も前に愛するアルバート公を亡くして以来身につけている喪服姿の写真だ。二枚目は、四十か四十五くらいの年齢の、上等なドレスを着て装身具をどっさりつけた婦人だった。写真の下に、金色の凝った筆記体で〝われらが愛する後援者ミセス・ホクストン〟と書かれている。

机の後方に掲げてある銘板には〝感謝を忘れない少女が守るべき規則〟という表題がついていた。その下に二十あまりの訓戒がずらりと並んでいる。コンコーディアは最初のひとつを読んだ。

〝感謝を忘れない少女は言いつけを守ります〟

コンコーディアはそれ以上読むのをやめた。

プラットが机に肘をついて腕組みをすると、コンコーディアにたずねるような表情を向けた。

「ご用の向きはなんでしょう？」

「とても微妙な問題でまいりました、ミス・プラット。亡くなった主人の遺言によって、思いもかけないことがわかったのです。職業柄、秘密は守っていただけることでしょうね」

「ミセス・トンプスン、わたしはもう何年も校長を務めています。ですから、微妙な問題の扱いには慣れております」

「ええ、そうでしょうね」コンコーディアは不安そうな深いため息をついて見せた。「お許しください。まだ衝撃が尾を引いているもので」

「どのような衝撃ですか？」

「家族がだれも知らないところで、主人は何年も前に婚外子をもうけていたらしいのです」

プラットが舌打ちをした。「残念ながら、よくある話ですね」

「このウィンズロウの校長先生というお立場なら、しばしば、そのような男の無責任さの結果に遭遇なさることでしょうね」

「男はやはり男です、ミセス・トンプスン」プラットがうんざりしたように小さく鼻を鳴らした。「残念ながら、基本的な本性が変わる望みはほとんどありません。そう、わたしに言わせてもらうなら、この世から婚外子を減らす望みはただひとつ、婦人です。人生のあらゆる局面で、なかんずく邪悪な感情に関して、婦人は慎みと自制を学ばねばなりません」

「邪悪な感情？」

「男の誘惑に惑わされたばかな婦人たちは、かならずその代償を払うことになります。そして、望まれない子供も同様です」

校長の声の苦々しい響きは多くのことを語っている。プラットが過去に、どこかの男のあてにならない約束の犠牲となったことは間違いない、とコンコーディアは思った。

コンコーディアは咳払いをした。「ええ、そう、先ほど申しましたように――」

「ご安心ください、このウィンズロウ女子慈善学校では、生徒ひとりひとりに自制と慎みを旨とすることを教えこむために、精魂を注いでおります」プラットが言った。

コンコーディアは身震いしそうになるのをこらえ、ここへきたのは、建物とこの部屋の内部をじっくり見て、エディス・プラットを観察するためで、女子の適切な教育方法について議論するためではない、と自分に言い聞かせた。

「立派な目標ですこと、ミス・プラット」コンコーディアはどっちつかずの口調で言った。

「はっきり申しあげて、たやすい仕事ではありません。若い娘というのは、ともすれば度を越した快活さや無謀な意気ごみを持ちやすいものです。ここウィンズロウでは、そのようなことを抑えるべく、あらゆる努力をしております」

「あなたならきっと、度を越した快活さや無謀な意気ごみをみごとに打ち砕かれることでしようね」ふと気がつくと、コンコーディアは膝に置いた右手を拳に握りしめていた。意識して指の力をゆるめる。「先ほども申しましたように、主人の放蕩《ほうとう》の結果、女の子が生まれ、レベッカと名づけられました。母親は二年ほど前に亡くなったようです。主人はその女の子を孤児院へ送るよう手配しました。けれど、わたくしにはひと言も申しませんでした。それどころか、主人が亡くなるまで、もうひとつ家族を持っていたなどとは夢にも思いませんでした。このようなことがわかって、本当につろうございます」

「そうでしょうね」プラットのそれでなくても恐ろしい顔がこわばり、まさに近づきがたい渋面になった。「で、それがあなたとどのような関係があるのですか、ミセス・トンプスン？」

「主人が遺言状に、レベッカを孤児院へ入れたことを後悔していると書いていたのです。子供は父親の家で育てられるべきだったと感じたようです」

「ばかばかしい。ご主人が外に作った娘をあなたに育ててもらおうと考えるなど、とんでもない。繊細な感受性をお持ちの、育ちのいいきちんとした婦人にとって、それはあまりにもひどいしうちではないでしょうか」

でも、罪のない子供の気持ちはどうなの？　コンコーディアはそう叫びたかった。幼い少女の心の痛みと苦しみはどうでもいいのだろうか？　かわいそうな少女の面倒を見るのは、関わったまわりの大人たちの責任だ。婚外子として生まれたのはレベッカのせいではない。

コンコーディアは感情が昂《たかぶ》って動悸が速くなるのがわかった。落ちつくのよ、さもないとすべてが台なしになってしまうわ。これは現実の悲劇ではなく、わたくしは芝居の役を演じているだけなのだから。そう心の中でつぶやく。

けれど、それがいかにも本当のことのように思えるのは、現実に、この世の中に大勢のレベッカがいるからだということが、コンコーディアにはよくわかっていた。

「そうかもしれません」コンコーディアは食いしばった歯のあいだから言った。「でも、子供を孤児院へ入れたことを主人が深く悔いていたことに変わりはありません。遺言の中で主人は、あらゆる手をつくしてレベッカを見つけ出し、ささやかな遺産と父親の写真を渡してもらいたいと書いていているのです」

「なるほど。遺産があるとおっしゃるのですか？」

プラットは急にこの問題に強い関心を示したようだった。

「ええ。もちろん、たいした遺産ではありませんが」

「ああ」プラットが一瞬見せた関心は、またすっと消えた。

「問題は」コンコーディアは台本どおりにやろうと心を決めた。「主人がその女の子をどこの孤児院に入れたのかについての記録がないことです。それで、レベッカが入れられた孤児院を突きとめようと、片っ端から孤児院をおとずれているところなのです」

「救貧院やしかるべきつてのない子供を受け入れる孤児院へ送られていたら、今ごろはもう奉公に出されていることでしょう」

「レベッカはまだ九歳ですよ」またもや役を演じていることを忘れて、コンコーディアは言った。

「きちんとした家の台所で働かせるには充分な年齢です」プラットが言った。「将来召使いになる子供たちは、よい勤め口を得て失業せずにいたければ身を粉にして働かなければならないことを、早いうちにおぼえなければなりません」

「こちらの少女たちも奉公にお出しになるのですか、ミス・プラット?」

「とんでもない」プラットはひどく腹を立てたようだった。「ウィンズロウは中流以上の階級の孤児だけを受け入れております。こちらでは家庭教師や教師になるための教育をしており、たいてい十七歳まではここに留まります」そう言って顔をしかめた。「確かに、もっと早い年齢で生活費を稼ぎ始めることはできますが、十七歳以下の年齢では、教師として学校や家庭に雇ってもらうのがむずかしいのです」

「おっしゃるとおりです」コンコーディアはこわばった口調で言った。最初の勤め口をさがすとき、やむなくついた多くの嘘のひとつが年齢だったことを思い出した。十八歳だと言ったのだ。「おたくの生徒さんたちは全員、ふさわしい勤め口が見つかるのですか?」

「ええ、控えめでしとやかなふるまいを身につけて、〝感謝を忘れない少女が守るべき規則〟を守って生きるよう努力する生徒たちは、たいがい勤め口が見つかります」プラットが両手を広げた。「もちろん、ときには落第生もいますが」

「なるほど」コンコーディアはまた右手を握りしめていることに気づいた。「その生徒たちはどうなるのですか?」

「ええ、たいていは街娼になります」プラットがこともなげに言った。「さて、ご主人が外で作られた娘さんのことですが、現在、このウィンズロウには三十七人の生徒が在籍し、レベッカは二人おります。そのどちらかがトンプスンという家族と関係があるかどうか、喜んで記録をお調べします」

「ご親切にありがとうございます」

プラットが書類戸棚のほうに意味ありげな視線を向けた。「ミセス・トンプスン、わたしは非常に忙しい身です。書類を詳細に調べるには時間がかかります」

これ以上はないほど露骨なほのめかしだった。

「もちろん、お手数をおかけするお礼はさせていただきます」アンブローズが言ったとおりだったとコンコーディアは思った。プラットは袖の下を期待しているのだ。マフの中に手を入れて、アンブローズがこのためにと渡してくれた紙幣を取り出して机に置く。

「いいですとも、父親がトンプスンという名前のレベッカがいるかどうか、書類を見てみましょう」プラットが紙幣をドレスのポケットに入れた。「母親の名前はおわかりですか?」

「いいえ、わかりません」

プラットが立ちあがって書類戸棚のほうへ歩いていった。そして、〈P‐T〉という見出しの引出しをあけた。フォルダーに入った書類がぎっしりつまっているのが見えた。コンコーディアの胃がぎゅっと縮んだ。あの暗い引出しの中に、数多くの悲しい人生がしまいこまれているのだ。

そのとき、部屋の扉にノックの音が響いた。

「お入り、ミス・バーク」プラットが振り返らずに言った。

ドアがひらいた。少し前にコンコーディアのためにそのドアをあけてくれた、小柄で影の薄い若い婦人だった。

「ミス・プラット、おじゃましてすみませんが、石炭の配達人がきたらすぐに知らせるようにとおっしゃったので」

「そのとおりよ、ミス・バーク」プラットがばたんと引出しをしめ、驚くほどの勢いでくるりと振り向いた。「ちょっと失礼させていただきます、ミセス・トンプスン。配達人に話があるものですから。もう春だというのに石炭を使いすぎているのです。定期購入の量を減らそうと思いましてね」

「そうですか」春とはいえ、今年はまだ今のところかなり寒いと思いながら、コンコーディアはつぶやいた。

プラットは大股で部屋を横切ると廊下に出た。ミス・バークが申しわけなさそうにコンコーディアに軽く会釈して、ドアをしめた。

コンコーディアは校長室にひとりになった。

書類戸棚をじっと見る。そして、しまっているドアを見た。エディス・プラットの力強い足音が急速に遠ざかっていく。

この好機を利用しない手はない。

コンコーディアは勢いよく立ちあがると、大急ぎで書類戸棚に近づき、〈A－C〉の見出しの引出しをあけた。

クーパーというファイルはいくつもあったが、エドウィナとシオドーラのはなかった。その引出しをしめて、フィービ・レイランドのファイルがあるはずの引出しをあける。そこでもまた収穫はなかった。

ハンナ・ラドバーンのファイルもなかった。

まるで四人の少女は存在しなかったかのようだ。

落胆といらだちがわきあがった。四人の記録がなにかあるはずだ。四人ともウィンズロウ女子慈善学校からきたのだから。

アンブローズがミセス・ジャーヴィスの机を調べて成果をあげたことを思い出して、コンコーディアはエディス・プラットのどっしりした机のところへいった。

最初に目に入ったのは、革表紙の大型の日誌だった。

表紙をひらくと、たいがいの校長がつけている予約日程表と予定表があった。エディス・プラットがきちょうめんに記録をつけているとわかっても、少しも意外ではなかった。日々の教室の課題、週ごとの献立表、月一回のシーツの交換が、小さいきちょうめんな文字で細かく記入されていた。

シーツの交換は月にたった一回？　とんでもないことだとコンコーディアは思った。きちんとした学校や家庭では二週間に一回が普通だ。どうやらプラットはここでも経費を節約しているようだ。たしかに、シーツの洗濯と乾燥、アイロンかけはたいそうな時間と手間がかかるが、衛生的な清潔さを保つためには、二週間に一回交換することが不可欠だ。

ここ一週間の記載をじっくり見たが、不審なものはひとつもなかった。ふと思いついて、フィービとハンナ、エドウィナ、シオドーラが学校から連れ出されてオールドウィック城へ送られた月にさかのぼってみた。

校長室へ呼ばれて荷物をまとめるよう指示されたと四人が言っていた日の二日前に、〝H・カスバート、ドーチェスター通り〟という記載があり、下線が二本引かれていた。住所のすぐ下に〝新しい手袋四双と新しいボンネット四個の請求書〟と書かれている。

コンコーディアはその数日前の予定表を調べてみたが、ほかには役に立ちそうな記載はなかった。

日誌をとじ、机の一番大きい引出しをあける。〈書簡〉という見出しのフォルダーが目に留まった。

ひどく薄いフォルダーだった。

コンコーディアは手早く中を調べた。手紙の大半は求人先からのもので、今年の卒業生の肉体的な外見と学業成績の詳細を問い合わせるものだった。ざっと見たところ、十人並みで目立たない外見の慎み深い若い婦人の需要が大きいようだ。一家の男たちを惹きつけるような家庭教師を雇いたい妻は、ほとんどいなかった。

フォルダーを引出しにもどそうとしたとき、一通の手紙の下部にある署名が目に留まった。W・レイランド。

　フィービの姓はレイランドだ。

　廊下に大きな足音が響いた。

　その手紙を読んでいる時間はない。コンコーディアは手紙を抜き出してマントの内ポケットに押しこんだ。

　急いで机の奥から出て窓際へいき、表の通りを眺めているふりをする。

　部屋のドアがいきなりあいた。

「問題は片づきました」プラットが言った。満足で顔が紅潮している。「これでもう、十月の終わりまでどの部屋の暖炉にも火は入りません」

「レベッカの記録があるかどうか、ファイルを調べてくださろうとしていたところでした」

コンコーディアは窓から振り向いて言った。

「ええ、そうでした」

　プラットがTの項が入っている書類戸棚のところへいき、ちょっとかきまわしてから、引出しをしめた。

「お気の毒です。トンプスンという名前の紳士を父に持つ、レベッカという名前の九歳の婚外子のファイルはありません」

「ありがとうございました、ミス・プラット」コンコーディアはドアのところへいった。

「おかげでとても助かりました」

廊下に出たときには、玄関まで走り出さずにいるために、自制心を総動員しなければならないほどだった。全身の本能が、この学校の息がつまりそうな雰囲気から逃げ出せとせっついていた。

やつれた顔のミス・バークが玄関の扉をあけて、弱々しい声で別れの言葉を言った。コンコーディアは、この婦人も自分のあとについて屋敷から出たがっているような気がした。けれど、ミス・バークも生徒たちと同じで、囚人同様の身のようだった。

通りに出たとき、コンコーディアは思わず小さな安堵《あんど》のため息をついた。そのときになって、学校の建物の中にいたあいだ、生徒の姿をまったく見かけなかったことに気づいた。

驚くにはあたらない。ハンナとフィービ、エドウィナ、シオドーラの話によると、少女たちはほとんど、この古い屋敷の二階より上の階に押しこめられているということだった。例外は、大食堂での一日二回の食事と、大きな屋敷の裏にある塀で囲まれた庭に出ておこなう、週三回の二十分の運動だけだった。

コンコーディアは角でちょっと立ち止まり、最後にもう一度、暗い屋敷を振り返った。二階の窓のひとつでなにかが動いた。こちらを見おろしている蒼白い顔がちらりと見えた。コンコーディアはハンナの友達のジョーンのことを考えた。この学校のどこかにいるはずだ。

コンコーディアはぶるっと身震いした。今日、自分は幸いにもあの恐ろしい場所から出てくることができた。けれど、二階にいるあの少女と残り三十六人の少女たちは、あの暗い中にとじこめられたままだ。

角を曲がり、アンブローズが待っている辻馬車のほうへ歩き出したとき、視界がぼやけた。コンコーディアはマフからハンカチを取り出した。

流れる涙をぬぐっても、通行人は気にも留めなかった。というのも、未亡人はときおり不意に泣き出すものと思われていたからだ。

20

「頭がどうかしたのか？」馬車の向かいの席でアンブローズがきつい口調で言った。「自分がいったいなにをしているのかわかっていたのか？」

　彼がひどく腹を立てているとわかって、コンコーディアは困惑した。

　数分前に馬車にもどったときには、機転を利かせたことをほめて感心してくれるものと思っていた。ところが、返ってきたのは痛烈な非難だった。

「ミス・プラットが席をはずしたあいだに、急いでファイルを調べただけではありませんか」コンコーディアはむっとして、黒いベールを帽子のつばの上に押しあげてアンブローズをにらみつけた。「どうしてそのように激昂《げっこう》なさるのかわかりません。あなたがわたくしだったとしても、きっと同じことをなさったはずです」

「わたしがそうしたかどうかは関係ない。あそこにいるあいだどのようにふるまうべきかについては、細かく指示したはずだ。疑われるようなことはいっさいするな、はっきりそう言っておいたではないか」

「大丈夫です、疑われたりはしませんでした」

「運よく、ファイルを調べているところを見つからずにすんだからだ」

「見つからずにすんだのは、運がよかったからではありません」コンコーディアは言い返した。「気をつけてうまくやったからです。それに、同様の危険を冒すことを職業にしているとおぼしき紳士に、こんなふうにお説教をされるのは納得がいきません」

「今話しているのはわたしの仕事のことではない」

「おっしゃるとおりですわ」コンコーディアはにっこりと作り笑いを浮かべた。「それどころか、ご自分のことはほとんど話してくださっていません。秘密だらけのかたですわ、そうでしょう、ミスタ・ウェルズ？」

「話題をそらすな。今話しているのは、きみのふるまいについてだ」

「なんとまあ、まるでわたくしに命令する権利がおありのような言いかたですわね。言わせていただきますが、依頼人はわたくしですよ」

「そして、わたしはこういうことについての専門家だ。わたしがきみに指図をするのは妥当なことだ」

「あら、そうでしょうか？　女学校で一般的に使われているファイルの整理法について、どれだけご存じですか？　ほとんどご存じないことでしょう。それに対してわたくしは、教師になってからずっと、そういうところで働いてきました」

「ちくしょう、きみは教師で、探偵ではない」

「ばかげています。わたくしがほんの少し探偵のまねごとをしたくらいのことで、なぜこれほど芝居がかった大騒ぎをなさるのですか?」

「大騒ぎをしているとしたら、それは、きみのせいですっかりうろたえてしまったからだ、コンコーディア・グレイド」

コンコーディアは目をぱちくりした。「え?」

アンブローズがうめき声をもらして手を伸ばした。そして両手でコンコーディアの上腕をつかんだ。あっと思ったときには、彼女はアンブローズの膝の上に乗っていた。

「わたしに勝ち目はないようだな」アンブローズがあきらめた声で言った。「きみのおかげで頭がおかしくなりそうだ」

コンコーディアは帽子を押さえた。いきなり彼の膝に横向きに抱き寄せられたはずみに傾いたのだ。「一体全体、なにをおっしゃっているのですか?」

アンブローズの唇がいきなり強く押しつけられて、コンコーディアはしゃべることも息をすることもできなくなった。

世界が、がたごと揺れる馬車の中だけになった。沸き立つようなときめきが全身を駆け抜けた。コンコーディアはアンブローズの肩に手を置いた。彼に口づけをされるのはこれで二度目だ。最初のとき学んだことを練習するいい機会だ。

ためしに口をひらいてみる。アンブローズが低い差し迫った声でなにかつぶやき、口づけを深めた。

非常に満足すべき結果だった、とコンコーディアは考えた。

アンブローズが唇を離して顔をあげたときには、コンコーディアは酔ったように熱くなっており、眼鏡がくもっていた。

コンコーディアは眼鏡をはずした。「本当にやっかいだこと」

アンブローズがじっと彼女を見つめていたが、その表情は読めなかった。「あやまってもらいたいのだろうな」

「眼鏡がくもったことを？」コンコーディアはきれいなハンカチでていねいにレンズを拭いて光にかざし、くもりが取れたかどうか点検した。「そんなことは思っていません。人の息のような暖かい湿った空気がガラスや鏡などに触れて、表面に霧のような水滴がつくのは、あなたのせいではありませんもの。単に科学的な現象です」

コンコーディアが眼鏡をかけてみると、アンブローズが当惑したような妙な表情で見つめていた。

彼女は顔をしかめた。「どうかなさったのですか？」

アンブローズが困惑したようにかぶりを振った。「まともに説明できるようなことではない」

彼のたくましい太腿と、彼女の腿の横に押しつけられている、まぎれもない昂りの固さが感じられた。

自分のせいで彼の体にこの変化が起こったのだと思うと、これまで知らなかった女としての力を実感して、めまいが起こりそうだった。

舗装のでこぼこで馬車が大きく揺れ、二人の体がいっそう密着した。コンコーディアは急に現実に引きもどされた。なんということだ、自分たちは辻馬車の車内にいるのだ。このようなことをするのにふさわしい場所ではない。

コンコーディアは咳払いをした。「自分の席にもどったほうがいいでしょうね」

アンブローズが口元にかすかな笑みを浮かべたが、その熱っぽい目に見つめられて、コンコーディアは息ができなくなるほど胸が高鳴った。

「そうしたほうがいいだろうな、ミス・グレイド」

少なくとも、もう怒ってはいないようだ。それはいい兆候のように思えた。コンコーディアは意志の力を奮い起こし、スカートを抱えあげて向かいの席にもどった。

「さてと、お説教が終わったのなら、わたくしがミス・プラットの部屋でなにを見つけたのか、お知りになりたいことでしょうね」

アンブローズが眉を寄せた。「生徒たちのファイルはなかったと言ったではないか」

「ええ。まるで、四人ともあの学校に在籍しなかったかのようでした」コンコーディアは辛抱強く言った。「ところが、プラットの机で興味深いものを二つ見つけました。ひとつは予定表の記載で、ドーチェスター通りのH・カスバートという人物に、新しい手袋四双と新しいボンネット四つの請求書を送ったというものでした」

「カスバートというのは何者だ？」

「わかりませんが、その名前が記載されていたのは、生徒たちがお城へ引率されるべくミス・バートレットに引き渡された日のわずか二日前の日誌でした。手袋四双とボンネット四つの請求書というのは、単なる偶然の一致と片づけることはできないのではないでしょうか？　おそらく、生徒たちのお城への旅支度を調《ととの》えていたのでしょう」

アンブローズがひょいと眉をあげた。「すまない、コンコーディア。本当に、手練《てだれ》の探偵のような口ぶりになってきたな」

「ありがとうございます」うれしくなって、コンコーディアはマントのポケットに手を突っこんだ。「わたくしが見つけたもうひとつの興味深いものは、W・レイランドという署名がある手紙です」

アンブローズの目におやという表情が浮かんだ。「フィービと関係があるのか？」

彼の中の探求者がもどってきたことを感じて、コンコーディアは大いにほっとした。こういうアンブローズのほうがはるかに扱いやすかった。

「たぶん」彼女は言った。「まだ読む機会がなくて」ていねいに手紙を広げる。「ご覧のとおり、少ししわになっています。引出しの中でこれを見つけたとき、ちょうどミス・プラットがもどってくる足音が聞こえたので、やむなく、あわててポケットに押しこんだのです」

「つまり、間一髪だったのだな。わたしが心配したとおり、もう少しで見つかるところだったではないか」

コンコーディアは詰め物をした座席の上で手紙のしわを伸ばした。「この件でお互いがめざしている目的を考えて、その話題を蒸し返すのはやめましょう」

アンブローズはぐっと奥歯を嚙んだが、それ以上は追及しなかった。

「声に出して読んでくれ」

コンコーディアは手紙を手に持った。

関係者各位

お手紙を差しあげましたのは、わたくしの姪《めい》が貴校に在籍か否かをおたずねするためです。姪の名前はフィービ・レイランドと申します。四か月前、舟遊び中の事故で行方不明になりましたが、遺体は発見されませんでした。当局は溺死《できし》したものと考えています。

大多数の少女と違ってフィービは泳げましたし、水泳は非常に上手でした。もしかしたら、命は永らえたものの、精神的な打撃、もしくは頭を強打したせいで、記憶をなくしてしまったのかもしれません。

ことによると、だれかに助けられたものの、名前を名乗ることも自分の過去を詳細に思い出すこともできずに、孤児院に入れられたのかもしれないと考えました。それで、可能なかぎりの施設に手紙を書いて、いとしい姪の人相風体に合致する少女がいないかどうか、記録を調べていただくようお願いしているしだいです。姪の特徴は以下のとおりです……。

コンコーディアは早口で特徴を読みあげたが、それは細部までフィービと一致していた。読み終えて、彼女はアンブローズの顔を見た。

「W・レイランドと署名されています」静かに言う。「フィービはしばしば、ウィニフレッド・レイランドという未婚の叔母さまのことをなつかしそうに話しています。フィービのお父さまは、自分が亡くなったあとは、あの子をウィニフレッドのところへいって暮らさせるおつもりでした。ところが、母方の叔父があの子を引き取りました。その叔父夫妻はフィービに、ウィニフレッドは熱病で亡くなったと言ったそうです」

「そして、そのあとでフィービを孤児院へ送った」

「ええ」コンコーディアは指先で手紙をたたいた。「わけがわかりません。その叔父夫妻が望まない姪をやっかい払いしたかったのなら、なぜウィニフレッド・レイランドのもとへやらなかったのでしょう？　なぜウィンズロウへ入れて、フィービには叔母さまは亡くなったと言ったのでしょう？」

アンブローズが考えこんだ表情で座席の背にゆったりともたれた。「わたしの見るところでは、この件でなにより興味深いのは、その叔父夫妻はわざわざウィニフレッド・レイランドのほうにも、フィービは溺《おぼ》れ死んだと知らせたらしいことだ」

手紙を持つコンコーディアの手に力がこもった。「孤児になった少女と、その少女を望んでいるこの世でたったひとりの人物に、どうしてそんな残酷なことができるのでしょう？ひどすぎるではありませんか」

「ラーキンか相棒が、協力と口をつぐんでいることに対して、その叔父夫婦に多額の金を払ったのではないかと思う」

コンコーディアはうつろな目で手紙を見つめた。「フィービをあの恐ろしい男たちに売ったということですか？」

「どうやらそのようだ。エディス・プラットも一枚嚙んでいることは間違いない。おそらくラーキンと相棒はプラットに金を払って、少女たちを黙って学校に受け入れさせ、オールドウィック城へ移す準備が整った時点で引き渡させたのだろう」

「エディス・プラットには、協力の見返りとしてたっぷりの額を払ったのでしょうね」コンコーディアは右手を拳に握りしめて言った。「慈善学校の校長にしては、ひどく上等な服を着ていましたもの。なにを考えていらっしゃるのですか？」

アンブローズが座席の背にもたれた。「そろそろ、この件についてほかのだれよりもよく知っている四人の人物に話を聞いてもよいころだな」

21

アンブローズは自分の机の椅子にすわって、ハンナとフィービ、エドウィナ、シオドーラを眺めた。四人は彼の前に横一列にならべた椅子に腰をおろしていた。好奇心と期待と興奮に顔を輝かせている。

コンコーディアは窓のそばの袖椅子《ウイングチエア》にすわっていた。四人の少女たちと違い、真剣で、少なからず心配そうな表情を浮かべている。アンブローズには、彼の質問で生徒たちが、幼い人生のうちでもっとも不幸なときを思い出すことになるのを心配しているのがわかった。コンコーディアと同様、彼もこのようなことをするのは気が進まなかったが、ほかに方法がなかった。

アンブローズは答えを必要としており、フィービとハンナ、エドウィナ、シオドーラは、当人たちが気づいている以上に多くのことを知っている可能性があった。

「ミス・グレイドから、わたしたちに調査を手伝ってもらいたいとおっしゃっていると聞きました」シオドーラが言った。

「喜んでお手伝いします」エドウィナが請け合った。

「ということはつまり、わたしたちは探偵の助手になるのですか?」フィービが身を乗り出してたずねた。眼鏡の奥の目がきらきら輝いている。

「まさにそういうことだ」アンブローズは言った。

「わくわくするわ」ハンナがつぶやいた。「まるで小説みたい」

図書室に集まって以来初めて、コンコーディアがにっこりした。「そのとおりよ、ハンナ。実際、あなたたち四人は推理小説の主役になっているのよ。わたくしたちは今、物語の悪漢の正体を突き止めようとしているのです」

「なにをお知りになりたいんですか?」フィービがたずねた。

アンブローズはフィービをじっと見た。「手始めに、フィービ、きみの叔母さんのウィニフレッド・レイランドがまだ生きていて、きみをさがしていると信じるべき根拠があるのだが」

「ウィニフレッド叔母さまが?」フィービが仰天した顔でまじまじと彼を見た。「生きている?でもウィルバート叔父さまのお話では、熱病で亡くなったということでした」

アンブローズは目の前に置いてある手紙の日付をちらりと見た。「ふた月あまり前の時点では、元気でハイホーンビーという村に住んでいた」

「そこは叔母さまの家です」フィービがつぶやいた。「長年、そこに住んでいらっしゃいました。それなのにどうして、ウィルバート叔父さまとミルドレッド叔母さまは、叔母さまが亡くなったなんておっしゃったのかしら？」顔がくしゃくしゃになった。

コンコーディアは椅子から立ちあがってフィービのそばへいった。そして、少女の震えている肩に腕をまわした。

「大丈夫よ」静かに言う。「安心なさい、叔母さまが本当に生きていらっしゃるのなら、きっと見つけてあげます」

フィービが二、三度洟《はな》をすすりあげて、呆然とした表情でコンコーディアを見た。「わけがわかりません、ミス・グレイド」

「まだわたしたちにもわからないのだ」アンブローズは言った。「しかし、いずれなにもかも解明するつもりだ。さて、きみの叔母さんの手紙からすると、きみは舟遊びの事故で溺れ死んだと聞かされたようだ。どうしてそのような話になったのか、なにか心あたりがあるかね？」

フィービがゆっくり首を横に振った。「父はよく川へ舟遊びに連れていってくれました。そして、万一川に落ちたときのためにと、泳ぎを教えてくれました。でも、父が病気になって亡くなる少し前から、舟遊びはしていません」

アンブローズは机の上で腕組みをして少女たちを見た。「これがきみたちにとってつらいことだというのはわかっている。しかし、自分がウィンズロウへ連れていかれたときのことを思い出してもらいたい。きみたちをエディス・プラットに引き渡した親戚の名前と住所が知りたい」

それを聞いて少女たちは困惑したようだった。

「でも、わたしを学校へ連れていったのは叔父さまじゃありませんでした」フィービが額に少ししわを寄せて言った。

コンコーディアは顔をしかめた。「つまり、叔父さまはあなたをひとりで汽車に乗せて送り出したということなの？」

「いいえ」フィービが言った。「ウィルバート叔父さまはわたしを一軒の宿屋へ連れていきました。着くと、自家用馬車の中で紳士が待っていました。そして、その男の人が新しい家まで連れていってくれるから、その馬車に乗るようにと言われたんです。とっても長い旅でした」

ハンナの目に涙が浮かんだ。「わたしも同じでした。伯母に知らない人に引き渡されて、その人に自家用馬車に乗せて連れていかれたんです。それ以来伯母には会っていません」

「わたしたちもそうやって家を離れました」エドウィナが言った。「そうだったわよね、シオドーラ？」

シオドーラが無言でうなずいて、ハンカチを握りしめた。

「まあ」コンコーディアは生徒たちの前にしゃがみ、四人の手を握った。「たったひとりで男の人に学校まで連れていかれたことは、みなさん、一度も話してくれなかったわね。さぞ恐ろしかったことでしょう。その人は……なにか乱暴なことをしなかった？」

「いいえ」エドウィナが肩をすくめた。「その人は無作法でも意地悪でもありませんでした。馬車に乗っているあいだ、ほとんど口をききませんでした。そうじゃなかった、シオドーラ?」

「その人はずっと新聞を読んでいました」シオドーラがうなずいた。

「わたしをウィンズロウへ連れていった紳士は、ずっとわたしを無視していました」ハンナが言った。「怖かったのはその人じゃなくて、どこへ向かっているのかわからないことでした」

フィービがこくりとうなずいた。「ミス・グレイド、その人は乱暴なことはしませんでした。本当です」

コンコーディアが涙ぐんで四人に笑顔を向けた。「それを聞いてほっとしたわ」

アンブローズは四人をじっと見た。「きみたちを学校まで連れていった紳士は、名前を名乗ったかね」

四人がそろって首を横に振った。

「どんな男だったかおぼえているか?」

エドウィナがちらりとシオドーラを見た。「あの人を見ていると、ミスタ・フィリップを思い出したわ」

シオドーラがすばやくうなずいた。「ええ、そうね」

アンブローズはペンをつかみ、紙に手を伸ばした。「ミスタ・フィリップというのはだれだね？」

「父の実務係でした」エドウィナが説明した。「両親が亡くなる少し前に引退したんです」

「わたしを学校まで連れていった紳士も、いかにも実務家という感じでした」ハンナが言った。そして背中を丸めてうつむき、手にしたものを読んでいるように目をすがめた。

「そう、道中ずっと、そうやって馬車の中にすわっていたわ」フィービが大きな声で言った。

コンコーディアのたずねるような視線を受けて、アンブローズは首を横に振った。

「ラーキンではないな」静かに言う。「おそらく紳士の相棒のほうだろう」

コンコーディアがシオドーラに視線をもどした。「ねえ、あなたは絵がとても上手だわ。その人を描いてみてくれる？」

全員が、まずコンコーディアを見て、次にシオドーラを見た。アンブローズはいつのまにか期待で気持ちが張りつめていたことに気づいた。

「やってみます」シオドーラがゆっくり言った。「でも、あの人に会ってからもう何か月もたっています。正確に顔を思い出せるかどうか」

「わたしたち全員が見ているのよ」フィービが力づけるように言った。「シオドーラ、描き始めてくれたら、みんなであれこれつけ加えていけば、役に立つような絵ができあがるんじゃないかしら」

「いい考えだ、フィービ」アンブローズは立ちあがった。「この机を使いなさい、シオドーラ。適当な紙を出してあげよう」

「ハンナがもう一度、馬車の座席にすわっていた姿をやって見せてくれると助かるわ」シオドーラがアンブローズの椅子に腰をおろしながら言った。

とたんに、ハンナが背を丸めた。アンブローズはその変身のあざやかさに感心した。活発な若い娘から、瞬時に、猫背で視力の弱い中年の紳士になったのだ。

「頭が少しはげていたわね」シオドーラが鉛筆を持ちながら言った。「それははっきりおぼえているわ」

「そして、残っている髪の毛はとても薄い灰色だった」エドウィナが言って、鼻にしわを寄せた。「背広と靴はかなり安物みたいだったわ」

三人がシオドーラを取り囲んであれこれ言った。

「口ひげと顎ひげがあったわ」フィービが言った。「それと、眼鏡を忘れないで」

突然、シオドーラが勢いよく鉛筆を動かし始めた。


一時間後、アンブローズはまた図書室にコンコーディアと二人きりになった。二人は机の前に立って、シオドーラが描いた似顔絵を眺めた。

「どう見ても羽振りのよくない実務家だな」アンブローズは似顔絵をじっくり見て言った。「少女たちが言っていたとおりだ」

「言ったでしょう、あの子たちは観察力が鋭いと」コンコーディアが似顔絵をじっと見た。

「これが、ラーキンと組んだ謎の紳士だとお思いになりますか？」

「いや。少女たちが考えたとおり、実務家の可能性のほうが高いと思う」

「どうしてですか？」

アンブローズは机の角にもたれた。「終始一貫、この件ではかなり周到な準備がおこなわれているように見える。多額の金も注ぎこまれている。教師が雇われ、望まれていない孤児を引き渡した親戚に金が支払われ、汽車で旅をするのを避けるために馬車が用意された。細々《こまごま》とした雑事は膨大な量になったはずだ」

「おっしゃりたいことはわかりますわ。ラーキンや相棒のような人には、そのすべての手配をするのはとうてい無理だったことでしょう。細かい仕事を処理するために、だれかほかの人間を雇ったのでしょうね」

アンブローズは両手を広げた。「そのような仕事をするのに、本物の実務家以上の適任者はいない」

コンコーディアの顔がぱっと明るくなった。「プラットの予定表に書かれていたH・カスバートのことを考えていらっしゃるのですね？　プラットが手袋四双と帽子四つの請求書を送った人物」

アンブローズはもう一度似顔絵をじっくり眺めた。「今日の午後、ドーチェスター通りへいってこよう」

「いい考えですわ。わたくしもいっしょにいきます」

「コンコーディア――」

「このカスバートが何者にせよ、どうやら、わたくしの四人の生徒たちを連れ去るのに加担したようです。いっしょにいきます、アンブローズ」

22

「突然の訪問にもかかわらず会ってくれてありがとう、ミスタ・カスバート」アンブローズはコンコーディアのために椅子を支えてから、自分も腰をおろした。ズボンの折り目をまっすぐにすると、ステッキを膝《ひざ》のあいだの絨毯《じゅうたん》に立て、握りの上に手袋をはめた手を重ねる。

コンコーディアがなにやら冷淡なあいさつをつぶやいた。カスバートは、その声にかなり露骨な嫌悪がこもっていることには気づかないようだったが、アンブローズははっきり感じた。幸い、帽子についている黒いベールで顔は隠れていた。

「どういたしまして」カスバートが言った。淡い色の目に、必死さと紙一重の真剣さが宿っている。「折よく、今日の午後は少し空いている時間がありましてね」

アンブローズは、今日コンコーディアと二人で演じることにした上流階級の資産家夫婦という触れこみが、カスバートが予約帳に空いている時間を見つけた本当の理由だろうと考えた。

シオドーラはH・カスバートの特徴をうまくとらえており、実物もまさに、羽振りがいいとは言えない実務家だった。事務所の色あせたカーテンとみすぼらしい家具から見て、新しい顧客になりそうな客の来訪を断れる状態ではないのだろう。

「それはどうも」アンブローズはひげの中でつぶやいた。

かつらとつけひげはほとんどが白髪だった。しばらくつけていると暑くてたまらなくなることが多いので、あまり好きではなかったが、変装としては効果的だった。地味な型の外套と首に巻いた分厚い襟巻《えりま》きで、老人という印象がいちだんと強くなっている。

一時間前に彼とコンコーディアが屋敷を出るときには、ハンナとフィービ、エドウィナ、シオドーラが興味津々の目で二人を眺めまわした。アンブローズの外見の変わりように、四人は大喜びだった。

「実際以上にお年寄りに見えますよ」フィービがきっぱりと言った。「だれかの高齢のお祖父さまのようだわ」

「でも、それほど高齢の紳士にしては、とてもかくしゃくとして見えますわ」コンコーディアがまじめくさった口調で請け合った。

カスバートがアンブローズにたずねるような表情を向けた。「ご用の向きはどのようなことでしょう、ミスタ・ダルリンプル？」

「単刀直入に言おう。家内とわたしは若い婦人をさがしておる。遠い親戚筋で、数か月前に両親を亡くして孤児院へ送られた。その少女の所在を突き止めるためにきみを雇いたい」

カスバートの表情がこわばった。目にあわてふためいた光が浮かんだ。「失礼ですが、わたしは実務家で、扱うのは財務関係の事柄です。遺言状とか、投資などといったものです。行方不明の親戚の捜索は扱いません」

「財産がからんでいても、ですか?」コンコーディアがそっけなくたずねた。

カスバートが息苦しそうな表情になった。頬が不自然なほど赤くなった。しきりにネクタイの結び目をいじって、ゆるめようとしている。

「財産、とおっしゃいましたか、ミセス・ダルリンプル?」カスバートの顔に浮かんでいた驚きとおびえが、見る見る強い関心へと変わった。

「ええ」

コンコーディアはカスバートを愚弄《ぐろう》している、とアンブローズは思った。心配していたとおり、彼女がカスバートに抱いている敵意のせいで、計画がおびやかされようとしていた。そろそろ事態を収拾する必要がある。

「不幸な事情を細々と話してきみを退屈させるつもりはない」アンブローズは穏やかに言った。「近ごろ、家内の身内の老婦人が亡くなったとだけ言っておこう。しばらく前から老衰で寝たきりの状態だった。亡くなった伯母の財産は、当然家内のものになると思われておった。亡くなったあとになって、伯母が遺言を書き替えて、今話した少女にすべてを遺したことがわかったのだ」

カスバートが咳払いをした。「それがどれほど動顛する事態かわかりますが、わたしがどうやってお手伝いできるのかが、もうひとつよくわかりません」

「わたしらに代わってその娘を見つけること、それがきみにできる手伝いだ」アンブローズは口調にいらだちをこめて言った。「そのいまいましい遺言状には、娘が見つからず金を渡すことができなければ、遺産はすべて、さらに遠い親戚のところへいくと明記されておった。そのようなことにならせるわけにはいかん。遺産は家内が受け取ることになっておったのだ」

カスバートが同情しているような表情を浮かべた。「不幸な事態ですね。しかし、その娘さんの所在を突き止めるのは簡単な仕事ではないでしょう。あいにく、ロンドンには膨大な数の孤児院と養育院がありますよ」そこでひと呼吸置いて、顔をしかめた。「その娘さんは何歳ですか？」

「わたくしの計算では、ここ数か月のあいだに十五歳になったはずです」コンコーディアが言った。

カスバートがため息をついた。「だとすると、状況はさらにやっかいですね。孤児の多くは十五歳になる前に、自活すべく世の中へ送り出されます。大勢の怠惰で不精な若者をいつまでものらくらと遊ばせて、後援者たちの厚意に甘えさせるわけにはいきませんからね」

「もしそうなっておったとしても、現在の奉公先の記録はあるはずだ」アンブローズは言った。

「そうでしょうね」カスバートがゆっくりとうなずいた。「しかしながら——」

アンブローズはステッキの先で床を鋭く一回たたいた。その音で、カスバートが体をぴくりと引きつらせた。

「はっきり言っておこう」アンブローズは言った。「わたしは、その娘を見つけることを重要な問題だと考えておる」

「わかりました。しかしながら――」

「その娘はわたしらにとってきわめて大きな価値がある」アンブローズは意味深長につづけた。「見つけるのを手伝ってくれた者には、たっぷり謝礼を払うつもりだ。わかったかね?」

カスバートがうなるように言った。「どれくらいたっぷりですか?」

「そう、一千ポンドかな?」

カスバートの口がひらいてとじてを二度くりかえしたあと、ようやく声が出た。「それは非常に気前のよい謝礼ですね」そして咳払いをした。「いくつか調べてみることはできるでしょう。ああ、その娘さんの名前はなんというのですか?」

「ハンナ・ラドバーンだ」

カスバートがその場に固まった。まるでネクタイで首を絞められたようだった。

「ラドバーン?」しゃがれた声でつぶやく。「確かですか?」

「間違いありません」コンコーディアが冷ややかに言った。

アンブローズは外套のポケットに手を入れて、一枚の紙を取り出した。「これは、ハンナに関してわかっておることを家内が書き出したものだ。生まれた場所と日付、両親の名前などだ。調査は徹底的にやってもらいたい。人違いはごめんだからな、そうだろう？」

カスバートが追いつめられたような表情になった。「あの、わたしは、その――」

「先ほどきみが言ったように、孤児院を出たのが明らかになった場合」アンブローズは間を置かずにつづけた。「現在の所在についてのなんらかの手がかりを見つけてもらえると、すこぶるありがたい」

「奉公に出るとき、身寄りのない少女はかならずしも好ましい職につくわけではありません」カスバートが弱々しく言った。「残念なことに、かき消えてしまったように姿を消す者もいまして」

「つまり、街娼になったり売春宿に売られたり、という意味ですね」コンコーディアがぴしゃりと言った。「そういう事態になるのはだれの責任だと思いますか？　男性には門戸がひらかれているまともな勤め口を見つける機会が、婦人にはない状態がつづくかぎり――」

アンブローズは立ちあがって片手をコンコーディアの肩に置き、その手にぐっと力をこめた。

コンコーディアが煮えくりかえる思いをこらえて口をつぐんだ。

あっけにとられた顔でコンコーディアを見つめているカスバートに、アンブローズは言った。

「家内を許してやってもらいたい。遺産がそっくりハンナ・ラドバーンに遺されたとわかってからというもの、いつもの家内ではないのだ」

「ええ、そうでしょうとも」カスバートが落ちつきを取りもどした。「非常に腹立たしい事態ですからね。ご婦人なら神経が参るのも当然です」

「まったくだ」アンブローズは言った。「当面の問題にもどろう。われわれとしては、たとえ身を落としていようとも、ハンナの所在を突き止める必要がある。文字どおりハンナは、同じ重さの金に匹敵する価値があるのだ。先ほども言ったとおり、見つけて連れてきてくれたら、一千ポンド支払う」

カスバートがため息をついた。「連れてくることはできないかもしれません。しかし、今住んでいる場所を突き止めることならできるかもしれません。それでもお役に立つでしょうか？」

「ハンナについてなにか知っておる人物の名前だけでも知らせてくれたら、無条件で五百ポンド支払おう」アンブローズは静かに言った。

カスバートの目が皿のようになった。「名前だけで五百ポンドですか？」

「なんとしてもハンナを見つけたいのだ」アンブローズは言った。「どんな手がかりでもありがたい。もし本当に、売春宿やそれに類する嘆かわしい状況に置かれておったら、救い出してくれずともよい。それはわたしがなんとかする」

カスバートが手をひらひらさせた。「ミスタ・ダルリンプル、これはきわめて珍しいご依頼です」

アンブローズはステッキの柄をきつく握りしめて、目をすがめた。「名前を知らせるだけで、最低でも五百ポンドが手に入るのだぞ。わかったかね？」

「よくわかりました」カスバートがしゃがれ声で言った。

「よろしい。では、もうこれ以上時間は取らせん」アンブローズは上着のポケットから名刺を出した。「ハンナ・ラドバーンに関してどんな小さな情報でもわかったら、すぐにクラブのわたし宛に知らせてもらいたい。そうすればクラブがわたしに連絡してくれるから、伝言を受け取りしだい、会いにくる」

アンブローズは名刺を机に落とした。コンコーディアが立ちあがった。

ドアへ向かって歩いていくあいだ、アンブローズは彼女の全身からすさまじい怒りが放射されているのを感じた。二人ともカスバートを振り返らなかった。

23

表に出ると、午後の霧が急速に立ちこめてきていた。霧の中から一台の辻馬車が現れた。アンブローズが手をあげてそれを止め、コンコーディアのために扉をあけた。

コンコーディアは馬車に乗りこんで腰をおろし、スカートを整えた。まだ怒りで震えが止まらなかった。今すぐカスバートの事務所へ引き返し、彼がしたことを警察に通報するつもりだと言いたかった。けれど、今はまださささやかな満足を味わうべきときではない。

「あのいやったらしいカスバートは、明らかにハンナの名前に聞きおぼえがあったようでしたわ」

「ああ」アンブローズが前かがみになって前腕を太腿にのせ、膝のあいだで軽く手を組んだ。そしてにぎやかな通りを眺めた。「それは間違いない。あわてふためいていたが、あの手の人間には以前にも会ったことがある。結局は、欲が不安に勝つ」

「そうでしょうね。でも、どう出るとお思いになりますか？　ハンナを見つけたふりをするわけにはいかないでしょう。事実上、あの子は消えたのですもの」

「わたしの予想が当たっていれば、カスバートは今回の件についてかなりのことを知っている。なんらかの情報を売りつけようとするだろう」

コンコーディアは軽く咳払いをした。「ミスタ・カスバートに、クラブに連絡するようにとおっしゃいましたわね」

「ああ」

「あなたがクラブの会員だとは知りませんでしたわ」

「クラブはうわさや流言を仕入れるにはもってこいの場所だ」アンブローズはどこかうわの空の口調だった。「わたしの仕事には、その両方が不可欠なのだ」

「なるほど」コンコーディアはなるべくさりげない口調で言った。「クラブの会員だとすると、ほかの会員はあなたを知っているわけですね？」

アンブローズの目は通りに向けられたままだったが、口の端がかすかにひくひくした。

「ダルリンプルという名前の風変わりな紳士としてだ」

「おもしろいこと」コンコーディアは手袋をなでてしわを伸ばした。「正直なところ、閉鎖的なクラブというものについてはよく知りませんが、入会を認められるには、入会希望者をよく知っているきちんとした会員の推薦が不可欠だとか」

「推薦してくれた紳士とは非常に親しくしている」

コンコーディアは鼻にしわを寄せた。「ミスタ・ストーナーですか？」

「ストーナーの名前は、このロンドンでは多くの扉をひらいてくれる」

彼女はため息をついた。「このゲームを楽しんでいらっしゃるのですね？」

アンブローズはその質問に驚いたような表情を浮かべて見せた。「なんのゲームかな？」

「言っている意味はよくおわかりのくせに。あなたに個人的な質問をするのは、月明かりを調べるようなものですわ。目にははっきり見えるのに、手でつかまえることはできない」

アンブローズはすぐには答えなかった。口元はもう笑っていなかった。

「他人に自分のことを話す習慣がないのだ」しばらくして、言った。

「わたくしもです」

彼が上体を起こし、座席の背もたれに腕をのせた。「知っている」

「どうやら二人とも、仕事のために、厚い幕をめぐらして私生活を徹底的に隠してきたようですね」

アンブローズがそれについてしばらく考えてから、重々しくうなずいた。「なにが言いたいのだ？」

「わたくしが言いたいのは」コンコーディアは穏やかに言った。「長いあいだ秘密を守って生きてくると、それが習い性となって、なかなか破れなくなるということです」

彼の目の中で影が動いた。コンコーディアは一瞬、踏みこみすぎたかなと思った。

ところが驚いたことに、アンブローズは身を乗り出して、人さし指の先で彼女の頤《おとがい》をなでた。

「古い習慣は破らないほうがいい場合もある」

「クリスタルスプリングズ共同体にいた過去を話したとき、わたくしはその習慣を破りました」

「安心したまえ、秘密は守る」

「それは疑っていません。でも、二人のあいだは対等ではありませんわ、アンブローズ。わたくしはあなたを信頼しています。あなたはわたくしを信頼できないのですか？」

アンブローズが体を引いて、また座席にもたれた。コンコーディアは見えない錠がかちりとしまる音が聞こえたような気がした。

「信頼の問題ではない」

「とすると、あなたの秘密はそれほど恐ろしいものなのですか？」

アンブローズが警告するように眉をあげた。「コンコーディア、わたしはきみの生徒ではない。同情して話を聞いて慰めてもらう必要はない。長年、秘密を抱えて生きてきたのだ」

はねつけられて、コンコーディアは鼻白んだ。アンブローズはどうあっても秘密を打ち明けるつもりはないようだ。

「いいでしょう」彼女は膝の上で手を組んだ。「あなたには秘密を守る権利があります。強要する気はありません」

アンブローズが考えるような視線をまた窓の外に向けた。沈黙が流れた。やがて、コンコーディアはそれ以上耐えられなくなって、なんとか沈黙を破ろうとした。

「ウィンズロウ女子慈善学校で起こっていることを知ったら、ミセス・ホクストンはなんと言うでしょうね」つぶやくように言う。

アンブローズが眉をひそめた。「ミセス・ホクストンというのはいったい何者だ?」

「あの学校の後援者です。エディス・プラットの執務室の壁に写真がかかっていました。女王陛下の写真の真向かいにね」

「ほう?」彼が眉をあげた。「だとすると、きみの疑問は非常に興味深いものだと言える。そのミセス・ホクストンは、学校で起こっていることをどの程度知っているのだろうな」

「まったく知らないでしょうね」

「どうしてそう言いきれるのだ?」

コンコーディアは顔をしかめた。「生徒たちが話してくれたところでは、ミセス・ホクストンは慈善事業をしている大勢の婦人の典型のような人です。少し慈善活動をすると社交界での地位があがる、そう考えてしているにすぎません。ああいう人たちは、自分が後援している学校にも孤児たちにも、本当の関心など持っていないのです」

「生徒たちはそのミセス・ホクストンを見たことがあったのか?」

「一度だけ。クリスマスにやってきて、生徒ひとりひとりに手袋《ミトン》を配るあいだだけいたそうです。フィービとハンナ、エドウィナ、シオドーラの話によると、そのために生徒全員が大食堂に集められたということでした。ミス・プラットが、このように慈悲深く気前のいい後援者がいてくれて、ここの生徒たちはどれほど恵まれているかという趣旨の短いあいさつをして、生徒たちがクリスマスキャロルを何曲か歌ったら、ミセス・ホクストンは帰っていったようです」

アンブローズがうんざりしたように首を横に振った。「生徒たちにとっては、さぞや思い出に残るクリスマスだったことだろうな」

「ミセス・ホクストンは、後援している慈善学校の運営にはさして関心を持っていないと言ってさしつかえないと思います」

「そうだろうな」アンブローズが言った。「しかし……」

「え？」

「気前のいい慈善事業について、ミセス・ホクストンにちょっと質問してみるのもおもしろいかもしれない」

コンコーディアは仰天して目を丸くした。「ミセス・ホクストンに会いにいらっしゃるおつもりですか？」

「ああ。だが明日まで待たなければならないだろうな。今日はもう時間が遅い」

「お知り合いなのですか？」

「会ったことは一度もない」アンブローズが言った。

コンコーディアは両手を広げた。「ミセス・ホクストンは上流階級の非常にお金持ちの婦人ですよ。いったいどうやって家の中へ入れてもらうおつもりですか？」

「もっと影響力の大きい人間に頼むつもりだ」

「え？」

アンブローズがにやりとした。「社交界はいくつもの階層別の集団でできている。ミセス・ホクストンは、自分より上の階層の人間ならだれであれ、神のようにあがめるだろう」

「なるほど。そして、その上層の集団のかたをどなたかご存じなのですか？」

「社交界では全員に序列がついていて、かならず自分より上の人間がいる」アンブローズが肩をすくめた。「むろん、女王陛下でないかぎりは、だがね。なんとなく、ミセス・ホクストンが属しているのは、その特別な集団よりはるか下の集団だという気がするのだ」

ハーバート・カスバートは事務所にぽつねんとすわり、降ってわいたような幸運について考えていた。今しがた配られた新しい手札で二回勝負できる——稼ぐ機会が二度あるというわけだ。

もちろん、充分に注意して立ちまわる必要がある。ラーキンとトリムリーはともに、危険きわまりない人間だ。しかしながら、二人はカスバートが握っている情報を喉から手が出るほどほしがっている。うまくいけば、礼としてかなりの額の金をくれるだろう。

二つ目のほうには、カスバートの見るところ、大きな問題はなさそうだった。ダルリンプルにでっちあげの名前を教えて五百ポンドをポケットに入れたら、いきつけの賭博《とばく》場へ出かけよう。

やっと運が向いてきた。

24

「そのくそったれが何者にせよ、カスパートをさがし当てたのだ」トリムリーは高熱室《ホットルーム》をいったりきたりして歩きまわっていた。「これがどういう意味かわかるか？」

ラーキンは冷たい水の入ったコップを片手に、ゆったりとベンチにもたれかかり、わきあがる満足感を味わった。ついにトリムリーが不安な兆候を見せ始めた。実際、汗をかいていた。ローマ風の優雅なトーガも滑り落ちかけている。

遅すぎたくらいだ。

もっとも、いずれトリムリーが弱気になるだろうということは、最初からわかっていた。芯《しん》がやわなのだ。貧民街で育った者だけが持っている硬い鍛鋼のような強さがない。

「つまり」居心地のいいクラブにでもいるように、ラーキンはゆったりと脚を伸ばしながら言った。「こっちが罠《わな》をしかけることができるという意味だ。正直なところ、このダルリンプルが何者か調べたい」

「何者かは明らかだ。城から娘たちを連れだしたやつだ」

「かならずしもそうとはかぎらん」ラーキンは言った。「だれかほかの人間、ことによると、おれに取って代わろうとたくらむ人間に雇われたのかもしれん」

自分はもうみずから手をくだして違法な仕事はしていない、とラーキンは考えた。四人の少女を連れ去った黒幕がだれにせよ、おそらくその男もラーキンと同様、違法な事業とのあいだに距離を置いているのだろう。

トリムリーがトーガ風のシーツの結び目を拳で押さえて、肩から滑り落ちそうになるのをどうにか止めようとした。「どちらにしろ、カスバートに会いにきたときにつかまえればいい」

「そんなことをするのは愚の骨頂だ」ラーキンは水を飲んだ。「おれは愚か者じゃない、トリムリー」

「いったいなにを言っているのだ？　ダルリンプルがこれ以上迫ってこないうちに止める必要がある。事態は収拾がつかなくなりかけているのだぞ。わからないのか？」

「まだちゃんと掌握しているさ、トリムリー」ラーキンは辛抱強く言った。「そのダルリンプルが本当にこの件に関わっているのなら、娘たちと教師のところへ案内してくれるはずだ。カスバートの事務所へきた帰りを尾行させよう。娘たちとコンコーディア・グレイドを取りもどしたら、やつは始末する」

トリムリーの顎《あご》が一、二度引きつるように動いたが、反論はしなかった。「ああ、それがいいだろうな。だが、カスバートはどうする？　ダルリンプルがきたことをわれわれに知らせた報酬をもらえると思っているぞ」

「報酬は払ってやる」

トリムリーが足を止めた。「ちくしょう、わからないのか？　ダルリンプルがカスバートまでたどってきたとすると、警察も同じことをするかもしれないのだぞ」

「警察がこの件に関心を持っていると考える根拠はなにもない。しかし、もしそうだとしても、請け合ってもいいが、カスバートは絶対にしゃべらん」

「わたしがあんたなら、それはあてにしないな」

ラーキンはにやりとしそうになった。トリムリーは間違いなく浮き足立っている。

「落ちつけ、トリムリー。カスバートはもうこれ以上おれたちに面倒はかけんさ」

25

ドーチェスター通りは深い霧の海に沈んでいた。道路沿いにガス燈が歩哨《ほしょう》のように立っていたが、深い霧の中では、光の球の明かりは遠くまでは届かなかった。

アンブローズは角のとある戸口の暗がりに立って、あたりをじっくり調べた。

カスバートからの伝言は一時間ほど前に届いた。ぶっきらぼうな走り書きが切迫したものであることは、間違いようがなかった。

興味深いお知らせがあります。事務所までご足労ください。時間は今夜十一時。ひとりでおいでください。約束の額の小切手をご持参ください。

通りに面した商店はみな鍵がかかり、鎧戸《よろいど》がしまっていた。商店の二階の部屋の窓もほとんどが暗かったが、カスバートの事務所の窓にかかっているカーテンの端が、ほのかな明かりに縁取られているのが見えた。

通りには、貸し馬車が一台いるほかは人影はなかった。分厚い外套《がいとう》にくるまって帽子を耳まで引きおろした御者が、御者台にうずくまっている。どうやら眠りこんでいるようだ。やせこけた馬が首を垂れてじっと待っている。暖かい厩《うまや》と干草の夢でも見ているのだろう。

アンブローズはさらに時間をかけてあたりを観察した。暗がりで動くものはなく、動く人間もいない。依然として、カスバートの窓にはカーテンを縁取る明かりが燃えている。

ひとつ確かなことがあった。このまま戸口の暗がりに立っていたのでは、これ以上のことはなにもわからないということだ。

石畳に靴の踵《かかと》のうつろな音を響かせて、アンブローズはカスバートの事務所の入口へ向かった。ミスタ・ダルリンプルはこそこそ歩くような人間ではない。会員制クラブの会員で、高級な仕立屋をひいきにしている、裕福できちんとした紳士だ。今夜ここへきたのは用があるからで、早くその用を片づけるべく急いでいる。

カスバートの事務所がある建物のドアには鍵がかかっていなかった。アンブローズは明かりのついていない玄関に入り、入ったところにしばらく立って気配をうかがった。だれもいないとわかると、二階へつうじる階段をあがり、廊下の先に目を凝らした。

明かりは、カスバートの事務所のドアの下からもれる剃刀《かみそり》の刃のように細い光だけだった。

今度は足音を忍ばせて廊下を進む。めざす事務所の両側にある事務所のドアを調べたところ、どちらもしっかり鍵がかかっていた。

この階にいるのは、自分のほかはカスバートだけだということを確認して、アンブローズは事務所の前に立って取っ手をつかんだ。取っ手はすっとまわった。

ノックはしなかった。かわりに、相手の不意をつくべく、すばやく扉を押しあけた。

驚かせようという試みは空振りに終わった。カスバートは机についておらず、事務所は無人だった。

アンブローズは机の上のランプを見つめた。なぜつけたままにしてあるのだろう？　なにか用ができて、ミスタ・ダルリンプルとの約束の時間までにはもどってくるつもりで、ちょっと出かけたのだろうか？

あるいは、怖気《おじけ》づき、ランプを消すひまもないほど大あわてで逃げ出したのだろうか？

アンブローズはドアをしめて鍵をかけた。事務所を調べている最中に不意討ちされたくなかった。

今回の件では、なにかというと、種々のファイルを調べることに多くの時間を費やしている気がした。光を受けると色とりどりの光や輝きを放つ、魅力的な小さな品をさがしていた昔とは大違いだ。

もっとも、張りつめた高揚感と興奮は、以前と少しも変わらない。この胸躍るすばらしい感覚を瓶詰めにして売る方法が見つからないのは、実に残念だ。それができれば、大もうけできることだろうに。

アンブローズは小さな書類戸棚を調べた。さまざまな古い事務書類の中には、目を引くようなものはなにもなかった。ファイルの名前と住所から見て、カスバートの顧客はほとんどが、つましい収入で生活しているひとり暮らしの婦人だった。ささやかな年金と小口の投資を頼りにしている寡婦や引退した家政婦、家庭教師などだ。

　書類戸棚の最後の引出しをしめて、さしたる期待もなしに机のところへいく。案の定、引出しにも、ありきたりの書類や名刺、ペン、鉛筆、予備のインクなどしか入っていなかった。

　真ん中の引出しに革表紙の小型の日誌が入っていた。アンブローズは手早くそれをめくった。どのページにも数字や金額がびっしり書かれている。会計帳簿のようだ。財務状況を調べれば、その人物のことがかなりわかることが多い。

　アンブローズはその日誌を外套のポケットに入れると引出しをしめて、窓のところへいった。壁にへばりつくように背中をつけ、カーテンのすきまから表をのぞく。

　下の通りにはまったく変化はないようだ。まだ霧でガス燈がぼうっとかすんでいる。貸し馬車はまだ先ほどの場所にそのまま停まっており、御者は相変わらずうたた寝をしていた。動くものはなにも見えなかった。

　アンブローズは扉のところへ引き返して鍵をあけ、暗い廊下に出た。またしばらくそこで立ち止まり、すぐれた夜間視力を使ってあたりを調べた。

　周囲にだれもいないことを確認して、階下へおりる。

通りに出ると、ゆっくり貸し馬車のほうへ歩いていった。霧の垂れこめた静寂の中で、彼の足音が大きく響いた。

「きみ、よかったらちょっとたずねたいことがあるのだが」アンブローズはダルリンプルの口調を使って呼びかけた。

御者が体をこわばらせてすばやく首をめぐらし、近づいてくるアンブローズをすかすように見た。立てた襟と分厚い襟巻き、山の低い帽子の陰になって、その顔はまったく見えなかった。

「すいません、今夜はふさがってるんです。お客さんを待ってるんで」

「本当か？」アンブローズは歩きつづけた。

「へい。辻馬車がお入り用なら、次の通りへいけば見つかるはずですよ」

「辻馬車が必要なわけではない」アンブローズは言った。「二、三、たずねたいだけだ」

アンブローズと馬車との距離はもう十歩足らずだった。馬車の車内の明かりは消えていた。窓のカーテンはしまっている。

馬車の扉の下に細いすきまがあり、その真下の石畳が濡れているのが見えた。客を待っているあいだに、馬か御者が用を足したのだろう。しかし、馬にしては量が少ないし、特有のつんとくるにおいがしない。

「安心しろ、ただでというつもりはない」アンブローズはポケットに手を入れて硬貨を取り出した。

御者がもぞもぞと体を動かした。「なにをお知りになりたいんで?」

「今しがたわたしが出てきたあの建物に事務所を持っておる実務家をさがしておる。今夜会う約束だったのだが、事務所にはいなかった。わたしがくる前に、あの家にだれかが出入りするのを見かけなかったかね?」

アンブローズは馬車まであと二歩のところまで近づいていた。石畳の濡れた部分がひどく気になった。ほんの数歩先に路地があるというのに、御者はなぜ、自分の馬車の扉の真下に放尿したりしたのだろう?

「だれも見ませんでした」御者が小声で言った。

そのとき、アンブローズの体を電流が駆けめぐった。それでなくても痛いくらい鋭敏になっていた感覚が、ほんのかすかな動きや音、影の動きでもびりびり感じるほど、極度に張りつめた状態になった。

「きみの客はどうなのだ?」アンブローズはたずねた。「少し前にその姿を見たはずだが」

「この通りにねんごろな女がいるんです。女は商店の二階の部屋に住んでるんだそうで。一時間ほど前にそこへあがっていきました。ここで待ってるようにと言ってね。あたしが知ってるのはそれだけです」

「ほう」アンブローズは石畳の黒い水たまりをじっくり見ながら言った。

彼が立っているのは馬車のすぐ横だった。やにわに扉の取っ手をつかみ、ぐいと引きあけた。

扉に押しつけられていたらしく、人間の腕がぬっと出てきて、戸口からだらりと垂れた。馬車の床に押しこまれている死体の黒い輪郭が見えた。

馬車の外についているランプの明かりを受けて、カスバートの胸の致命傷から流れた血が光った。

「きみの客は、予定より早く用がすんだようだな」アンブローズは言った。

26

「そのとおりさ、このばか野郎めが、まったく」御者が体を起こして厚い外套の懐に手を突っこんだ。「大きなお世話だ」

アンブローズはすでに御者台の一番下の段に足をかけていた。左手で握りをつかんで段にあがり、ステッキの先で御者の腹を突く。

御者がうめき声をあげ、痛みに体を二つ折りにした。内ポケットから出したナイフが手から離れ、音をたてて石畳に落ちた。

路地のほうから足音が響いた。アンブローズが肩ごしに振り返ると、別の男が突進してくるのが見えた。近くのガス燈の光で拳銃の銃身がぎらりと光った。

アンブローズは石畳に飛びおりて馬車の下に飛びこみ、向こう側の深い影に転がりこんだ。

銃声が轟《とどろ》いた。銃弾が四輪馬車の側面の板にめりこんだ。

うたた寝からたたき起こされた馬が鼻から荒い息を吐いて頭を高くもたげ、ぐいと前に出ようとした。まだ痛みに腹を押さえていた御者台の男が、あわてて手綱をつかんで引いた。

「いまいましいばか馬め」

アンブローズは立ちあがって馬車の縁に手をかけ、音をたてないように後部に飛び乗ると、うずくまった。これまでの経験から、人間は、まず下をくまなく調べてからでなければ、なかなか上に目を向けないことがわかっていたからだ。

「どこにいやがる、このくそったれ野郎」二人目の男が彼の姿をさがして、せわしなく左右を見まわし、馬車の下をのぞきこんだ。「おとなしく手をあげて出てくれば、命は助けてやる」

馬がまた前に出ようとして、馬車がぐらりと揺れた。

「ちくしょう、馬を抑えろ」予想外の展開に明らかにいらだって、銃を持った男が御者にどなった。

アンブローズは立ちあがり、馬車のそばにいる男に上から飛び蹴《げ》りを食わせた。二人は重なり合うように地面に倒れた。

「じゃまだ、どけ、ジェイク」御者がわめいた。

アンブローズはすばやく体をひねって立ちあがり、銃を拾おうとかがみこんだ。目の隅に、御者が重い革のブーツに手を突っ込むのが見えた。

二本目のナイフだ。予想しておくべきだった。

さっと身をかわして馬車の後ろに隠れる。ナイフの刃がアンブローズのわずか五センチ横をかすめ、馬車の横腹に突き刺さった。

二人目の男が立ちあがり、馬車の前へ向かって走った。

「野郎はおれの銃を持ってる」御者にどなる。そして馬車の横の握りをつかんで御者の横に飛び乗った。「出せ」

御者が手綱をゆるめた。今や完全に恐慌をきたしていた馬が前に飛び出した。馬車はぐらりと大きく横に揺れたが、どうにか無事に走り出した。

興奮で体がぞくぞくするのを感じながら、アンブローズは霧の垂れこめた通りにたたずみ、蹄と馬車の車輪の音が暗がりに消えるまで、ずっと聞いていた。


夜更けに辻馬車をつかまえるときいつもするように、アンブローズは近くの酒場まで歩いていき、そのあたりにいた二輪の辻馬車に乗った。

二十分後、瀟洒《しょうしゃ》なタウンハウスがならぶ小さな広場で、アンブローズは御者に停まるよう合図した。どの家にも明かりはついていなかった。

彼は裏の路地へまわりこみ、とある門の掛け金をはずして、手入れのいき届いた庭へ入っていった。

ステッキの柄で裏口のドアを軽くたたく。

しばらくしてドアがあいた。あけたのは部屋着を羽織った砂色の髪の男性で、背はアンブローズより少し高いが、年はほぼ同じくらいだった。

これまでにフェリックス・デンヴァーと二人で、何軒もの酒場や二つの劇場、居酒屋などあちこちで科学的に調べた結果、女たちが、二人のうちではフェリックスのほうが男前だと考えることを、アンブローズは知っていた。

「重要な用なんだろうな、アンブローズは知っていた。

アンブローズはかすかににやりとした。スコットランドヤードのフェリックス・デンヴァー警部が、婦人にごく普通の社交的なつきあい以上の関心を持っていないのは、ロンドンの婦人たちにとって大きな損失だった。今夜二階のフェリックスの寝床にいるのがだれにせよ、男のはずだ。

「寝ているところをじゃましてすまん、フェリックス」

フェリックスが手に持った蠟燭《ろうそく》をあげて、アンブローズの顔をしげしげと見た。そして顔をしかめた。

「ぼくなら、口ひげと顎ひげをつけるのはやめにするな。男前をあげるのにはまるで役に立っていないぞ」

「ああ、だが顔を隠してくれる。目的はそれだ。ここへきたのは、事態がますますこみいってきたことを知らせたかったからだ」

「お前がからむといつもそうだな、ウェルズ」

アンブローズはフェリックスに、カスバートの事務所の前の通りで起こったことを話した。

「堅気の四人の少女を高級娼婦にするために、これだけの殺しや襲撃がおこなわれたというのは、どう考えても納得がいかない」アンブローズはそうしめくくった。「ラーキンは本質的に実業家だ。不必要な危険は冒したくないはずだ。これには裏になにかある。勘でわかるのだ」

「ラーキンと新しい紳士の相棒は、若い婦人を扱うはるかに大がかりな商売を企てていて、きみと教師が救い出した四人の少女はその商品なんじゃないかな」フェリックスが言った。「その商売がたんまりもうかるものだとしたら、経営者がそれを守るために人殺しも辞さないというのはわかる」

「そっちの調査でなにか新しいことがわかったか？」

「電報の返事がきたが、やはりおまえが疑っていたとおりだった。城にいた少女は四人とも、さまざまな事故で悲劇的な死をとげたことになっていた。深く悲しんでいる身内はいないようだ」

「フィービ・レイランドの叔母は例外かもしれないな。姪が消えたあと、あちこちの孤児院に問い合わせたようだ。だれか人をやって、その叔母から話を聞いてみてもらいたい」

「住所はわかるか？」

「ああ」アンブローズは住所を教えると、一歩さがった。「帰るとしよう。長い夜だった」そして、暗い寝室の窓をちらりと見あげた。「わたしを待っている人がいるのだ」

フェリックスが小さくにやりとした。「変化が生じたというわけか？」

「ああ」アンブローズは言った。「そうだ」

27

コンコーディアは部屋着の襟を握りしめて向きを変えると、また図書室の端から端までをいらいらと歩いた。この一時間に、もう何度往復したことだろう。一歩ごとに不安がつのる。

とっくに帰宅していてもいいころだ。なにか恐ろしいことが起こったに違いない。直感でわかる。アンブローズをひとりでいかせるのではなかった。彼女がいっしょにいくことを認めてくれさえしたら……。

大きな屋敷は寝静まっていた。生徒たちはもう何時間も前に三階の自分たちの部屋へあがっていった。オーツ夫妻とナンも、家じゅうの戸締りを点検してそれぞれの部屋へ引き取った。みんなが寝床に入ってしまうと、ダンテとベアトリーチェはコンコーディアのいる図書室へやってきて、今は、静かに燃える暖炉の前でまどろんでいた。

コンコーディアはからくり戸棚の前で立ち止まり、時計に目をやった。さっき時間を確かめたときから、針は五分しか進んでいなかった。またもや背筋を震えが走った。部屋は心地よい暖かさだったが、今夜ずっと彼女を悩ませている不安のおののきには、暖炉の熱はまったく効果がなかった。

　カスバートに会いにいくとき、アンブローズは彼女をいっしょに連れていくべきだったのだ。帰ってきたら、もう二度と自分を置いていかないよう、はっきり言っておこう。彼女は依頼人で、雇い主だ。この件に関わる権利がある。

　ダンテが首をもたげて、じっとコンコーディアを見た。彼女の不安を感じ取ったのだ。

「あなたのご主人は自分の秘密をあなたに話した？」ダンテにたずねる。

　ベアトリーチェが目をあけた。

　二頭が起きあがってコンコーディアのそばへやってきた。彼女はかがんで二頭の耳の後ろをなでた。

「あなたたちはご主人の秘密なんて気にもしていないのでしょうね。この事件が解決したら、あのかたとはもう二度と会うことはないでしょう。それなのになぜ、あのかたが懸命に隠そうとしているのはなんなのか、知りたくてたまらないのかしらね？」

　ダンテが腰を落とし、うっとりとコンコーディアの脚に寄りかかった。ベアトリーチェが歯をむき出しにして大あくびをした。どちらも質問には答えてくれなかった。

　重苦しい静寂の中で時計が時を刻んでいる。

　コンコーディアはからくり戸棚の前面の戸をあけて、美しい装飾がほどこされた秘密の箱を見つめた。異国風の彩色と象嵌細工の木の模様は独特で、これまで見たことのないものだった。きわめて精緻な三角形と菱形がびっしり組み合わされているのは、明らかに見る者の目をあざむくためだった。

「あなたはちょうどこの戸棚のようですね、アンブローズ・ウェルズ」コンコーディアはつぶやいた。「ひとつ引出しを見つけたと思っても、その中にまた別の引出しが隠されているのですもの」

フィービとハンナ、エドウィナ、シオドーラは、秘密の引出しを全部見つけようと挑戦していた。コンコーディアは、どこまで進んだかというおぼえのために、四人が戸棚の中に残していた図面を広げた。その図から、見つかった引出しはまだ二十三にすぎないことがわかった。それぞれの引出しの場所が、図面にていねいに書きこまれていた。

コンコーディアはその図をしばらくじっくり見た。そして、戸棚の内部を調べた。まだ見つかっていない引出しが山ほどあるはずだ。

精緻な象嵌細工がほどこされた鏡板の表面を指先でなぞりながら、引出しの目印となる目に見えない割れ目をさぐり、軽く押しては、引出しをあける隠されたばねやレバーをさがす。

ためしに、フィービたちが見つけた引出しのいくつかをあけてみた。ほとんどは空っぽだったが、はるか昔にしまいこまれて忘れられたとおぼしい小物が入っている引出しもいくつかあった。ある引出しには古代ローマ人の絵柄がついた小さな軟膏《なんこう》瓶が入っており、別の引出しには紅玉髄の対の指輪が入っていた。

生徒たちがまだ見つけていない引出しをあけることができれば愉快だ。アンブローズが帰ってくるのを待つあいだのひまつぶしになるだろう。

コンコーディアはそう考えて、さがしにかかった。

二十分がすぎても、新しい引出しはひとつも見つからなかった。

「思ったよりずっとむずかしいわ」コンコーディアは犬たちに言った。

ダンテとベアトリーチェはまた暖炉の前に寝そべっており、耳をぴくりと動かしたが、目はあけなかった。

コンコーディアは戸棚の周囲をまわり、その精巧な出来に舌を巻きながら、四方から観察した。そして正面にもどり、生徒たちが見つけた引出しのひとつをじっくり見た。

ふとある考えが浮かんだ。ためしに、引出しの内部に手を入れて、指先で慎重に内側をさぐってみた。

なにも触れない。

同様にして、ほかの引出しもさぐっていく。図面の十五番と書かれている引出しまで進んだとき、奥の板にある小さなへこみが指先に触れた。

ためらいながら押してみると、小さな蝶番《ちょうつがい》とばねが動く、ぎーっというくぐもったかすかな音が聞こえた。

と思ったとたん、引出し全体が左右にひらき、その中にすっぽり隠れていた二つ目の引出しが現れた。

「とてもうまくできているわね」コンコーディアは犬たちに言った。「生徒たちには言わずにおきましょう。自分たちでこれを見つけたほうが、もっと楽しいはずだから」

その小さな成功にますます好奇心を刺激されて、コンコーディアは指先の探索をつづけた。三角の中に三角がはめこまれた連続模様を押したとき、細長い引出しが滑り出てきた。中に、半分に折った色あせた新聞が入っていた。何年も前にしまいこまれて忘れられたようだ。

コンコーディアは新聞を出して広げた。一面には、数段を占める自殺と金融詐欺の派手な記事が載っていた。

新聞の日付は二十年近く前だった。

コンコーディアは記事を読み始めた。


数多くの巧妙な金融詐欺に関わったと思われる紳士の死体が、火曜日にレクスフォード広場の自宅で見つかった。

ミスタ・ジョージ・コルトンは、大勢の罪もない投資家を破滅に追いやったことで自責の念に駆られ、夜のあいだに頭を拳銃で撃ち抜いてみずから命を絶った。翌朝、出勤してきた家政婦が血まみれの現場を発見した。

家政婦はすっかり取り乱しており、言うことは支離滅裂だったが、行方が知れないミスタ・コルトンの幼い息子のことをひどく心配していた……。

ダンテとベアトリーチェが勢いよく立ちあがると扉のほうへ駆け出し、廊下へ消えた。ようやくアンブローズが帰ってきたのだ。

コンコーディアはからくり戸棚をしめながら、廊下の足音に耳をすました。戸棚の正面の扉をしめたとき、古い新聞をまだ手に持っていたことに気がついた。それをそばの卓に置き、図書室の入口のほうを向いた。

アンブローズが犬たちを従えて現れた。もうつけひげははずしていた。全身から、目に見えない危険な精気が立ち昇っている。やはり、なにか恐ろしいことが起こったのだ。

「もう寝ているだろうと思った」アンブローズが入口で立ち止まった。

「大丈夫ですか？」コンコーディアはたずねた。そばへいきたい、彼の体に触れて、けがをしていないかどうか確かめたいという思いに突き動かされ、おずおずと一歩踏み出す。「とても心配しました。おけがをなさったのですか？」

「そんなにひどいようすに見えるかね？」アンブローズが外套を脱ぎながら図書室に入ってきた。

「お願いです、アンブローズ、なにがあったのか話してください」

「カスバートは死んだ」彼が外套を長椅子の背にかけた。「話をすることはできなかった」

「まあ」コンコーディアは革張りの読書椅子の腕にすとんと腰をおろした。「なにか恐ろしいことが起こったのはわかっていました」

「現場に男が二人いた」アンブローズがブランディが入ったカットグラスのデキャンターが置いてある卓のところへいき、デキャンターをつかんだ。「どうやらわたしを待っていたようだ。おそらく、カスバートの事務所から出てきたら尾行するつもりだったのだろう」

コンコーディアが見ていると、アンブローズはかなりの量のブランディをいっきに飲み干した。またもや激しい不安がこみあげた。「おけがをなさったのですね」はじかれたように立ちあがり、彼に駆け寄る。「お医者さまを呼びにやりましょうか？」

「けがはしていない。必要なのは医者ではない」アンブローズがまたぐいとブランディを飲んだ。

「服に泥と汚れがついていますわ。その二人に襲われたのですか？」

アンブローズがちょっと考えてから、うなずいた。「ああ、襲いかかってきた。もっとも、わたしも反撃した。惜しいかな、機敏さが足りなかった」

「アンブローズ」

「残念ながら、逃げられてしまった」そう言って顔をしかめた。「連中はカスバートの死体を持ち去った。今ごろはテムズ川へ投げこんでいるだろう」

「恐ろしいことですわ。これからどうしますか？」

「そうだな、まず、寝床へ入ろう」

「お気は確かですか？」コンコーディアは両手を広げた。「お帰りになって、また死体を発見したとおっしゃったその口で、二階へいって寝ろなどとは」

「話は明日の朝になってからするのが一番だと思う」

「今話しましょう」

アンブローズの目に、不吉で危険な光が動いた。「ここはわたしの家だ。命令するのはわたしだ」

「あら、そうですの？」コンコーディアはつんと顎をあげた。「ここはミスタ・ストーナーの家だと思っていましたが」

アンブローズが肩をすくめた。「ストーナーが留守のときは、わたしが主《あるじ》だ」

「なんと都合のいいこと」

「ご都合主義で言っているのではない」彼女が新聞を置いた卓を、アンブローズがちらりと見た。「あれはなんだ？」

コンコーディアはその視線の先に目をやった。「古い新聞です。からくり戸棚の引出しに入っていました」

「ちくしょう」アンブローズは二歩で卓のところまでいき、新聞を取って一面を見た。「すっかり忘れていた」

そして暖炉のほうへ向かった。顔に、陰鬱《いんうつ》な怒りと古い苦悩が刻まれていた。

「アンブローズ、待ってください」コンコーディアは駆け寄って腕をつかんだ。「どうして燃やしたいなどと思われるのですか？　その新聞のなにがそんなに重要なのですか？」

「重要なことなどなにもない。今となってはもう」アンブローズが反対の手を伸ばして、袖《そで》をつかんだコンコーディアの手を振りほどいた。「ただの古い記事だよ、ミス・グレイド」

「待ってください」力で止めるのは無理だとわかって、コンコーディアは彼の前に立ちはだかった。「秘密や謎めいた言いかたはもうたくさん。わたくしが欲しいのは答えです。それを今夜じゅうに手に入れるつもりです」

「答えが欲しいだと？」アンブローズが顔がぶつかりそうなほどの距離まで近づいて立ち止まり、親指と人差し指で彼女の頤《おとがい》をはさんだ。「なんという偶然だ。ミス・グレイド、ちょうど、わたしにも欲しいものがある」

コンコーディアは息が苦しくなった。こんなことでひるむものか、と心の中でつぶやく。

「あなたの欲しいものはなんなのですか？」

「きみだ」

彼の冷ややかな笑みで血が凍りついたはずなのに、なぜか急に、体が燃えあがりそうなほど熱くなった。

「わたくしを怖気づかせようとしていらっしゃるのですね」つぶやくように言う。

「ああ、ミス・グレイド、まさしく、きみを怖気づかせようとしている」

「それなら、むだです。わたくしの質問にお答えいただくまでは、この部屋から出ていくつもりはありません」

「きみは答えが欲しい。わたしはきみが欲しい。おもしろいジレンマではないか？」

「わたくしは本気です」

「わたしもだ。いい知らせは、きみが、歩くのではなく走ってあの扉へ向かい、そのまままっすぐ二階へあがって寝床へ入らないかぎり、二人のうちのひとりは、今夜、欲しいものを手に入れることだ」

「え？」

「悪い知らせは」アンブローズがひどくゆっくり言葉をつづけた。「欲しいものを手に入れるのはきみではないことだ。わたしの言うことが理解できたかね、ミス・グレイド？」

まるで稲妻に打たれたように、コンコーディアは悟った。衝撃で頭が混乱し、ただじっと彼を見つめる。やがて、ぞくぞくするほどの期待が全身を貫いた。

答えを手に入れるのはあとでもできる。

「わたくしを奪うと脅していらっしゃるのですか？　もしそうなら、まず眼鏡をはずしたほうがいいでしょうね。ご存じのように、あなたが情熱的になられると、レンズがくもってしまうのです」

アンブローズが目をつむり、彼女の額に自分の額をつけた。コンコーディアの背後の絨毯に新聞が落ちる音が聞こえた。

「きみをどうすればいいのだろう、ミス・グレイド？」彼がつぶやいた。

コンコーディアは彼の体に腕をまわした。「わたくしを奪うおつもりだと思っていましたが。すばらしい計画のように思えます」

アンブローズが彼女の髪に指をもぐりこませた。ピンが抜けて絨毯に落ちた。

「万事休す、そうだろう?」彼がつぶやいた。

「さあ。そうなのですか?」

「ああ」

彼が両手をあげてコンコーディアの眼鏡をそっとはずした。そして彼女の後方に腕を伸ばすと、炉棚の上に置いた。彼が眼鏡を炉棚の上に置いたとき、かちんという小さな音が聞こえた。

次の瞬間、アンブローズの唇が彼女の唇に重なった。そのとたん、先ほど彼の中に感じた危険な精気が、別の種類の力に変わった。それがコンコーディアの体に流れこみ、めくるめくような興奮を引き起こした。

「アンブローズ」

コンコーディアは彼のがっしりした胸に体を押しつけた。

彼女の口からくぐもった小さな叫びがもれ、彼の体にまわした手に力がこもったのを感じて、アンブローズが彼女をすくいあげるように抱きあげた。そして、口づけをしたまま扉のほうへ歩き出した。

二人が図書室から出るつもりだと思ったらしく、ダンテとベアトリーチェが起きあがり、部屋に取り残されないよう先に出た。コンコーディアは、廊下の磨きあげられた床板に犬の爪が当たる音を聞いた。

ところが、アンブローズは廊下には出ず、ブーツの先で扉をしめた。

「鍵をかけてくれ」彼が唇を少し離して言った。

「え？　ああ、はい。わかりました」

コンコーディアは手をさげて、震える手で錠を手さぐりした。

「急いで」彼がささやいた。

「ごめんなさい」

彼女はようやく鍵をかけた。鉄の錠がかちりと音をたててしまると、アンブローズは彼女を長椅子まで運んでいった。

そしてコンコーディアを長椅子におろしてから、体を起こしてガス燈を消した。図書室の明かりは暖炉の火だけになった。

彼がもどかしそうにシャツのボタンをはずすのを、コンコーディアはうっとり眺めた。アンブローズはシャツの前をはだけると、長椅子の端に腰をおろした。ブーツが床に落ちるどさっという低い音が聞こえ、つづいてもう片方が落ちる音が聞こえた。

アンブローズが彼女の上にかがみこみ、体の両側に腕を突いた。そのまましばらく、いつ消えるかわからないので、彼女の顔を記憶に刻みこんでおく必要があるとでもいうように、ただじっと見つめていた。

「わたしの帰りを待っているのはわかっていた」彼が言った。

なにかにつかれたような彼の目を見あげて、コンコーディアはにっこりした。

「待つのは悪いことですか？」静かにたずねる。

「帰りを待ってくれている人がいることには、慣れていなくてね」それですべて説明がつくとでもいうように、アンブローズが言った。

ある意味ではそうだ、とコンコーディアは思った。妙な物悲しさが体を吹き抜けた。

「わたくしもです」

「きみが欲しい」

「いいですとも」コンコーディアは指先で彼の顎に触れた。「わたくしもです」

彼女の部屋着のひもをほどくあいだ、アンブローズは彼女の目をじっと見つめていた。

胸毛と珍しい花の刺青《いれずみ》が目に入った。魅入られたように、コンコーディアははだけたシャツの中に両手を滑りこませ、彼の熱さとたくましさにうっとりして、素肌にてのひらを押しつけた。

部屋着が脱がされ、コンコーディアは寝間着だけの姿になった。アンブローズが彼女の脚をまさぐった。彼の手が太腿《ふともも》の内側に滑りこむのを感じて、コンコーディアははっと息をのんだ。その手の動きの親密さに胸が躍り、激しい欲望がわきあがる。

アンブローズが彼女の喉に口づけして、寝間着の前をはだけた。と、いきなり乳首に彼の歯が触れた。コンコーディアの五感にいっきに火がついた。

コンコーディアは彼の髪にもぐりこませた両手を握りしめた。激しい震えが全身に広がった。

「アンブローズ」

彼がズボンの前をあけて、昂ったものを彼女のむきだしの太腿にぐいぐい押しつけてきた。

脚のあいだの濡れてうずいている場所に彼の手が触れた瞬間、コンコーディアは自分の中に、抑えがたい欲望がふくらんでいたことをはっきり自覚した。腰を浮かして彼の手に秘所を押しつける。彼もそれに応えて、ゆっくり時間をかけて愛撫した。彼女は正気を失いそうになった。

快感があとからあとから押し寄せて、慎みはおろか、ためらいもすっかり吹き飛んだ。コンコーディアは情熱の嵐にのみこまれ、この嵐に運ばれていく先を早く見たくてたまらなかった。

強い好奇心に駆られて、コンコーディアは手で彼のものを包みこんだ。そのとたん、アンブローズが激しい歓びとも激しい苦痛とも取れるかすれたうめき声をあげた。

「痛いことをしてしまいましたか？」コンコーディアは心配になってたずねた。

「感極《きわ》まったのだ」

「まあ、アンブローズ、そんなつもりは――」

「もう一度握ってくれ」彼が乱暴な口調で命じた。

アンブローズが喉や肩、胸のふくらみに口づけの雨を降らせているあいだ、コンコーディアは手で彼のものをまさぐった。

だしぬけに、やめたくはないものの、もうこれ以上耐えられそうにないと恐れているかのように、アンブローズがいかにも気の進まないようすで、体を浮かして彼女から離れた。そしてコンコーディアの右の足首をつかむと、脚を持ちあげた。

結合を完全なものにしようとしているのだと考えて、コンコーディアは身構えた。

ところが、アンブローズは彼女の中へは入ってこなかった。仰天したことに、彼女の右脚を長椅子の背もたれにのせて、自分の体を下へずらした。今しがたまで手で愛撫されていた場所に彼の舌が触れたのを感じて、コンコーディアは度肝を抜かれ、抵抗することはおろか、声も出せなかった。

ようやく声が出るようになったときには、手遅れだった。もう全身が拳のように硬くこわばっていた。

前ぶれもなく、いきなり、めくるめくような絶頂感が体を貫いた。その圧倒的な快感に、アンブローズがすばやく体をずりあげて上におおいかぶさってきたことにも、ほとんど気づかないほどだった。

コンコーディアが目をあけると、アンブローズの意を決したような思いつめた表情が見えた。そして、彼女の中へと入ってきた。

それは予想をはるかに超えるものだった。痛みと快感が混ざり合った感覚に耐えきれず、コンコーディアは口をあけて小さな叫びをあげかけた。

アンブローズが自分の口で彼女の口をふさぎ、声がもれる前に抑えた。

彼がうめき声をもらし、あれほど重きを置いている自制を失ったかのように、彼女の中でせわしなく動き始めた。

コンコーディアは彼の肩をつかみ、こすれるような不快な感覚に歯を食いしばって耐えた。けれど、アンブローズはこれを望んでおり、自分はその贈り物を与えることができるのだとわかっていた。

彼は何度も何度も往復運動をくりかえし、やがて、不意にぴたりと動きを止めた。まるでなにかと闘っているようだった。

「抱きしめてくれ」彼がコンコーディアの喉元でうめいた。

そのひと言でコンコーディアの心はしびれた。もう自分の不快感などどうでもよかった。今この瞬間、この世で大切なものはただひとつ、力のかぎりにアンブローズを抱きしめることだった。

彼が絶頂に達して体をこわばらせた。

時が止まり、夜が燃えあがった。

28

どれくらいの時間がすぎたのだろう。コンコーディアはアンブローズが動くのを感じた。おおいかぶさっていた彼が体を起こして立ちあがった。彼女は目をあけて、ズボンの前をしめる彼を見守った。そして、自分が肌もあらわな姿でいることを強く意識した。

部屋の空気がすっかり変わっていた。もう白熱しておらず、暖炉では残り火が赤く燃えているにもかかわらず、空気はひんやりしていた。

彼女は急いで体を起こし、部屋着を羽織った。

アンブローズが炉棚のところへいって眼鏡を取り、長椅子へもどってきた。そして彼女の鼻にそっと眼鏡を載せると、手を取って立ちあがらせた。

「大丈夫か？」彼が静かにたずねた。

「ええ、もちろんです」脚のあいだのかすかな痛みと寝間着についた小さな染みを無視して、コンコーディアは部屋着の前を合わせた。状況を考えると、すべてが平常と言っていい。「なぜ大丈夫ではないとお思いなのですか？」

アンブローズがにやりと笑った。「あくまでも、型破りで自由な考えを持つ現代的な婦人を演じるつもりなのだな？」

「演技ではありません。わたくしは実際に、型破りで自由な考えを持つ現代的な婦人です」

「処女でもあった」

コンコーディアは顔をしかめた。「まあ、そんなささいなことで罪悪感にさいなまれたりはなさらないでしょうね？　だとしたら、その必要はまったくありません、本当です。後悔などしていません」

「それは本心か？」

「ええ。概して、非常にためになる経験でした」

「ためになる、か」アンブローズはその言葉をどう解釈していいのかわからないようだった。

「啓発されたと言ってもいいでしょう」コンコーディアは壁の鏡の前へいって、髪をなでつけた。「若い婦人の場合には、処女であることは大きな魅力ですが、ある年齢に達してしまうと、それが殿方の関心を引く度合いは格段に低くなります」

「なるほど」

コンコーディアは鏡の中の彼と目を合わせて、思わずくすりと笑った。彼がひどく真剣で深刻な顔をしていたからだ。「落ちついてください。ちょうどいい潮時でしたし、あなたは相手としてふさわしい殿方でした。もし今夜あなたが率先してなさらなければ、間違いなくわたくしのほうからそうしようと思ったことでしょうし、それはひどく型破りなことだったでしょう」

アンブローズが彼女の後ろに立って肩に両手を置き、鏡の中の彼女を見つめた。「どうしてわたしがふさわしい相手だとわかったのだ?」

どう説明すればいいのかわからず、コンコーディアは口ごもった。彼を愛しているからだと言うわけにはいかない。彼の自責の念を強めるだけだろう。

「理由などありません」コンコーディアは彼の手に自分の右手を重ねた。「最初からあなたに強く惹かれたのです」

アンブローズが彼女の肩に置いた手に力をこめ、軽くかがみこんで耳に口づけした。「わたしも同じだった」

コンコーディアの心が浮き立った。「本当に?」

彼の顔に、めったに見せない笑みが浮かんだ。そして彼女の肩から手を離し、ブランディが置いてある卓のほうへいった。「むろん、長時間、同じ馬の背で揺られたせいにすぎないと自分に言い聞かせていた」

彼女はゆっくり振り向いた。「とても親密な経験でしたわね」

「ああ、確かに。生涯忘れないだろう」

もうこれくらいにしておこう、とコンコーディアは考えた。型破りで自由な考えを持つ現代的な婦人なら、きっとそうするはずだ。

アンブローズがブランディを二つのグラスに注ぎ、デキャンターを置いた。「啓発された新しいきみに乾杯しないか？」

「いいですとも」非常に世故に長《た》けた婦人になった気分で、コンコーディアはグラスを受け取った。自分はもう経験のある婦人なのだ。

アンブローズがグラスをあげた。「きみに、コンコーディア・グレイド」

「そして、あなたに、アンブローズ・ウェルズ」彼女はほんの少し飲んでグラスをおろし、床に落ちている新聞に目を向けた。「あなたが何者にせよ」

彼の目に暗い陰がもどってきた。

そして新聞を拾いあげると、一面を長いこと見ていた。自殺の記事を読んでいるようだ。

「どなたなのですか？」彼女は静かにたずねた。

アンブローズが紙面から顔をあげずに言った。「父だ」

「ああ、アンブローズ、そうではないかと思っていました」コンコーディアは彼のそばへいって、腕に手を置いた。「本当にお気の毒に」そして古い新聞の日付に目をやった。「そのとき、あなたは何歳だったのですか？」

「十三だ」彼が新聞をていねいに折りたたんで近くの卓に置いた。

「まあ」コンコーディアは彼の腕に置いた手に力をこめた。「そのような形で親御さんを亡くすとは、本当に恐ろしいことですわね」

「父は自殺したのではない」アンブローズがあおるようにもうひと口飲んで、グラスをおろした。「殺されたのだ」

　コンコーディアは顔をしかめた。「それは確かなのですか？」

「ああ」アンブローズが彼女の手を振りほどいて顔をそむけた。「あの夜、その場にいた。真実を知っているのは、殺した犯人をのぞけば、わたしだけだ」

「アンブローズ、なにが起こったのか話してください」

　彼が、膜がかかったようなよそよそしい目でちらりとコンコーディアを見た。「愉快な話ではないぞ」

「わかっています。でも、ここまで話してくださった以上は、最後まで知りとうございます」

　切子細工のクリスタルに躍る光をうっとり眺めているように、アンブローズが両手のあいだでグラスをまわした。どこまで話すべきかと考えながら慎重に言葉を選んでいるのがわかった。

「あの夜、父はわたしを早く二階へあがらせた」彼が言った。「そして、どんなことがあっても階下へおりてきてはいけないときびしく言いつけた。夜更けに、仕事でつきあいのある紳士がたずねてくることになっていたのだ」

「お母さまは？　どこにいらしたのですか？」

「母はわたしが生まれたとき亡くなった。父は再婚しなかった」

二重、三重の悲劇だとコンコーディアは思った。「そうでしたの」

「その日、父は一日じゅうそわそわして落ちつきがなかった。たずねてくる男が原因だということはわかったが、どのような種類の脅威なのかはわからなかった。客がやってきたとき、わたしはまだ起きていた。男は裏口からやってきた。父があいさつする声が聞こえたので、寝床から出て階段のおり口までいき、暗がりに立っていた。父と客が書斎へ入っていくのが見えた」

「なにが起こったのですか？」

「口論だ。激しい口論だった。父とその男は違法な投資計画をたくらんでいた」アンブローズがちらりと新聞に目をやった。「記事はそこまでは合っている」

「二人は仕事上のことで言い争いをしていたのですか？」

アンブローズがうなずいた。「まずいことが起こったのだ。メイドに詐欺の計画を知られて、父の相棒が口封じのために殺したようだ」

「まあ」コンコーディアはつぶやいた。

彼が口をゆがめた。「言っただろう、楽しい話ではないと」

「つづけてください、アンブローズ」

「父は相棒に、殺人を大目に見ることはできない、彼と組むのはやめると言った。相棒は拳銃を持っていた」アンブローズは暖炉の明かりを反射しているブランディをじっとのぞきこんだ。「銃声が聞こえたとき、なにが起こったのかわかった。わたしは……恐怖と衝撃で立ちすくんだ。まるで、起きたまま悪夢を見ているようだった」

コンコーディアはまた彼の腕に手を置いた。今度は彼は腕を引っこめなかった。彼女がそばにいることも忘れているようだ。ブランディの中に見ている恐ろしい思い出の中に、どっぷり入りこんでいた。

「わたしがまだ階段の上の暗がりで凍りついていたとき、男が書斎から出てきた。そしてあたりを見まわしてから、階段のほうへ歩いてきた。男はわたしが家にいるのを知っていた。目撃者を残したくなかったのだ」

コンコーディアは彼の腕をつかんでいる手に力をこめた。

「わたしは呆然《ぼうぜん》とそこに立っていた。階段の下からではわたしの姿は見えないが、最初の踊り場まであがれば、ほぼ間違いなく見える。そのとき、男は家政婦のことを思い出したようだった」

「家政婦がどうかしたのですか？」

「家政婦は大人だから、わたし以上にやっかいな目撃者になると考えたのだろう。そのとおりだ。いずれにせよ、男はまず彼女を始末することにした。で、階段の途中から引き返して台所へ向かった」

コンコーディアは両腕を彼の体にまわし、先ほど情熱的に抱き合っていたときのように、しっかり抱きしめた。

彼女がなぐさめようとしているのをどう受け止めていいのかわからないらしく、アンブローズがたじろいだ。そして、コンコーディアの体にゆっくり腕をまわすと、抱きしめられるままにした。

「ありがたいことに、あの晩、ミセス・ダルトンは家にいなかった。父は相棒と対決するにあたり、彼女にまずいことを聞かれないようにするために、ひと晩ひまを出したのだ。しかし、家政婦はいないと得心したら、またわたしをさがしにくるのはわかっていた」

「それで、どうなさったのですか?」

「男がミセス・ダルトンをさがしにいって姿が見えなくなると、まるで金縛りが解けたように、また動くことも息をすることもできるようになった。二階で隠れ場所をさがす時間はわずかしかなかったが、わたしにはひとつ大きな強みがあった。当然のことながら、家の内部を知りつくしていることだ。父の寝室には窓下の腰かけがあった。座面をあけると物入れになっていたが、ふたをしめると無垢《むく》の材木のように見えた」

「その窓下の腰かけの中に隠れたのですね?」

「ああ。まず中に入れてあった毛布を出す必要があった。毛布は寝台の下に押しこんだ。どうにか窓下の腰かけの中に入ってふたをしめたとき、人殺しが階段をあがり始めた。足音が廊下を進み、二階の部屋を残らず調べている音が聞こえた」

「どんなに恐ろしかったことでしょう」

「最悪だったのは、男が絶えずわたしの名前を呼んで、隠れ場所から出てくるようにと言ったことだった。今しがた父親は自殺した、これからは自分が面倒を見てやると言っていた」

コンコーディアはぶるっと身震いして、彼を抱きしめた腕に力をこめた。「そう言いながら、あなたを殺すつもりだったのですね」

「男は端から部屋を調べていった。洋服簞笥《だんす》や戸棚をあける音が聞こえた。わたしが隠れている寝室へ入ってきたときには、心臓があまりに大きな音をたてて打つものだから、男に聞こえるのではないかと気が気ではなかった。息をつめ、指一本すら動かさないようにした。男が窓下の腰かけをあけてわたしを見つけるだろうと覚悟した」

「でも、見つからなかった」

「ああ。いらだちと怒りで悪態をつく声が聞こえた。しかし、早く家から逃げ出さなければとあせってもいた。犯罪現場にいる時間はなるべく短いほうがいい。ぐずぐずしたくなかったのだ。結局、わたしはいないと判断して、男は出ていった。わたしはしばらくそのままじっとしていた。男が表で見張っていて、わたしが明かりをつけるのを待っているかもしれないと思ったからだ」

「それからどうなさったのですか？」コンコーディアはたずねた。

「もうそれ以上がまんできなくなったとき、窓下の腰かけから出て、明かりをつけずに階下へいった。書斎のランプがついたままになっていた。書斎の前までいったとき、床に横たわっている父が見えた」アンブローズが消えかけた暖炉の火をじっと見た。「床には……おびただしい血が流れていた」

「そんな幼さで、そんな恐ろしいものを目になさったなんて」コンコーディアはつぶやいた。

「父にはさよならを言うこともできなかった」彼が片手を曲げた。「ときどき、もっと早く、父と男が口論していたときに階下へいっていたらどうなっていただろう、と考えることがある」

コンコーディアははっとして一歩さがり、彼の顔を見た。「アンブローズ、いいえ、そんなふうに考えてはいけません」

「わたしがその場にいれば、ひょっとしたら事態は変わっていたかもしれない」

コンコーディアは彼の口に指を押し当てて黙らせた。「わたくしの話を聞いてください。考えていらっしゃることはわかりますが、それは間違っています。その夜起こったことに、あなたにはなんのとがも責任もありません。できることはなにもなかったのです」

「そこにいたのに、なんの役にも立たなかった」

「わずか十三歳の子供だったのですもの。それどころか、人殺しを出し抜いてご自分の命を救ったなんて、すばらしいではありませんか」

アンブローズは返事をしなかったが、コンコーディアの腕を振りほどくこともしなかった。

「お父さまを殺した男は警察につかまったのですか?」しばらくしてコンコーディアはたずねた。

ちょっと間があった。

「いや」アンブローズが言った。「つかまらなかった」

コンコーディアの胸に怒りがこみあげた。「つまり、正義はおこなわれなかったということですか？」

彼女が憤りをあらわにしたことにアンブローズは困惑したようだった。

「しばらく時間がかかったが」アンブローズが静かに言った。「ある種の正義はおこなわれたと言っていいだろう。しかし、本当の意味での復讐ではなかった」

「どういう意味ですか？」

「殺した男は、わたしを見つけられなかったことでひどく不安になったようだ。アメリカへ渡って四年間帰ってこなかった。わたしはやつが帰国するのを待っていた。そのあいだに手のこんだ計画を立てた」

「それで？」

アンブローズの口の端が引きつった。「帰国したときには、男は肺病で死にかけていた」

「それで、なりゆきにまかせることになさったのですね？」

「なりゆきとロンドンの煤煙《ばいえん》にだ」彼が肩をすくめた。「やつを殺すのは、かえって慈悲をほどこすようなものだと思えた」

「会いにいかれたのですか？」

「いや。手紙を送って、わたしが何者かということと、やつが死ぬのを近くでじっと待っていることを知らせた。やつは半年足らずで死んだ」

「お父さまが殺されたあとは、どうなさったのですか？　親戚の家に身を寄せられたのですか？」

「近い親戚はいなかった。祖父は父が殺される一年前に亡くなっていたし、ほかに身内はいなかった」

「孤児院か救貧院へお入りになったのですか？」

「いや」

「どうなさったのですか？　まだ十三歳だったのに」

アンブローズがひょいと眉をあげた。「わたしは純真無垢な少年というわけではなかった。ならず者と犯罪者の家系の出だったのだ。祖父は社交界に出入りしていたが、応接間や舞踏室に招き入れてくれる金持ち連中から宝石を盗むのを生業《なりわい》としていた。父は詐欺師だった。十三になるころには、わたしも自分の才覚で充分生きていけるようになっていた。天賦の才能と教育、生まれ育った環境を考えれば、わたしの職業はおのずと決まったようなものだった」

コンコーディアは咳払いをした。「なるほど」

「父が殺された夜、わたしは名前を変えた。そしてじきに、金がありそうな家の二階の窓から忍びこんでは、金銀宝石を盗んで生活するようになった」アンブローズの顔は無表情だった。「これでわかったかね？　わたしの本職はどろぼうだ、コンコーディア。どろぼうの家系に生まれ、それを生業として、そこそこうまくやっているのだ」

「今はもう違います」コンコーディアは力をこめて言った。「今の本職は私立探偵ですわ」

アンブローズが肩をすくめた。「実のところ、たいした違いはない。必要な技能は同じだし、仕事をする時間は、今でもほとんどが夜だ」

コンコーディアは彼のシャツの前立てをつかんだ。「今なさっているお仕事と昔生きるためになさったお仕事には、決定的な大きな違いがあるのはよくおわかりのはずです」

アンブローズが目を落とし、コンコーディアがシャツを握りしめているのを見た。ふたたび顔をあげたとき、その目には妙な表情が浮かんでいた。

「わたしを英雄扱いするのはやめてくれ。光り輝く甲冑《かっちゅう》をつけた騎士などではない」

コンコーディアは自信のない笑みを浮かべた。「でも、そうではありませんか。確かに、甲冑はあちこち変色しているかもしれませんが、長年着てすり減れば、それも当然ですわ」

彼が口元にゆがんだ笑いを浮かべた。「現在わたしがあるのは、ジョン・ストーナーのおかげだ」

「ストーナーというのは、いったいどういう人なのですか、アンブローズ?」

「きみと同じ職業の人間だと言っていいと思う」

「教師なのですか?」

「ああ、そう言っていいだろう。彼と出会わなかったら、今でもまだ、宝石や絵画や小さな骨董品などを盗んで暮らしていたことだろう」

「そうでしょうか」コンコーディアは爪先立ちになって、彼の唇に自分の唇を軽く触れた。

そして踵《きびす》を返すと、扉のほうへ歩き出した。「おやすみなさい、アンブローズ」

「コンコーディア――」

彼女は錠をはずして扉をあけた。「ジョン・ストーナーが何者にせよ、魔術師ではありません。あなたにもともとそういう素質がなければ、英雄にすることはできなかったはずです」

29

コンコーディアが出ていったあと、アンブローズはまたブランディを注いだ。そして、消えかけた暖炉の前の絨毯にあぐらをかいてすわり、じっと炎を見つめながら、二十年近く前、ジョン・ストーナーの台所で交わされたやりとりを思い起こした。それは、つい昨日のできごとのように鮮明によみがえった。

「きみの年ごろには、わたしも今夜のきみと似たような境遇だった」ストーナーが小さな茶碗に香ばしい紅茶を注ぎ足した。「天涯孤独の身の上で、賭博場で細々と稼いでおった。部屋代が払えんときには、いかさまをしたこともあった。なかなかの腕だった」

「カードのいかさまですか？」

ストーナーが肩をすくめた。「どう言えばよいのだろう？　一種の才能だな。しかし、カードのいかさまは非常に危険だ。当時は、ホイストの手をめぐって口論になり、夜明けに決

そうですね」

「祖父がよくそう言っていました。〈拳銃は二人分、朝食はひとり分〉という警句もあった

闘ということも珍しくなかった」

ストーナーがなつかしそうな笑みを浮かべた。「当時は世界がまるで違っておった。畏《おそ》れ多くも、女王陛下が即位される前の時代だ。ワーテルローの記憶がまだ生々しく、婦人のドレスは、今流行しておるものよりはるかに露出度が高く、はるかに魅力的だった」

「はるかに露出度が高いとは？」アンブローズは興味を引かれてたずねた。

「なんでもない」ストーナーが咳払いをした。「いずれにせよ、将来の展望などまったくひらけぬ状況だったが、そんなとき、ある紳士に出会った。秘密の武術とある種の瞑想法を始めとする、古代哲学の原理にもとづいて設立された秘密結社の長《おさ》だ」

アンブローズの胸に好奇心が兆した。「その人は、そのような珍しいものをだれに教わったんですか？」

「極東の孤島に住んでおった僧たちだ。詳細を話して退屈させる気はない。その紳士はわたしに、僧たちが教えてくれる哲学と武術を学ぶためにその島へ旅をさせてやるがどうか、そう勧めてくれたとだけ言っておこう」

「いかれたんですか？」

「ああ」ストーナーが言った。「ヴァンザガラのガーデン寺院で五年間修行した。そのあと、世界をあちこち見てまわった。エジプト、アメリカ、南洋。長いあいだイギリスを留守にし

た。帰ってきたときには、世の中は大きく変わっておった」

「婦人のドレスの流行に加えて、ということですか？」

「ああ」ストーナーが物思いに沈んだ表情になった。その目は遠くを見ているようだった。

「もはや、ヴァンザの哲学に関心を持つ者などおらぬことがわかった」

「その島へいく手配をしてくれた紳士はどうなったのですか？」

「若いころヴァンザの修行をした何人かの仲間たちとともに、結社の秘密を守り、息子たちにその結社のなんたるかを教えた。しかし、息子たちはみな現代人気取りだった。秘密結社のようなものにがまんならなかったのだろう」

「今でも、ヴァンザガラへいってガーデン寺院で修行することはできますか？」

ストーナーが首を横に振った。「二十年前、島は地震で崩壊した。わたしが修行した寺院は永遠に消えてしまった」

なぜか自分でもわからなかったが、アンブローズは落胆し、理由のない失望を味わった。

「残念ですね」なぜそう言ったのか自分でもわからなかった。修道僧とその失われた哲学が、彼になんの関係があるのだ？　彼も現代人ではないか。

「五年前イギリスに帰ってきたとき、ここには自分の居場所はないと悟った」ストーナーが話をつづけた。

「なぜですか？」

「おそらく、長く留守にしすぎたのだろう。あるいは、世の中が進歩して取り残されただけかもしれぬ。いずれにせよ、このごろはもっぱら書物と研究、そして執筆で時間をすごしておる」

沈黙が流れた。アンブローズの胸に同情の波が押し寄せた。〝おい、しっかりしろ。ストーナーはおまえをなぐり倒して椅子に縛りつけたんだぞ。老人の繰り言が終わったら、おそらく警官に引き渡すだろう。気の毒に思う必要などこれっぽっちもない〟

「ヴァンザの武術を学ぶのは大変ですか?」気がつくとそうたずねていた。

ストーナーがちょっと考えてから言った。「あの武術を習得するには、ある程度生まれながらの才能が必要だ。しかし、今夜のきみのように家の壁を登れる人間なら、楽に会得できるだろう」

「ふーん」アンブローズは香ばしい紅茶をもうひと口飲み、自分の仕事にはヴァンザの武術が大いに役立つだろうと考えた。

「実のところ」ストーナーが静かに言った。「武術はヴァンザのほんの一面にすぎぬ。それどころか、重要性がもっとも低いものだ」

「気を悪くしないでもらいたいんですが、それは信じられません。とりわけ、先ほどぼくを軽くあしらわれた手際を見たあとでは」

ストーナーがにやりとした。「真のヴァンザの本領は自制だ。ヴァンザの師は、まず、そしてなによりも、自分の感情の支配者なのだ。加えて、うわべの下に隠れておるものを見とおし、行動する前にあらゆる点から状況を考える術を身につけておる」

アンブローズはストーナーが言ったことを考えた。たとえそれが自分自身の感情であれ、なにかの支配者になるという考えが気に入った。そして、うわべの下に隠れているものを見とおす術を会得すると便利だろうと思った。

また沈黙が流れた。

アンブローズは椅子の上で小さく身じろぎして、足首と手首を縛っているひもを点検したが、まったくゆるんでいなかった。

「これからどうするつもりですか？」しばらくしてアンブローズはたずねた。「ぼくを警察に引き渡すんですか？」

「いや、そのようなことをする気はない」ストーナーが言った。

希望の火が燃えあがった。「放免してもらえたら、二度とあなたの前には現れないと誓います」

ストーナーはそれを聞き流し、じっとアンブローズを見つめた。

「わたしの知るかぎり、わたしはイギリスに、いや、ことによると世界に残る最後のヴァンザの師だ」やがて、そう言った。

「きっと、ひどく妙な気持ちでしょうね？」

「ああ。今夜、きみがわが家の壁を登ってくるのを見ながら、ふと、弟子を取るのもよいかもしれぬと思った」

アンブローズは椅子の上で固まった。「ぼくを？」

「きみなら優秀な生徒になるだろう」

アンブローズの体を電流が駆け抜けた。それは、袋に入るだけのものを持ち、人生が大きく変わろうとしているのをはっきり自覚しつつ、父の家を出たあの夜感じたのと同じ感覚だった。

「お話ししなければならないことがあります」慎重に言葉を選んで言う。「仕事仲間と言っていい人間がいるんです」

「通りの向かいで見張っておる若者だな?」

アンブローズは口もきけないほど驚いた。「あいつにも気づいておられたんですか?」

「むろんだ。きみたち二人はなかなか抜け目がないが、ともに、年月と適切な教育によってしか得られぬ智恵に欠けておる」

「実のところ、相棒を見捨てて、あなたのもとで修行を始めることはできません」アンブローズは肩をすくめた。「ぼくらは友達なんです」

ストーナーがわかっているというようにうなずいた。「弟子を二人取れぬ理由はない。ほかに、やらねばならぬ重要なことがあるわけでもないからな」

30

翌朝、アンブローズはコンコーディアの部屋の前で立ち止まって耳を澄ました。中で動きまわる音は聞こえなかった。まだ眠っているようだ。

急ぎ足で階段へ向かいながら、よかったと心の中でつぶやく。昨夜遅く図書室であのようなことがあったのだから、休息が必要だ。

しかし、もし眠っていなかったら？　部屋でうずくまり、昨夜彼とのあいだに起こったことを後悔して、声を殺してすすり泣いていたら？

いや、昨夜の件について今朝どう思っているにせよ、コンコーディアは彼から隠れたりはしないだろう。ものごとに正面から向き合って、前へ進んでいく婦人だ。

それに対して、アンブローズはあまりいい気分とは言えなかった。今朝目ざめたときから、後悔の鋭い牙《きば》にさいなまれていた。

ばかなことをしてしまった。

ダンテとベアトリーチェが階段を駆けあがってきて、なかばあたりで彼を出迎えた。アンブローズは足を止め、二頭の耳の後ろをなでた。

コンコーディアに自分の過去を洗いざらい話すとは、いったいなにを考えていたのだろう？　二十年以上もかたく秘密を守ってきたというのに。彼の過去についての真実を知っている、あるいは推測できる人物は、ジョン・ストーナーとフェリックス・デンヴァーの二人だけだった。

どういうわけで、昨夜はあのようなとんでもないことをしてしまったのだろう？

アンブローズは犬たちを従えて階段をおりた。

情熱のせいにすることはできない。これまでも何度もあのような状況を経験してきたから、そのせいで秘密を打ち明ける気になったのでないことはわかった。それどころか、逆だった。婦人といっしょにいるときは油断しないよう、常に細心の注意を払っていた。古い新聞を目にして衝撃を受けたためだろう。そのせいで軽率なふるまいをしてしまったのだ。

いや、そのせいにすることもできない。アンブローズは階段をおりて図書室へ向かった。仰天するようなできごとに対処するのは得意なはずではないか。

図書室に入ったとたん激しい感情に圧倒されて、彼はちょっと足を止めた。昨夜の興奮と熱情がいっきによみがえってきた。昨夜コンコーディアを欲したほど激しく婦人を欲したのは、生まれて初めてだった。

階段に足音が響いた。フィービとハンナ、エドウィナ、シオドーラが朝食を食べにおりてきたのだ。今朝はコンコーディアの勇敢な守護者たちと顔を合わせるのは気が重かった。彼が教師と愛し合っていたとき、生徒たち四人がそれぞれの寝床でぐっすり眠っていたことを祈るしかない。

愛し合う。

その言葉が彼の神経を激しく揺さぶり、やがて、落ちつくべきところに落ちついた。自分はコンコーディアと愛し合ったのだ。

アンブローズはカスバートの日誌を置いた卓のところまでいって、革装の小型の日誌を手に取った。

「おはようございます、ミスタ・ウェルズ」戸口からエドウィナがひどくよそよそしい口調で言った。「入ってもいいですか？　ちょっとお話ししたいことがあるんです」

アンブローズは日誌から顔をあげた。エドウィナはひとりではなかった。シオドーラとフィービ、ハンナがすぐ後ろに控えている。少女たちの若々しい顔には、決然としたきびしい表情が浮かんでいた。

四人は昨夜図書室で起こったことに気づかなかったのではないかという望みも、これまでだ。

「おはよう、お嬢さんがた」アンブローズは日誌をとじた。「なんの用かな？」

「ミス・グレイドのことでお話があります」フィービが彼女らしくずばりと言った。

アンブローズは古い記憶の奥底から、父と祖父にたたきこまれた処世訓を引っ張り出した。〈追いつめられたときの第一原則、けっして罪を認めないこと〉

「なるほど」どっちつかずの口調で言う。

シオドーラが先頭に立って図書室へ入ってきた。「昨夜とても遅く、先生が階段をあがっていらっしゃるのを見ました。しどけないとしか言いようのない姿でした」

〈第二原則、非難の矛先《ほこさき》を相手に向ける〉

「ほう？」アンブローズは眉をあげた。「そのように遅い時間まで起きて先生の行状を監視していたにしては、今朝は四人とも、眠りの足りたすっきりした顔をしているな」

「監視していたわけじゃありません」ハンナがあわてたように言った。「たまたま、先生が階段をあがっていらっしゃるところを見ただけです」

「ダンテがわたしの部屋へきてドアを引っかいたんです」フィービが説明した。「部屋に入れようとして起き出したとき、ミス・グレイドが階段をあがってこられる足音が聞こえました」

「それで、フィービがみんなを起こしてくれたんです」エドウィナが話を結んだ。

アンブローズはうなずいた。「ミス・グレイドが部屋へ引き取ったとき、きみたち全員が階段のおり口をうろついていた理由は、それでわかった」

四人がちらちらと目を見交わした。

「実は」エドウィナがまじめくさった口調で言った。「いつも結いあげてある先生の髪がおろされていました」

「ちょうど『薔薇と棘』のルシンダ・ローズウッドのように」ハンナがつけ加えた。「ミスタ・ソーンと連れ立って庭からもどってきたときのように。ミスタ・ソーンは庭でルシンダを誘惑したんです」

アンブローズはうなずいた。「庭で、ね」

「そして、そのあと彼女を捨てました」ハンナが悲しそうに言った。「おぼえていらっしゃるでしょう？　そのくだりは、先日朝食のときにお話ししましたから」

「まだ半分までしか読んでいないとも言っていたと思うが」アンブローズは言った。「もう最後まで読み終えたのかね？」

「あの、いいえ」ハンナが認めた。「でも、ルシンダ・ローズウッドにとって悪い結末になるのは明らかです。つまり、わたしたちとしては、ミス・グレイドが同じように誘惑されて捨てられるようなことになってもらいたくないんです」

エドウィナが背筋をまっすぐに伸ばした。「ミスタ・ウェルズ、こうなったからには、なにがなんでもミス・グレイドに結婚を申しこむべきだと思います」

「なるほど」アンブローズはまた言った。

四人が不安と期待が相半ばしている顔で彼を見つめた。

緊迫した長い沈黙を破ったのは、コンコーディアだった。

「おはようございます、みなさん」彼女が部屋の入口から元気よく言った。「みなさん、図書室でなにをしているのですか？　朝食の時間ですよ」

四人の少女たちは仰天して、くるりと振り向いてコンコーディアを見た。

「おはようございます、ミス・グレイド」エドウィナが少しあわてた口調で言った。「朝食室へいく途中です」

「ミスタ・ウェルズが図書室にいらっしゃるのが見えたので、朝のごあいさつをしていたところです」フィービが言った。

シオドーラがコンコーディアににっこり微笑んだ。「ミスタ・ウェルズが、バルコニーの戸棚に入っている先史時代の遺物の歴史について話してくださっていたんです」

「そうなんです」ハンナが言った。「とてもためになるお話でした」

「まあ」コンコーディアがにっこりした。「それはご親切に」

「実は」アンブローズは澄ました顔で言った。「古代の遺物について話していたわけではない」

「あら？」コンコーディアが戸惑った表情になった。

「きみのかわいらしい生徒たちに、こうなったからには、面目にかけてきみに結婚の申しこみをすべきだと迫られていたのだ、ミス・グレイド」

コンコーディアがあんぐりと口をあけた。頬が真っ赤に染まった。そして、まるで体を支えようとするかのように、扉の取っ手をしっかり握った。

「結婚ですって？」彼女がかすれた声でつぶやいた。見るからに衝撃を受けたようすで、四人の少女をにらみつける。「ミスタ・ウェルズと結婚について話していたのですか?」

「しかたがなかったんです」ハンナが肩をそびやかして言った。「昨夜、階段をあがっていらっしゃるところを見たんです、ミス・グレイド」

「髪をおろしておられました」フィービがつけ加えた。

「誘惑されたように見えました」シオドーラが言った。「それで、当然ながら、ミスタ・ウェルズに先生と結婚すべきだと申しあげたのです」

「それが、婦人を誘惑した紳士のとるべき行動ですもの」エドウィナが説明した。「でも、ときに、当然すべきことをしない紳士がいて、相手の婦人は生涯取り返しのつかないことになってしまいます」

「先生にはそんなことになってもらいたくありません」エドウィナがしめくくった。

コンコーディアが恐怖に引きつった顔をアンブローズのほうに向けた。

アンブローズは気が重くなった。

「今ちょうどお嬢さんがたに、わたしたちの関係は旧来のものではないと説明しようとしていたところだ」彼は静かに言った。「きみは、社交界が淑女に課している旧式な堅苦しい規則に従う必要を感じない、現代的で型破りな婦人だということを、四人に指摘するつもりだった」

「そのとおりです」コンコーディアが懸命の努力で落ちつきを取りもどした。「それに、往々にして見た目はあてにならないものです」そう言って、フィービとハンナ、エドウィナ、シオドーラに向かって眉をひそめた。「確固とした充分な証拠なしに結論に飛びついてはいけないと、何度言ったらわかるのですか？」
「でも、ミス・グレイド」フィービが言った。「先生は髪をおろしていらっしゃいました」

「昨夜は、髪を留めたピンのせいで頭痛がしてきて」コンコーディアが言った。「それで抜いたのです」

ハンナが顔をしかめた。「でも、ミス・グレイド——」

「見た目はさておき」コンコーディアがぶっきらぼうに言った。「もうひとつ、あなたがた四人に思い出してもらいたいのは、おしなべて、お行儀のよい人は他人のプライバシーを尊重するものだということです。年長者の問題に口をさしはさむなど、まだ教室で勉強している若い婦人のすべきことではありません。わかりましたか？」

コンコーディアの説教につづいた気まずい沈黙から、生徒たちが、大好きなミス・グレイドのそのようなきびしい口調に慣れていないことは明らかだった。

「はい、ミス・グレイド」エドウィナが小声で言った。「はい、ミス・グレイド」

ハンナが唇を震わせて言った。

フィービが唇を噛《か》んだ。

シオドーラが気まずそうにうなずいた。「ごめんなさい、ミス・グレイド。力になろうとしただけです」

とたんにコンコーディアが表情をやわらげた。「わかっています。でも、安心なさい。昨夜ミスタ・ウェルズとわたくしとのあいだには、あなたがたが心配しなければならないようなことは、なにひとつ起こっていません。そうでしょう、ミスタ・ウェルズ？」

「この場にいる全員に指摘したいのだが、このような状況においては、評判が問題になるのは婦人だけではない」アンブローズは言った。

全員が彼を見つめた。

「え？」コンコーディアが食いしばった歯のあいだから言った。

「確かに、社交界が主として問題にするのは淑女の評判だが、もうひとつ、紳士の名誉というささいとは言いがたい問題がある」

コンコーディアの表情が石のように硬くなった。「ミスタ・ウェルズ、話が妙な方向へ向かっているようです。そろそろ朝食室へ参りましょう」

アンブローズは彼女の言葉を無視した。「わたしがその問題の紳士だということを考えれば、この件に関わる権利はあると思う」

「あなたの権利がどのように侵されたのか、わたくしにはさっぱりわかりません」コンコーディアが引きつった声で言った。

「ミス・グレイド、当然のことながら、きみの現代的な感情を充分に尊重していないわけではない」彼はつづけた。「だから、妥協案でいくのがよかろう。この種の状況に対処する通常の方法に代わるものを提案したいと思う」

フィービとハンナ、シオドーラ、エドウィナが興味津々の表情になった。

「いったい、なにを、おっしゃって、いるのですか？」コンコーディアが一語ずつを区切って強調しながらたずねた。

「この問題には、おそらく関係者全員が満足する、非常に現代的できわめて型破りな解決法があるように思える」

「ミスタ・ウェルズ」コンコーディアが険悪な口調で言った。「おっしゃっていることの意味がわかりません。きっと、昨夜はよくお眠りになっていないのですね」

「よく眠ったとも」アンブローズは請け合った。

ハンナが一歩前に出た。顔が好奇心で輝いている。「今おっしゃった現代的で型破りな解決法とは、どんな方法ですか？」

アンブローズはコンコーディアに向かってにやりとした。「わたしに結婚を申しこむか否かをミス・グレイドに決めてもらうことにすれば、関係者全員が満足するはずだ」

コンコーディアが目を丸くした。その提案に仰天して口がきけなくなったようだ。

フィービとハンナ、エドウィナ、シオドーラは、驚きながらもうれしそうだった。

「淑女が紳士に結婚を申しこむというのは、本当に、とても現代的な考えだわ」フィービが大きな声で言った。

「すばらしい計画ですね」エドウィナがアンブローズに言った。

「ありがとう」アンブローズは得意顔にならないように気をつけた。

ハンナが顔を輝かせて言った。「ルシンダ・ローズウッドがミスタ・ソーンに結婚してほしいと言うことができたら、人生を台なしにせずにすんだでしょうに」

「とてもいい方法だわ」シオドーラが大喜びで言った。「そうすれば、問題はみごとに解決するじゃありませんか、ミス・グレイド？」

コンコーディアがやっと声を出せるようになった。「解決すべき問題などありません」

その言葉に注意を払う者はだれもいなかった。

「確かに、とても独創的な考えだわ」フィービが言った。「将来はこれが流行するんじゃないかしら？」

ハンナが唇をすぼめた。「でも、ミス・グレイドがミスタ・ウェルズに結婚を申しこまなかったら？」

シオドーラが眉を寄せた。「あるいは、申しこんでも、ミスタ・ウェルズがお断りになったら？」

そのとたん、会話が途切れた。少女たちがコンコーディアをじっと見た。

コンコーディアが扉の取っ手から手を離し、これみよがしに、腰の帯飾りの鎖につけた小さな時計で時間を確かめた。

「まあ、もうこんな時間だわ」全員に向かってにっこりする。「わたくしはもうお腹がぺこぺこです。失礼して、朝食を食べにいきます」

そして、くるりと踵《きびす》を返すと、さっさと廊下を歩いていった。靴の踵《かかと》の音が、磨きあげられた床板に軽やかに響いた。

コンコーディアがいってしまうと、少女たちがとがめるような目でアンブローズを見た。

アンブローズはひょいと両手を広げた。「これが、現代的で型破りなやりかたでものごとをするときの、やっかいな点だな。とはいえ、興味深い変化が生まれる。残念ながら、言うべきこと、やるべきことをすべて尽くしても、旧来のやりかたでやったときより少しでもよくなっているかどうかについては、かならずしも確約はできないが」

31

コンコーディアは左手を勢いよくひらくようにして黒い手袋のしわを伸ばし、顔の前に垂れた黒いベールごしにアンブローズを見た。胸の中ではまだ、相反する激しい感情がせめぎ合っていた。動揺しているのか、腹を立てているのか、それとも落胆しているのか、自分でもよくわからなかった。

で、腹を立てているのだと考えることにした。それが一番安全なように思えた。

「今朝の図書室での件ですが、あのように常軌を逸したことをおっしゃるなんて、信じられませんわ。若い人たちを相手にするときは常に、話題の選びかたに充分な配慮が必要だということを、ご存じないのですか？」

アンブローズが馬車の向かいの座席からじっと彼女を見た。顔につけた口ひげと顎ひげと眼鏡が、胴まわりに詰め物をした野暮ったい上着とかちかちの高い襟、保守的な型のズボンとあいまって、どこから見ても、はやらない実務家そのものだ。

「残念ながら、人づきあい、ことにあの年齢の若い婦人とのつきあいは、きみと比べてかなりかぎられているものでね」アンブローズが言った。

彼がふざけているのかどうか判断がつきかねて、コンコーディアはいらだった。彼女をからかって楽しんでいるのではないことを確かめる必要がある。

二人はミセス・ホクストンの住まいへ向かっていた。朝食の前に図書室で起こった悲惨なできごとのあと、二人きりになったのはこれが初めてだった。コンコーディアは、自分ではもうすっかり落ちつきを取りもどしたと思っていたのに、まだかなり動揺していることがわかってきた。

「まったく、生徒たちの頭にあのようなばかげた考えを吹きこむとは、いったいなにを考えていらしたのですか?」

「あのようなばかげた考えとは、なんだね?」アンブローズがたずねた。

「とぼけるのはよしてください。図書室でおっしゃったきわめてくだらない冗談のことを言っているのはおわかりのはずです」

アンブローズが、非難されて打ちひしがれたようなふりをして見せた。「今朝は冗談など言ったおぼえはないが」

平然と否定されて、コンコーディアの堪忍袋の緒が切れた。

「わたくしが言っているのは、紳士と淑女のしかるべきふるまいに関する、あなたのばかげた言い草のことですわ。つまり……その……」彼女は言葉につまった。当惑して、手袋をはめた手をひらひらと振る。「言っている意味はよくおわかりのはずです」

「翌日まともに頭が働かないほど相手の紳士を魅了してふぬけのようにしてしまう、激情の一夜のあとで、かね？」

「魅了してふぬけのようにしてしまう、などという表現を使えるなら、頭は完璧にまともに働いていますわ」

アンブローズが詰め物をした座席に体を沈めた。「きみの生徒たちを前にして、間の悪いあの場面をうまく切り抜けたことを、きみはだれよりも評価してくれるだろうと思ったのだが」

「あなたが正しいふるまいをなさるかどうかはわたくししだいというあの提案で、うまく切り抜けたとお考えなのですか？」

「そうだな、少なくとも、きわめて現代的な対処法だったことは、きみも認めるはずだ」

コンコーディアはため息をついた。「どうしようもないかたですわね」

短い間があった。

「わたしが旧来どおりのことをしたほうがよかったのかね？」アンブローズがどっちつかずの口調でたずねた。「今朝、きみに結婚を申しこむべきだったのか？」

コンコーディアは体をこわばらせ、窓の外の景色に目を向けた。「対等な人間同士としてすごした情熱的な一夜のせいで？　もちろん、否ですわ。あなたはわたくしを誘惑なさったわけではありません。償いのために結婚を申しこむ必要などありませんわ」

「もし申しこんだら？」アンブローズがたずねた。

彼女は顔をしかめた。「もちろん、お断りするでしょう」

「非常に現代的で型破りな婦人だからか？」

アンブローズはわざと彼女を怒らせようとしている、とコンコーディアは感じた。

「いいえ」彼女はぶっきらぼうに言った。「紳士の名誉のために求婚なさっていることがわかるから、お断りするのです。わたくしはどんな殿方とも、そのような理由では結婚いたしません」

彼が不可解な表情を浮かべた。「わたしは、きみが考えているほど紳士の名誉を気にする男ではない」

「ばかなことをおっしゃらないでください。アンブローズ、あなたは非常に高潔なかたです。お会いした最初の夜、それをはっきり感じました。だからこそ、あなたからのどんな申し出もお断りせざるをえないのです。そのような強要のもとで、あなたと結婚することなどできません」

「強要、か」アンブローズがおうむ返しに言った。「いやな言葉だ」

「ええ、おわかりいただけたようですね。名誉についての時代遅れで心得違いの考えや、社交界のしきたりを重んじるためなどの理由で成立する結婚は、おしなべて、双方の当事者を壁のない牢獄に生涯とじこめる結果となりがちです」

「おそらく、それはきみのご両親の考えだな？」

そう指摘されて、コンコーディアは返事ができなかった。図星だったからだ。両親が明確にその見解を表明するのを、何度聞いたことだろう。実際、彼女はその言葉が耳の中で響くなかで成長したのだ。

「そのような理由で結婚するのは、ご両親の思い出と、ご両親がきみに教えたもろもろに対する裏切りになると恐れているのではないのか？」アンブローズが静かにたずねた。

コンコーディアは気持ちを落ちつけて、顎をぐいとあげた。「わたくしたちのどちらかが、みじめな結婚に身を置くようなことをするつもりはありません」

「わたしたちが結婚したら悲惨なことになるという確信があるのか？」

コンコーディアの口がからからになった。

幸いにも、ちょうどそのとき馬車が止まった。アンブローズが扉の取っ手をつかんだ。

「この問題に対するきみの嘘いつわりのない気持ちを考えると、わたしの、独創的かつ型破りで現代的な方法しかないようだな」

「え？」

「今朝きみの生徒たちの前で言ったように、結婚の問題はきみの判断にゆだねよう。わたしに結婚を申しこむことに決めたら、遠慮なくそう言ってくれ」

最後の言葉は言いすぎで、すぐに後悔するに違いないことが、アンブローズにはよくわかった。

コンコーディアが午前中ずっと、胸の中で煮えくり返る怒りをどうにかこらえていたのは、見てわかっていた。振り返って考えれば、あのように型破りな方法を提案したことは言うまでもなく、そもそも結婚の話題を持ち出したのは、明らかに間違いだった。

しかし、図書室でフィービとハンナ、エドウィナ、シオドーラにつるしあげられたあの場面で、いったいどうすればよかったのだろう？

あのときは、弁解の余地のない状況から抜け出すすばらしい方法のように思えた。今朝コンコーディアに結婚を申しこんでいたら拒絶されただろうということは、火を見るよりも明らかだ。拒絶されたら、とても耐えられなかっただろう。求婚という重荷を彼女の肩に負わせて、自分たち二人を抜きさしならない状況から救い出そうとしたのだ。

ヴァンザの修行は自制と冷静、論理的な思考に重きを置いたものではあるが、おのずと限界はある。コルトン一族の二代にわたる智恵もたいして役に立たなかった。もっとも、倫理観に欠けていたとはいえ、アンブローズの父も祖父もともに、どうしようもないほどのロマンティストだった。明らかに、それは一族の特徴のようだ。

ミセス・ホクストンとの会見は、アンブローズにとっては歓迎すべきものだった。ますますこじれていくコンコーディアとの関係以外のことに考えを向ける、願ってもない口実だったからだ。

玄関の扉をあけたのは堂々とした執事で、主人に取りついだあと、これでもかというほど飾り立てられた応接間へ二人を案内した。

ミセス・ホクストンの屋敷の内装を手がけた設計士は、流行の要素をすべて取り入れることに心をくだいたようだ。その結果は、色彩と模様と材質が互いに主張し合って大混乱をきたした万華鏡だった。

青と藤色とクリーム色の巨大な花模様の絨毯《じゅうたん》の上に、暗紫色のカーテンが垂れている。海老茶《えびちゃ》色の地に大きなピンクの花が描かれた壁紙に、てんでばらばらの柄の布張りの椅子と長椅子。部屋の暗い四隅には造花をつめこんだ大きな壺が置かれ、壁には、床から天井までを埋めつくすように、額入りの絵がかかっていた。

コンコーディアはベルベット張りの椅子のひとつに腰をおろした。「今日は、突然おうかがいしたにもかかわらずお会いくださって、ありがとうございます、ミセス・ホクストン。ご親切に感謝いたします」

彼女が楽々と役になりきっているのを見て、アンブローズは感心した。事情を知らなければ、てっきり、今彼女が演じている上流階級の裕福な未亡人だと思ったことだろう。

「どういたしまして、ミセス・ネトルトン」ミセス・ホクストンの丸い顔に媚びるような笑いが浮かんだ。「レディ・チェスタートンのお友達ならどなたであれ、この家では大歓迎ですわ」

金持ちで社交界の実力者でもあるチェスタートン伯爵夫人との関係は、きわめて希薄なものだった。それどころか、数分前、堂々たる執事に名刺を渡すとき、アンブローズが伯爵夫人の名前を思い出して名刺に走り書きしたにすぎなかった。

アンブローズはクラブで、ミセス・ホクストンがしきりと上流階級に取り入ろうとしているといううわさを小耳にはさんでいたが、これで、そのうわさが正しかったことが証明された。レディ・チェスタートンの〝近しい個人的な友人〟をもてなす誘惑には抵抗できなかったようだ。

「こちらはわたくしの実務係です」コンコーディアが黒い手袋をはめた手でアンブローズのほうを示した。「どうかこの人にはおかまいなく。メモを取ってもらうために同道しただけですから。わたくしの広範な財務関係の事務に関わる退屈な業務を、すべてまかせておりますの」

「よくわかりますわ」ミセス・ホクストンはアンブローズにぞんざいな一瞥《いちべつ》を向けたなり、眼中に置くに値しないとばかりに捨て置いた。そしてコンコーディアに視線をもどした。

「レディ・チェスタートンはわたくしについてどんなことをお話しになったのですか?」

「シンシアはあなたのお名前をあげて、慈善学校を設立する件でご助言をいただけるはずだと請け合ってくれました」コンコーディアはメイドから紅茶茶碗を受け取った。「同様の慈善事業をなさっていて、順調にいっているようだと言っていました」

メイドが目立たないように応接間から出て、静かにドアをしめた。アンブローズはだれも自分に紅茶を勧めてくれないことに気づくと、持参した小さな手帳と鉛筆を取り出し、椅子の花柄の中に溶けこむべく最善を尽くした。

「レディ・チェスタートンは、つまりシンシアは、わたくしの慈善活動のことをご存じなのですか？」ミセス・ホクストンが喜びを隠しきれない声で言った。「知りませんでしたわ」

「ええ、もちろんです」コンコーディアは言った。「ウィンズロウ女子慈善学校でなさっている善行のことは、かねてから聞いているようです」

ミセス・ホクストンがうれしそうにうなずいた。「そうですか」

「亡くなった主人はかなりのお金を遺してくれました」コンコーディアは説明した。「そのお金で親を亡くした少女たちのための学校を設立することが、わたくしの心からの願いなのです。ところが、どのようにして取りかかればよいのか、皆目見当がつきません。それで、こちらでうかがえば、実際的なご助言をいただけるのではと思いまして」

ミセス・ホクストンがぽかんとした表情を浮かべた。「実際的な助言とは、どのようなものでしょう？」

「ええ、たとえば、慈善学校を経営するためには、どれくらいの時間をつぎこむ必要があるのでしょうか？」

「ああ、おっしゃる意味がわかりました」ミセス・ホクストンがにっこりした。「その点なら心配いりませんわ。慈善学校の後援者として必要な時間は、ほんのわずかです。クリスマスに生徒たちに贈り物を配って、生徒がわたくしへの感謝の言葉を述べるのを聞きますが、それですべてです。一年に一度、きわめて退屈な午後をすごすだけでいいのです」

「わかりませんわ」コンコーディアが言った。「職員を雇うことはどうなのですか？」

「もちろん、そのようなことはすべて校長にまかせています」

「でも、だれが校長を雇うのですか？」

ミセス・ホクストンが一瞬当惑した表情になった。そして、ああ、という顔をした。「わたくしの場合には、雇う必要はありませんでした。後援者になると決めたとき、ウィンズロウ女子慈善学校はもう設立されていたのです。ミス・プラットが校長を務めていて、解雇する理由はなにもありませんでした。それどころか、そのまま雇う理由は枚挙にいとまがないほどありました。すばらしい管理者です。支出に細かく目を配って、一ペニーたりともむだ遣いはしません」

「前の後援者はどうなったのですか？」コンコーディアがたずねた。

「亡くなりました。相続人たちは学校にわずらわされるのを望みませんでした。ちょうどそのころ、わたくしは適当な慈善事業をさがしていて、双方の都合が合致したのです」

コンコーディアが紅茶をひと口飲んだ。「その学校が後援者を求めていることは、どうやってお知りになったのですか？」

「簡単ですわ。ごく親しくしているお友達のミスタ・トリムリーがそれを知って、後援者になることを考えるよう勧めてくださったのです」

コンコーディアが手に持った紅茶茶碗を宙で止めた。黒いベールごしでは顔の表情は見えなかったが、アンブローズには、彼女がじっとミセス・ホクストンの顔を見つめているのがわかった。

彼も同様にしたが、関心を持ったことが表情に出ないよう気をつけた。

「ミスタ・トリムリーというお名前には聞きおぼえがないように思いますが」コンコーディアがさりげなく言った。

「とても魅力的で、とても上品な紳士ですわ」ミセス・ホクストンが言った。「わたくし、流行や趣味の面では、あのかたを全面的に信頼していますのよ」

「すばらしいこと」コンコーディアが言った。「どのようにしてお近づきになられたのですか？」

「去年、ダニントン家の夜会で紹介されましてね」ミセス・ホクストンがたずねるような口調でつづけた。「あの夜会には出席していらっしゃいましたわよね、ミセス・ネトルトン。でも、お会いしたことは思い出せませんわ。もっとも、身動きもできないほど混んでいましたものね？」

ちくしょう、とアンブローズは思った。こういう質問の答えはコンコーディアに教えておかなかった。

「そのころはあまり外出いたしませんでした」コンコーディアがよどみなく答えた。「ちょうど、主人が死の床に伏せっておりましたもので。夜も昼も、主人のそばにいることがわたくしの務めだと思いまして」

アンブローズは感心した。コンコーディアは非常に機転のきく婦人だ。

「ええ、おっしゃるとおりですわね」ミセス・ホクストンがあわてて言った。「お許しください。心ないことを申しました。先ほど言いましたように、そのときミスタ・トリムリーとお近づきになりました。そして意気投合したのです」

「それ以来、よくお会いになっていらっしゃるのですね？」コンコーディアがやんわりとたずねた。

「ええ。実は明日の夜も、グレシャム家の舞踏会に付き添ってくださることになっています」ミセス・ホクストンが得意そうに微笑んだ。「お宅にも招待状が届いたことと思いますが？」

「ええ、もちろんですわ。残念ながら、まだそのような催しに出席する気分にならなくて」

「わかりますわ」

コンコーディアが紅茶茶碗を慎重に受け皿に置いた。「慈善学校の事務的な事柄を処理するために、実務家を雇っていらっしゃるのでしょうね？」

「そのようなことはすべて、わたくしに代わってミスタ・トリムリーが引き受けてくださっていましてね。ですから、そういう細かいことは気にしなくてすんでいます。先ほども言いましたが、善行をするのは、ちっとも面倒なことではありませんわ」

「ミスタ・トリムリーというかたは、きわめて重宝なかたのようですわね」コンコーディアが言った。

「あのかたがいらっしゃらなかったら、どうしていいかわかりませんわ」ミセス・ホクストンが言った。

それからまもなく、コンコーディアは自分の演技に満足しつつ、アンブローズに腕を取られてミセス・ホクストンのタウンハウスの玄関の階段をおりた。

二人は通りまでおりると、角のほうへ向かった。

「楽しんでいたようだな」アンブローズがおもしろがっているような声で言った。

コンコーディアは懸命に、お高くとまった上流婦人の威厳を保とうとした。「それはどういう意味ですか？　大いに賞賛に値する演技をしたと思っていましたが」

「したとも。それどころか、しがない実務家を雇っている尊大な婦人の役を演じるのが、いたく気に入っているという感じがありありと見えた」

「あなたのほうこそ、役にぴったりはまっていらっしゃいましたわ。実際、あれほど実務家らしい実務家を見たのは初めてのような気がします」

「ありがとう」アンブローズが手をあげて、通りかかった辻馬車を呼び止めた。「長年かかって、壁紙に溶けこむ達人になったのだ」

コンコーディアはベールの奥でにっこりして、馬車に乗りこむのに手を貸してもらうべく、アンブローズに片手をあずけた。「あなたというかたは、驚くほどたくさんの特技をお持ちなのですね、アンブローズ」

「きみこそだ、コンコーディア」アンブローズが扉をしめて、コンコーディアの向かいの座席に腰をおろした。「教師という職業に対する賞賛の念が日ごとに大きくなっていく」

「それで?」コンコーディアはベールごしに彼を見た。「次は、謎のミスタ・トリムリーについて調べるのでしょう?」

「ああ、そうだな」アンブローズが窓の外に視線を向けた。「この件では重要な人物のようだ。おそらくその男がラーキンの相棒の紳士だろう」

「ミセス・ホクストンは一味ではないと言ってさしつかえないと思います。明らかに、慈善学校を社交界でのイメージアップの便法としか見ていないようですわ」

「同感だ」アンブローズが言った。「ごく親しい友達のミスタ・トリムリーが、後ろから彼女をあやつっているのではないかと思う。悪党の紳士が社交界の金持ちの婦人に取り入って自分の目的のために利用するというのは、昔からよくある。同様にエディス・プラットもまんまとたらしこんで、計画に協力させているようだ」

　コンコーディアはうんざりして鼻にしわを寄せた。「ミス・プラットの協力を得るには、相応の袖の下を払うだけでこと足りたと思います」

「あの女がどういう人間か、ずばりと見抜いているな」

「どうやってトリムリーを見つけるおつもりですか?」コンコーディアはすっかり好奇心をそそられてたずねた。「ミセス・ホクストンのタウンハウスを監視して、彼がたずねてくるかどうか見張るのですか?」

「確かにそれもひとつの方法だ」アンブローズが言った。「だが、戸口に潜んで彼が現れるのを待つのでは、かなり時間がかかるだろう。もっと簡単な方法がある」

「というと？」

「ミセス・ホクストンの話では、明日の夜、トリムリーは彼女に付き添ってグレシャム家の舞踏会へいくようだ。わたしも出席しよう。舞踏会には客が大勢いる。大勢の人の中なら、トリムリーを観察するのは比較的簡単なはずだ」

コンコーディアは仰天してアンブローズを見つめた。「冗談でしょう」

彼が顔をしかめた。

「社交界の舞踏会に出席するなんて、本気でおっしゃっているはずがありませんもの」

「なぜだね？」

「まず、招待状という小さな問題があります」

「必要ならにせの招待状は簡単に作れるが、今回の場合、そのような手間をかける必要はないだろう。レディ・グレシャムの舞踏会はいつも混んでいる。招待されていない人間がいても、だれも見とがめたりはしないだろう」

「わたくしもごいっしょにいけるといいのに」コンコーディアは言った。「観察するお手伝いができるでしょうにね」

アンブローズが考えるような表情でじっと彼女を見た。

「ふーむ」

コンコーディアはかぶりを振った。「残念ながら無理ですが、考えてくださってありがとうございます」

「いっしょにきていけない理由はないだろう。婦人として、わたしでは知りえないことを知ることができる立場にある」

「舞踏会にふさわしいドレスという問題があります」コンコーディアは指摘した。「わたくしのために作ってくださったドレスはどれもすてきなものですが、舞踏会に着ていけるようなものではありません」

「ドレスは問題にはならないだろう」

「本当ですか？」

アンブローズがにやりとした。「本当だとも」

コンコーディアの体に興奮がわきあがった。「胸が躍りますわ。これまで舞踏会に出席したことは一度もありません。シンデレラのような気分を味わえるでしょうね」

「いつも言うことだが、楽しいおとぎ話のようなものではない」アンブローズが足を前に投げ出して腕を組んだ。「話は変わるが、昨夜カスバートの机の中で見つけた小型の帳面をじっくり調べてみた。会計日誌だろうと思っていたが、ある意味ではそうだった」

「どのような会計の日誌ですか？　慈善学校に関係があるものですか？」

「いや。記載されている内容は、毎日の賭博の負けだと思う」アンブローズがそこでちょっと間を置いた。「どうやらカスバートは、賭博のつきにはあまり恵まれていなかったようだ。死んだときは、だれかに多額の借金があった」

「アレクサンダー・ラーキンにですか？」

「ああ、そうだったのではないかと思う」

コンコーディアはしばらく考えた。「賭博の借金を理由に、ラーキンとトリムリーが無理やりカスバートに計画を手伝わせたのでしょうか？」

「ああ、いかにもそのように見えるな」

彼女はぶるっと身震いした。「そして、カスバートは死にました」

「アレクサンダー・ラーキンと関わりを持った人間は、しばしばあのような最期をとげる。概してしかしこれまでは、殺されたのはほとんどが悪党やいかがわしい部類の者たちだった。て、新聞で騒がれる恐れのない殺しだったと言ってさしつかえないし、警察が本腰を入れて調査するような事件でもなかった。ところが今回は、ラーキンと新しい相棒はこれまでより大きな危険を冒しているようだ」

「おっしゃる意味はわかります。最近殺された人たちには、教師や、女学校に教師を斡旋《あっせん》する紹介所の経営者、実務家などがふくまれています」

「むろん、彼らは上流階級には属していなかったが、程度の差こそあれ、みな堅気とみなされる者たちだった。わたしに調査を依頼してきた婦人の妹の場合と違って、そのような殺人は世間の目を引く」

「でも、死体が発見されたら、の話です」コンコーディアは指摘した。「ミス・バートレットは姿を消しただけでしたし、ミセス・ジャーヴィスは自殺とみなされました。そして、カスバートの死体はまだ発見されていません」

「そのとおりだ。とはいうものの、ラーキンと相棒が、きみの四人の生徒たちに非常に価値があると考えていることは確実なようだ」

32

　コンコーディアははしごの左右の支柱を握り、めざす煉瓦《れんが》塀の頂上を見あげた。

「アンブローズ、信じられないことでしょうけれど、今夜グレシャム家の舞踏会に出席すると言われたときには、もう少し違う形のドレスを想像していました」

　アンブローズがはしごの横木を両手でしっかりつかみ、彼女のためにはしごを押さえた。

「安心したまえ、小間使いとしては非常に魅力的に見えるぞ。白い木綿の帽子と前掛けがよく似合っている」

「せめてものなぐさめは、あなたがお召しになっている、その派手な従僕の衣装を着る屈辱を味わわずにすんだことですわ」

「この変装をする理由は説明したはずだ。レディ・グレシャムほどの階級になれば、今夜の舞踏会のために臨時の使用人を雇うだろう。小間使いと従僕がひとりくらいふえても、だれも気がつかないはずだ」

コンコーディアははしごをのぼりながら、アンブローズがはしごを持ってきたのは、ひとえに彼女のためだと感じた。彼だけなら、はしごなどなくても楽々と塀をよじのぼることができるはずだ。

「印刷された招待状を手に入れることに関心を示されなかった理由が、これでわかりましたわ」

「庭の塀をよじのぼればすむのに、瑣末《さまつ》なことにわずらわされる必要はないだろう？」

「きわめて実用的な考えかたですわね」

コンコーディアははしごの一番上の段まであがると、じゃまになる灰色のマントとスカートのひだを抱えあげた。

慎重に片足ずつ振りあげて塀をまたぐ。小間使いの地味なドレスの下にはいている分厚いリンネルの下ばきのおかげで、ざらざらした煉瓦で太腿がこすれるのを防ぐことができた。

無事に塀の上に腰をかけて内側を見ると、目の前に、月明かりに照らされた広大な庭が広がっていた。遠くにグレシャム屋敷の明かりが輝いている。舞踏室から流れ出た音楽が、夜風に乗ってかすかに聞こえてきた。

コンコーディアは一瞬、おとぎ話に出てくるようなドレスをまとい、アンブローズの腕に抱かれてワルツを踊っている自分の姿を思い描いた。空想の中では、髪は、宝石をちりばめた花を散らした優雅な巻き髪に結いあげられていた。もちろん、アンブローズは黒と白の正装に身を包み、目をみはるほど男前だった。

彼女は思わずにっこりした。

「いったいなにを考えているのだ？」はしごをのぼってきたアンブローズがたずねた。

彼の声が耳のすぐそばで聞こえたので、コンコーディアはぎくりとした。彼がのぼってきた音が聞こえなかったのだ。

「たいしたことではありません」さらりと言う。

「気を抜かないでくれ。今夜はどんな間違いもしたくない」

「お説教してくださる必要はありません。今夜自分がすべきことは充分に心得ています」

「そう願いたいものだ」アンブローズがはしごを持ちあげて塀の内側におろした。「どんな危険も冒すべからずということを忘れないでもらいたい。なにか困ったことにぶつかったり、どんな理由であれ不安を感じたら、すぐわたしに合図してくれ」

「その指示を口になさったのは、屋敷を出てからこれで十度目ですよ、アンブローズ。あなたの問題はなにかご存じですか？」

「どの問題かな？」彼が猫さながらの身軽さではしごをおりた。「このところ、実にさまざまな問題を抱えているようでね」

コンコーディアはむっとしたものの、それが声に出ないように気をつけた。慎重にはしごに足をかけておりたが、アンブローズが見せた優雅さにはほど遠い気がした。

アンブローズがはしごの下で待っていた。彼の前におり立ったコンコーディアは、ずれた眼鏡を押しあげた。

「あなたの問題は、相棒の自主性を評価しないことです」

「おそらくそれは、相棒と仕事をするのに慣れていないためだろう。もう長いこと相棒を持っていないからな」

コンコーディアはおやと思った。「かつては相棒がいたのですか?」

「最初のころだ」アンブローズがうわの空で言って、外套を脱いだ。「わたしの変装はどうかな?」

彼女は目を凝らして見たが、暗がりで見える従僕のお仕着せは、白っぽいかつらだけだった。「よくわかりませんわ。暗すぎて」

「帽子がゆがんでいる」アンブローズが両手をあげて彼女の髪に触った。「さあ、なおしてあげよう」

「まあ、猫のような目ですね、アンブローズ」

「ストーナーはいつもそう言っていた」彼がコンコーディアの手を取った。「おいで、コンコーディア、舞踏会へ出かけよう。明日からは、社交界へ連れていってくれていないとは言わせないぞ」

二時間後、コンコーディアは薄暗い廊下を走っていって、幅の狭いドアをあけた。差しこんだ廊下の明かりで、大きな物置につめこまれたモップや箒《ほうき》、バケツ、刷子《ブラシ》が見えた。

するりと中に入ってドアをしめる。やっとひとりになれたと思いながら、ぐったりと物置のドアに寄りかかった。

ひと晩小間使いの役を演じるのがこれほど疲れるものだとは、考えてもいなかった。婦人用の休憩室にもぐりこんだ瞬間から、小休止を取るひまもなかった。

同様に息も絶えだえの二人の召使いとともに、ひっきりなしに出入りする手のかかる婦人客の身づくろいを手伝いつづけた。ほとんどひざまずいたままの姿勢で、婦人たちが舞踏用の靴をはくのに手を貸し、ワルツを踊るときスカートを踏まないよう、豪華なドレスの裳裾《もすそ》をたくしあげてホックで留める作業にかかりきりだった。さらに、ドレスにシャンペンがこぼれたり、ペティコートが破れたりという小さな災難も、山ほど持ちこまれた。なかには、サテンのスカートについた不審な草の染みを取ってほしいという頼みも、一、二件あった。

少なくとも正体を見破られる恐れは皆無だったと考えて、コンコーディアは悲しくなった。小間使いの木綿の白い帽子と前掛けは、変装としては未亡人のベールに劣らず有効だとわかった。休憩室にやってきた上品な淑女のだれひとりとして、骨身を惜しまず働いている召使いに目を留める者はいなかった。

ほかの小間使いたちは、コンコーディアの存在をなんの疑いもなく受け入れていた。目がまわるほどいそがしいので、みんな、手がふえてありがたいとしか思わなかったようだ。それに、ひと晩だけ雇われた召使いが屋敷の事情につうじているとは思えなかった。

コンコーディアが肝を冷やしたのは一度だけで、ひだ飾りとフリルがふんだんにあしらわれた、ピンクと紫色のサテンのきらびやかなドレスをまとったミセス・ホクストンが、休憩室に入ってきたときだった。

　ところが、ウィンズロウ女子慈善学校の心寛《ひろ》き後援者は、長いひらひらした裳裾をフックで留めるために絨毯にしゃがんでいる小間使いには、一瞥はおろか、声をかけることさえしなかった。

　コンコーディアはのろのろと帽子に手をやり、きちんと頭に載っているかどうかを確かめてから、物置のドアをあけた。

　アンブローズは舞踏室でミスタ・トリムリーを見つけただろうかと思いながら、ふたたび静かな廊下に出る。

「おや、おや、おや、これはなんだ？　仕事をさぼって隠れていたんだな」

　背後で、シャンペンの飲みすぎで呂律がまわらない男性の声がした。コンコーディアは聞こえないふりをした。安全な婦人休憩室へ向かって廊下を急ぎ足で進む。

　後ろから重い足音が追ってきた。コンコーディアは走り出そうとスカートをつまみあげた。

　そのとき、がっしりした男の手に上腕をつかまれて動けなくなった。

「そんなに急いでどこへいくんだ？」

　腕をつかんだ手がぐいと動いて彼女を振り向かせた。目の前に、上等な仕立の黒と白の正装に身を包んだ、でっぷりした大柄な紳士がいた。廊下の明かりは薄暗かったものの、顔だちを見て取れるだけの明るさはあった。おそらく、かつてはかなりの男前だったのだろうが、酒の飲みすぎとぜいたくな食べ物、放埒《ほうらつ》な暮らしの結果が、その顔にはっきり表れていた。

男が流し目で彼女を見た。「眼鏡だって？　眼鏡をかけた小間使いに出くわしたのは初めてだな。いつも言うことだが、なんにでも初めてはある」

コンコーディアの胸に、その顔をひっぱたいてやりたいという思いがこみあげたが、ここでは自分は小間使いなのだと自戒した。召使いは客の紳士をひっぱたいたりはしない。それを言うなら、職を失いたくない教師も、そんなことはしない。

「すみません」コンコーディアは懸命に、冷静で穏やかで敬意のこもった口調を心がけて言った。「婦人休憩室へもどらなくてはならないんです」

男が酔った笑い声をあげた。「時間なら気にしなくていい。すぐにすませるから」

「どうかいかせてください。今すぐ持ち場にもどらないと、だれかがさがしにくるでしょう」

「小間使いの姿がしばらく見えなくても、だれも気にしたりするものか。今夜は大勢の召使いが屋敷を走りまわっているんだ」そう言って、コンコーディアを物置のほうへ引っ張っていき始めた。「さあ、おいで、ちょっと楽しもう。心配するな、それなりの心づけはやるから」

コンコーディアの胸に激しい憤りがわきあがった。召使いのへりくだった口調をかなぐり捨て、教室での毅然《きぜん》とした口調になった。

「よくもまあ恥ずかしげもなく」ぴしゃりと言う。「自分より下の階級の者に対して、いつもこのような扱いをなさるのですか？　礼節というものは持ち合わせておられないのですか？　行儀作法とか良識というものはないのですか？」

生命のない物体に話しかけられたとでもいうように、好色な酔っ払いが動きを止め、驚きに目を丸くした。

「なんだと？」あっけに取られた声だった。

「恥を知りなさい。きちんと働いて暮らしを立てるために、やむなく奉公している婦人をいいようにする権利など、あなたにはありません。それどころか、そのような婦人を守るのが、真の紳士たる者の務めでしょう」

コンコーディアは相手が驚いているすきに腕を振りほどこうとしたが、大きな手は痛いほどしっかり彼女の腕をつかんでいた。吐き気のするような流し目が義憤の表情に変わった。

「目上の者にそのような口のききかたをするとは、いったいなにさまのつもりだ？」男が彼女の腕を激しく揺さぶった。「身のほどを教えてやる。くそ、教えずにおくものか」

男がコンコーディアの腕をぐいと引っ張って、物置のほうへ引きずっていき始めた。

そのとき初めて、コンコーディアは恐怖がわきあがってくるのを感じた。事態は手に負えなくなりそうだ。助けにきてくれるかもしれないほかの召使いが近くにいることを祈って、叫び声をあげようと口をあけた。

酔っ払った紳士が大きな手で彼女の口をふさいだ。「静かにしろ、さもないと、おまえの立場はますます悪くなるだけだ。心づけのことも、きれいさっぱり忘れろ」

男が物置のドアをあけて、彼女を暗がりへ引きずりこもうとした。男の手に口だけでなく鼻もふさがれて、コンコーディアは息をするのもやっとだった。ふくらむ恐怖が激しい怒りをさらにかきたてた。

コンコーディアは男の頬を引っかいた。

男がわめき声をあげて彼女を放し、引っかかれた頬を手で押さえた。「いったいなにをしたんだ、このばか女め」

コンコーディアは渾身《こんしん》の力をこめて両手で男の胸を押した。

酔っ払いは体の平衡を失って後ろによろめき、物置の床に尻餅をついた。

コンコーディアはばたんとドアをしめて、差しこまれていた鍵をまわした。

「ここにいたのか」背後の廊下でアンブローズの声がした。「そこらじゅうをさがしたぞ」

まずいところで会ってしまった。コンコーディアは眼鏡を押しあげながら思った。襲われかけたことを知られたら、今すぐ辻馬車で屋敷へ帰らされるに決まっている。

「ちょっと休憩を取っていただけです」コンコーディアは帽子と前掛けを整えながら言った。「淑女担当の小間使いというのは、本当に疲れるものなのです」

背後のドアをどんどんたたく音が聞こえた。くぐもってはいるが怒りに満ちた声が、木の扉ごしに響いた。

「ここから出せ、このくそ女。小間使い風情が、よくもこんな無礼なふるまいをしたな！

今夜のうちに、推薦状なしでクビにさせてやる。夜明けまでには路頭に迷うことになるぞ」

アンブローズがじっとドアを見つめた。

「問題が起こったのか？」どっちつかずの口調でたずねる。

「いいえ、なんでもありませんわ」コンコーディアはにっこりした。「もう片づきました。なぜわたくしをさがしていらしたのですか？」

またひとしきりどんどんと大きな音がして、背後のドアが揺れた。

「今すぐこのドアをあけろ」

「さがっていろ」アンブローズが言った。

コンコーディアの胸に新たな恐怖がわきあがった。「アンブローズ、軽はずみなことをなさってはいけません。今夜は紳士とけんか騒ぎを起こすわけにはいきません。そんなことをしたら、せっかくの計画が危険にさらされることになります」

「これを持っていてくれ」アンブローズが外套とコンコーディアのマントを彼女の腕に押しつけた。

「アンブローズ、お願いです、今夜はもっと大切な用があるではありませんか。よけいなことにわずらわされているときではありません」

「すぐにすむ」彼は鍵をあけてドアをあけると、中へ入った。

「なにをぐずぐずしていたんだ」かんかんになった男がそこまで言ったところでアンブローズに気づき、目を丸くして口をつぐんだ。「なにごとだ？　いったいなにさまのつもり

──?」

ドアがしまり、物置の中は男とアンブローズの二人だけになった。二言三言なにか言う静かな声につづき、どすっというくぐもった音が二度聞こえた。コンコーディアは顔をしかめた。

ドアがあいた。アンブローズが傾いた従僕のかつらをなおしながら現れた。またドアがしまるまでの一瞬に、物置の床にくずおれている男の姿がちらりと見えた。

「さあ、これでよし、と」アンブローズが言った。「いこう。すっかり時間を食ってしまった」

「まさか、殺しておしまいになったのではないでしょうね」コンコーディアは心配になって言った。

「殺してはいない」アンブローズがうなずき、彼女をうながして急ぎ足で廊下を歩き出した。

「わたくしのせいではありません」

「ああ、わたしのせいだ。今夜きみがこの冒険に加わることを認めたわたしの。こうなることは予想してしかるべきだった」

「アンブローズ、それは公平ではありません。わたくしは事態を非常にうまく処理したと思っています」

「したとも。わたしが心配しているのはそのことではない」

「なにを心配していらっしゃるのですか?」コンコーディアは問いただした。

「きみの顔を見られたから、やつがだれかに人相を話す可能性があることだ」

「それなら心配はいりません」コンコーディアは請け合った。「あなたが今なさったことは言うまでもなく、薄暗いのとひどく酔っ払っていたのとで、今夜起こったことについてはほとんどおぼえていないでしょう。間違いなく、わたくしの人相を話すことはできないはずです。それに、小間使いのことなどだれもおぼえていませんわ」

「そのことはあとで話そう。今はぐずぐずしているひまはない」

アンブローズが足早に歩くので、コンコーディアは遅れずについていくために小走りになった。「どうやってわたくしを見つけられたのですか?」

「休憩室の小間使いのひとりから、この廊下の先に消えたと聞いたのだ」

二人は舞踏室を見おろすバルコニーを歩いていった。とげとげしいうつろな笑い声や、酔ったものうい話し声が聞こえてくる。シャンデリアの明かりの下で、宝石の飾りをつけた婦人のドレスがきらきら輝き、黒と白の正装に身を包んだ紳士たちはこのうえなく優雅に見える。別の世界、言うならば、美しい子供だましの世界をかいま見た気がした。

「おとぎ話を楽しむことができなくて残念だったな」アンブローズが静かに言った。

「下の舞踏室で起こっていることは、わたくしたちがしている冒険の半分も胸躍るものではありません。とてもおもしろいお仕事をなさっているのですね、アンブローズ」

アンブローズが驚いた表情になった。そして、にやりとした。「退屈することはめったにない」

「どうしてこんなに急いでいるのですか？」コンコーディアはたずねた。「なにか起こったのですか？　トリムリーは見つかりまして？」

「ああ。ミセス・ホクストンとともに到着して、ずっと彼女にまとわりついていた」

「よかった。でも、どうしてわたくしをさがしにいらしたのですか？　彼をじっくり観察するおつもりだと思っていましたが」

「そうだ。ところが、少し前に従僕が彼に手紙を渡したのだ。手紙になにが書かれていたにせよ、トリムリーにとっては重大な知らせだったようだ。ミセス・ホクストンとほかの客たちになにか言いわけをして、そっと舞踏室から出ていった。あとについていったところ、召使いに帽子と外套を持ってくるように頼み、ハンサム馬車を呼んでくれと言うのが聞こえた」

「帰ろうとしているのですか？」

「ああ。だが、順調にいっても、辻馬車に乗るまでにはしばらくひまがかかるだろう。この舞踏会につめかけた客のせいで、表の通りは馬車でごった返している」

「どうしてミセス・ホクストンの馬車を使わせてもらわなかったのでしょうね」

「いき先を御者に知られたくなかったからではないかな」アンブローズが満足そうな声で言った。

コンコーディアの胸に興奮が走った。「なんらかの人目を忍ぶ会合に出かけるとお考えなのですね?」

「ああ。断りを言って舞踏室から出ていくようすに、差し迫った感じがあった」

「これからどうするのですか?」

「最初の心づもりでは、きみをここに残してひとりで尾行するつもりだった。あの手紙には、なにを置いても駆けつけたくなることが書かれていたようだ。彼のいき先を確かめたい」

「わたくしもいっしょにいきとうございます」コンコーディアは急いで言った。

「大丈夫だ、きみもいっしょにここを出る」アンブローズが断固とした口調で言った。「さっきの物置での残念なできごとのあとでは、ひとりでここに残しておく危険を冒すつもりはない」

「アンブローズ、あのささいなできごとを大げさに考えすぎていらっしゃいますわ」

「ささいなできごとだと? あの男はきみを陵辱しようとしたのだぞ」

「あの手の男性を相手にしたのは初めてではありません。教師としてこれまで働いてきたあいだには、生徒たちの家にいる大勢の男性の身内の中に身を置かざるをえないこともありました。どれほど多くのいわゆる紳士たちが、これっぽっちのためらいもなく、身寄りも財産もないとされる婦人の弱みにつけこむかをお聞きになったら、きっと驚かれるでしょうね」

アンブローズが口元に感心したような笑いを浮かべて、ちらりとコンコーディアを見た。

こんだ。

「危険の多い人生を送ってきたのだな、ミス・グレイド」

「あなたと同じですわ、ミスタ・ウェルズ」

二人は廊下を曲がり、重い銀の皿を客間へ運んだりさげたりしている従僕の流れにまぎれこんだ。

湯気のこもった暑い厨房に入ると、料理人が二人をにらみつけた。

「あんたら二人してどこへいくつもりだい？」頬に流れる汗を前掛けでふきながら、きつい口調でたずねる。「ここには仕事が山ほどあるんだよ」

「すぐにもどってくる」アンブローズが請け合った。「ベッツィにちょっと外の空気を吸わせてやりたいんだ」

「今かい？　外の空気なら、奥さまのお客らが帰ってからたっぷり吸えばいいだろう」料理人がコンコーディアの持っている外套とマントを見とがめた。「それはどこから持ってきたんだい？　お客のものを勝手に持ってきたんだね？　だからそんなにあわてて出ていこうとしてるんだろう？」

そのとき、銀器と陶器がぶつかるすさまじい音が厨房に轟《とどろ》いた。怒っている料理人以下全員が、盆を落としたあわれな従僕のほうを振り向いた。

「なんてことをしてくれたんだ、この大ばか野郎」焼菓子担当の料理人がわめいた。「何時間もかけて作ったロブスターパイなのに。今夜おまえがどれだけの料理をだめにしたかを知ったら、奥さまはかんかんになるはずだ。間違いなく、推薦状なしでクビにされることだろうな」

「いこう」アンブローズがささやき、コンコーディアを裏口のほうへ引っ張っていった。

二人はようやく庭に出た。アンブローズがちょっと足を止め、白いかつらと帽子、凝った縁飾りのついた従僕用の上着を生垣の陰に放りこんだ。

「その外套をくれ。きみもマントを着たまえ。この家の近くで従僕と小間使いがハンサム馬車に乗りこむところを、だれかに見られたくないからな」アンブローズがコンコーディアの全身にさっと視線を走らせて、頭に載っている木綿の白い帽子を取った。「召使いはハンサム馬車には乗らない」

「きちんとした淑女もですわ」コンコーディアは指摘した。「少なくとも、夫ではない殿方と二人ではね。四輪馬車か乗合馬車に乗るものとされています。あなたと二人でハンサム馬車に乗ったら、御者は間違いなくわたくしを尻軽女と思うことでしょう」

「やむをえない」アンブローズが先に立ち、迷路のような生垣のあいだを進んだ。「マントのフードをあげて顔を隠したまえ。わたしのそばから離れないように」

二人は庭を抜けて、裏塀の二時間前に忍びこんだ場所まで引き返した。コンコーディアは地面に横たえてあったはしごにつまずいて初めて、そこにはしごがあることに気がついた。

「気をつけて」アンブローズが彼女の腕を支えて言った。そしてかがみこむと、はしごをつかんで煉瓦塀に立てかけた。「今度はわたしが先にのぼる」

コンコーディアはじゃまなマントとスカートのひだを持てあましながらあとにつづいた

が、彼がいらだっているのを痛いほど感じた。

ようやく、二人とも塀の外側の地面におり立った。

「こっちだ」アンブローズが彼女の手首をつかんで通りのほうへ歩き出した。「急げ。トリムリーを見失いたくない」

「はしごはどうするのですか？」

「そのままにしておけ。もう必要になることはないだろう」

グレシャム屋敷の前の通りには自家用馬車がひしめいていた。そこから少し離れて、広場の中心にある公園沿いに、辻馬車の明かりが一列にならんでいるのが見えた。

よく耳にする口笛が聞こえた。従僕がハンサム馬車を呼んだのだ。それに応えて、列の先頭にいた二輪の辻馬車が大きな屋敷の前へと動き出した。

「あれにトリムリーが乗るのだろう」アンブローズが言った。「今、玄関の階段をおりている」

アンブローズは暗がりを先に立って、客待ちをしている辻馬車の列のほうへ足早に進み、最後尾の馬車に近づいた。おおいのある客席の後方上部についている御者台にすわっている御者が、ぞんざいな目でコンコーディアを一瞥した。けれど、彼女とアンブローズが狭い昇降段をあがり、前面があいている座席にすわっても、さして関心は示さなかった。

乗ってみると、コンコーディアにも、ハンサム馬車に乗る婦人に社交界が眉をひそめる理由がわかった。まともに人目にさらされている気がする。ひとつだけの座席は、人が二人、ぴったり体を寄せてすわれるだけの幅しかない。きゅうくつな座席はきわめて親密な感じがした。

アンブローズがはねあげ戸をあけて御者に言った。「今ちょうど屋敷から出ていく辻馬車のあとを追ってくれ。だが、向こうの御者には気づかれないようにしてもらいたい」

そして、何枚かの紙幣を突き出した。

「へい、旦那」御者が金をポケットに入れた。「夜のこの時間なら、気づかれないようにするのは簡単ですよ」

馬車ががらがらと走り出した。

コンコーディアはハンサム馬車の速さと小回りのきく操縦性に驚いた。「なんとすばらしい乗り物でしょう。この位置からだとすべてが見えるではありませんか。そのうえ、なんとまあ速いこと。とても便利ですね。きちんとした育ちの淑女がハンサム馬車に乗っていけない理由などありませんわ」

アンブローズがトリムリーの乗った馬車から目を離さずに言った。「その考えを、女学校で生徒たちに教えるつもりかね？」

「ええ、教えますとも」

ちょうどそのとき、馬車がガス燈の下を通過した。コンコーディアはぼんやりした明かりの中で、アンブローズが口の端に笑いを浮かべたのを見て取った。

「女学校を作りたいというわたくしの計画を、おかしいとお思いなのですか？」コンコーディアは静かにたずねた。

「いや、コンコーディア。どの点から見ても、きわめて果敢で立派なものだと思う」

「あら」彼女はなんと答えていいのかわからなかった。両親が亡くなって以来、彼女の夢を激励してくれた人間はひとりもいなかったので、とてもうれしかった。

辻馬車はトリムリーの馬車のあとを追って、混雑した迷路のような通りを走りつづけた。やがて、前をいく馬車が角を曲がった。

「ちくしょう」アンブローズがつぶやいた。「では、彼が向かっているのはあそこか」

コンコーディアは彼の体に危険な精気がみなぎるのを感じた。

「なんですの？」

「彼が向かっているのはドンカスター浴場の方向だ」

「でも、とっくに真夜中をすぎています」コンコーディアは言った。「この時間にはもう営業は終了しているはずです」

「ああ。だからこそ、トリムリーが向かっている場所がいっそう興味深いのだ」

それからまもなく、アンブローズが御者に声をかけた。「ここで停めてくれ」

「へい、旦那」

馬車が停まった。コンコーディアはアンブローズの顔を見た。「どうなさるおつもりですか？」

「トリムリーが浴場へ向かっているのは間違いない」アンブローズが帽子を脱いで、外套の襟を立てた。「だれかが、おそらくラーキンが、浴場で彼と落ち合うよう手配したのだろう。彼を尾行して調べてくる」

コンコーディアは暗い通りを見まわした。霧がガス燈を包みこみ始めている。彼女は思わずぶるっと身震いした。

「わたくしもいっしょにいきます」

「とんでもない。わたしがもどるまで、きみは御者といっしょにここにいたまえ」

その答えはにべもなく、決定的な響きがあった。もうアンブローズという人間がよくわかっていたので、議論してもむだだとコンコーディアは悟った。彼を説得して説き伏せることができるときとそうでないときがあるが、今回は後者のほうだった。

「心配ですわ、アンブローズ。慎重のうえにも慎重を期すと約束してください」

アンブローズはすでに立ちあがって、昇降段をおりようとしていた。けれど、ちょっと足を止めてかがみこみ、コンコーディアの口に、一度だけ、短く強い口づけをした。

「十五分以内にもどってこなかったら、あるいは、なんらかの理由で心配になったら、御者にランサムヒース広場七番地へいくように命じて、フェリックス・デンヴァーをたずねていきたまえ。わかったな？」

「フェリックス・デンヴァーというのはだれですか？」

「古くからの知り合いだ」アンブローズが言った。「そして、彼に事情を話せ。きみと生徒たちの力になってくれるはずだ。わたしの言うことがわかったな、コンコーディア？」

「はい。でも、アンブローズ――」

彼はすでに石畳におりていた。

「わたしが用事をすませにいっているあいだ、だれもこの婦人に近づかないようにしてくれ」彼が御者に命じた。「わかったか？　だれかが近づいてきたら、すぐに馬車を出せ。わたしの帰りが遅れたときは、この婦人がいき先を指示する」

「へい、旦那」御者が御者台に手綱を結びつけた。「ご婦人のことはご心配なく。しっかり見張ってます。このあたりはよく知ってますが、安全なところです」

「頼んだぞ」アンブローズが言った。

そして足早に離れていった。

彼の姿が影と霧の中に消えるまで、コンコーディアはじっと見送った。

33

アンブローズが通りをへだてた建物の暗い入口に立って見ていると、トリムリーがドンカスター浴場の紳士用入口の鍵をあけた。

自分用の鍵を使うとは興味深いなりゆきだ。トリムリーはこの浴場に出資しているのだろうか？　あるいは経営者と非常に懇意なのだろうか？　むろん、盗んだ鍵を使ったという可能性もあるが、いかにも慣れた手つきで鍵をあけているところからすると、営業時間後に勝手に浴場の建物に入るのは、これが初めてではなさそうだ。

先ほど、トリムリーは一本手前の通りの角で辻馬車から降りた。明らかに、自分の目的地の正確な住所を御者に知られたくなかったのだ。

非常に用心深い男だ、とアンブローズは思った。もっとも、闇の帝王と組んでいれば、用心深さは不可欠だろう。

まもなく扉があき、淡い光の筋が漏れるのが見えた。接客係が中のランプをひとつつけたままにしておいたか、だれかほかの人間がトリムリーより先に浴場へ入ったかだろう。

トリムリーがすばやく後ろ手に扉をしめた。

アンブローズはさらに数分待って、どういう用にせよ、獲物が浴場の中でするつもりのことに取りかかる時間を与えた。そして通りを渡った。鍵はあいたままになっていた。トリムリーは長居をするつもりはないようだ。

アンブローズはそろそろと扉をあけた。小さな玄関の間は暗かった。先ほど見えたほの暗い明かりは、別の部屋へつうじる、少しあいたままのドアから漏れていた。

玄関の間に入って音をたてないように扉をしめ、明かりが漏れているドアのほうへ向かう。

ネリー・テイラーの死について調査を始めてまもないころ、アンブローズは客を装ってここへきた。おかげで浴場内のようすはよくわかっていた。この建物は暗いゴシック様式を好む建築家が設計したらしく、高い丸天井と奥ゆきのある出入口のせいで、そこここに暗がりができている。

アンブローズは更衣室のドアをもう少しあけて、小さく区切られた区画の前面にカーテンがついた、更衣用の小部屋の列をうかがった。ひとつだけついている壁の突き出し燭台の明かりで、卓の上に白いタオル地のシーツがうずたかく積んであるのが見えた。

トリムリーの姿はどこにも見えなかったが、建物の奥のほうから、タイルの床を急ぎ足で歩く足音が聞こえた。紳士が正装用の靴で足早に歩いている足音のようだ。

更衣室を抜けて、最初の高熱室《ホットルーム》に入る。何時間も前に一日の営業を終えて部屋の温度はさがっていたが、まだ余熱でほの暖かかった。球形のくもりガラスをかぶせた突き出し燭台が、ぴかぴかの白いタイルにぼんやりとした明かりを投げかけている。

昼間、客が使うベンチや椅子のあいだを縫って、アンブローズはさらに次のドアまでいってあけた。

次の部屋の壁についているガス燈の火はごく小さくしぼられていたが、広い部屋の中央にある四角い大きな浴槽の黒い輪郭は見えた。

暗がりのどこかで水滴が落ちた。

アンブローズはその部屋の向こう端の戸口へ向かって歩き始めた。

半ばあたりまでいったとき、冷水槽の水面のすぐ下に、なにか黒っぽいものが浮いているのが見えた。

最初見たときは、うっかり水の中に落とされた紳士用の外套が浮かんでいるのかと思った。やがて、外套の袖口から蒼白い手がのぞいているのが見えた。

死人のうつろな目が、恨みがましく水中からアンブローズを見あげている。

アレクサンダー・ラーキンだった。

温水槽のある隣の部屋で、ばたんとドアがあく音が聞こえた。突然の大きな音で不気味な静けさが破られた。タイルの床を走るあわただしい足音が響いた。

先ほど聞こえた足音とは違う、とアンブローズは思った。しかし、だれかが必死で逃げているのは間違いない。

隣の部屋のドアをあけて中へ入ったとき、男が大きな浴槽の縁をまわって、暗い廊下へつづく高い丸天井の出入口へ向かって走っていくのが見えた。

アンブローズは追いかけた。男との距離が少しつまったとき、おびえた男が出入口のところで急に止まって両手をあげた。

「撃たないでくれ」男が踊るような足取りであとずさった。「お願いだ、だれにも言わない、約束する」

アンブローズは立ち止まり、右手にならんでいるカーテンのかかった小部屋の暗がりのほうへ歩いていった。自分が追いかけていた男の姿がさっきよりはっきり見えた。やせた男で、老いと長年の重労働で背中が丸くなっている。帽子と防水加工をほどこした重い前掛けから、浴場の接客係だとわかった。

アンブローズはその男を知っていた。浴場ではヘンリーじいさんと呼ばれている男だ。

「今夜、まずいときにまずいところに居合わせたのが運のつきだな」トリムリーが丸天井の出入口から現れた。「ラーキンが殺された現場でわたしを見たと警察にしゃべられては困るのだ、そうだろう？」

そう言って、二、三歩ヘンリーじいさんのほうへ近づいた。廊下への出口の目印となっているランプの明かりを受けて、トリムリーの手の拳銃が光った。

トリムリーが拳銃をあげた。

「お願いです、殺さないでください、旦那」ヘンリーが命乞いをした。

アンブローズはわざと身じろぎをして、小さな音を立てた。

トリムリーがぎくりとしてすばやくこちらを向き、暗がりに目を凝らした。

「だれだ？　出てこい」

「接客係をいかせてやれ、トリムリー」アンブローズは暗がりから言った。「この件にはなんの関係もないではないか」

「おまえだな？」トリムリーがカーテンのかかった小部屋のほうをじっとすかすように見た。「城から娘たちを連れ去ったやつだな。ようやく、われわれと取引をする決心がついたのか？　こちらとしては、娘たちに高い付け値をするつもりだ。むろん、教師も渡してもらいたい。生かしておくわけにはいかない。知りすぎているからな」

「接客係をいかせてやれ。話はそれからだ」

「どうしてこのくそいまいましい接客係のことをそんなに気にかけるんだ？」トリムリーがたずねた。「そいつはなにか重要なことを知っているのか？」

トリムリーのような人間にとって他人は、自分の目的を達するために役に立つ場合しか価値がない。彼の最大の動機づけは、間違いなく金と権力だった。

「安心しろ」アンブローズは意味深長な口ぶりで言った。「この男はあんたには想像もつかないほど重要な人間だ」

トリムリーが震えている接客係にいぶかしげな一瞥をくれた。「そうは思えないが」

アンブローズは今この建物の中にともされている明かりのことを思い出して、いちかばちかの賭けをすることにした。

「ラーキンからその接客係のことを聞いていないのか？」

「なんの話だ？」

「頭を使え、トリムリー。ラーキンがその男を、今夜明かりをつけるためにここへこさせるほど信用していたのはなぜだと思う？」

「単なる使用人だ。明かりをつけるのはこいつの仕事のうちだ」

「ラーキンという人間をよく知らなかったのだな？　彼が心底信用していた人間は数えるほどしかいなかった。明らかに、あんたはその中には入っていなかった」

「そんなことはない」トリムリーはむっとしたようだった。「わたしを相棒と考えていた。信用していたんだ」

「相棒ね」アンブローズはおかしくもなさそうな笑い声をあげた。「それなのに、今夜この接客係がここにいるわけは話さなかった」

「いったいどういう意味だ？」

「ラーキンとその接客係は昔からの知り合いだ」アンブローズは父と祖父に教えられたとおり、楽々と物語をでっちあげた。〝いくつか細かなことをはさむんだ、ぼうず。そうすれば、相手は根も葉もない作り話を信じる〟「二人は同じ貧民窟《くつ》の出で、その男は昔ラーキンの命を救ったことがあるのだ。ラーキンはそういう恩義は忘れない人間だった」

ヘンリーじいさんはあわれっぽい声をもらしたが、なにが起こっているのかを理解したらしく、闇の帝王と長年のつきあいだと言われても、否定しなかった。

「どうしてそんなことを知っているんだ？」トリムリーが鋭い口調でたずねた。

「しばらく前からラーキンを監視していた」アンブローズは言った。「今や、ラーキンについてはなんでも知っていると言ってもいいくらいだ」

「ちくしょう」トリムリーが言った。「ラーキンは何者かが自分の帝国を乗っ取ろうとしていると言っていたが、単なる被害妄想だと思っていた」

アンブローズはなにも言わなかった。暗がりでぴちゃんと水がはねた。その音が気味悪くこだました。

「出てこい」トリムリーが言った。「話しぶりからすると紳士のようだな。お互いに取引できない理由はない。見てわかるとおり、わたしは新しい相棒をさがしている」

アンブローズは前に出て、洗髪係が使う空の大きな水差しが二つ載っている台の横に立ったが、ランプを背にして、顔が陰になったままになるようにした。トリムリーとヘンリーじいさんがいる場所とは浴槽でへだてられている。

この距離とこの暗さでは、トリムリーが拳銃を使っても命中する確率は低いだろう。しかし、接客係はまだ命の危険にさらされている。

「そっちが提示する条件は？」アンブローズは静かにたずねた。

「そこで止まれ」トリムリーの声はさっきより落ちついていた。アンブローズの姿が見えるようになったので、自分が優位に立ったと感じているようだ。「両手をあげろ。銃を持っているかどうかを見たい」

「丸腰だ」アンブローズはてのひらを前にして両手を出した。「だが、わたしを殺したら、その接客係を殺す以上に大きな面倒を抱えこむことになるのを忘れるな」

「どういう意味だ？」

「確かに、わたしが監視していたのはラーキンだ。だが、トリムリー、あんたにも目をつけている人間がいる。あんたとラーキンを相棒と考えている警部の名前を知っているのは、わたしだけだ」

「嘘だ。だれもわたしのことは知らない。だれひとりだ。ちくしょう、わたしは紳士で、犯罪者階級の人間ではない。警察の連中がわたしに気づくはずはない」

「おもしろいことを教えてやろう、トリムリー。警察は上流階級の人間を疑わないというわけではない。上流階級の人間を逮捕するのはむずかしいというだけのことだ。充分な証拠が必要だからだ。だが、安心しろ、あんたの場合、その警部は着々とあんたに不利な証拠を集めている」

「どうしてそれを知っているんだ？」

「わかりきっているだろう？　必要な証拠を手に入れるために警部が雇った人間が、わたしなのだ」

トリムリーが愕然《がくぜん》とした顔になった。「ありえない。嘘っぱちだ」

「さほど気をもむ必要はない。わたしは根っからの商売人だ。わたしに言わせれば、あんたとラーキンが盗んだ四人の娘と同様、正義も売買できる商品だ」

「その警部の名前を教えるというのか?」トリムリーが疑わしそうな口調で言った。

「値段の折り合いがつけば、警部の名前を売ってやるぞ」アンブローズは答えた。「おまけとして、料金は交渉しだいだが、これまでに集めた証拠も消してやる」

34

もうアンブローズがもうもどってきてもいいころだ。

コンコーディアは身震いして、マントをしっかり体に巻きつけた。なにかまずいことが起こったに違いない。これまでの生涯で、これほどの確信を持ったのは初めてだった。

はじかれたように立ちあがって馬車から飛びおりる。

「おっと、どこへいくんですかい？」御者がたずねた。あわてたようすでコンコーディアをすかし見る。「あんたから目を離さないよう、旦那に頼まれたんでね」

「あの人がドンカスター浴場の中で大きな危険にさらされているのではないかと思います。だれかに殺されかけているのかもしれません。あの人のところへいかなければ。手を貸してくれませんか？」

「殺される？」その言葉に震えあがって、御者があわてて手綱をほどいた。「そんな面倒が起こるなんて、だれも言ってなかったぞ」

「待ってちょうだい、あなたの手伝いが必要なのです」

「料金ははずんでくれたが、殺しにかかりあうほどの額じゃなかった」

御者が手綱をピシッと鳴らした。馬が動き出した。

「せめて、警官をさがしてドンカスター浴場へよこしてくれませんか?」コンコーディアは頼んだ。

御者は返事をしなかった。鞭《むち》を振るって馬を全速力で走らせるのにいそがしかったのだ。

数秒後には、コンコーディアは通りにひとり取り残された。

彼女はマントをひるがえし、浴場めざして走った。

35

「おまえだな、上流階級に取り入ろうとしているあのばかなロウィーナ・ホクストンをたずねた実務家は」トリムリーが言った。「連れの女はだれだったんだ？　慈善学校を創りたいと言った女は？」

「女は関係ない」アンブローズは言った。「あの役をやらせるために雇った女優だ」

「おまえがわたしに目をつけたのは、あのホクストンのあほうのせいだな？」トリムリーの声にはうんざりした響きがあった。「あの女からわたしの名前を聞いたのだろう。今夜の舞踏会にいたに違いない。そして、ここまでわたしを尾行したのだな」

「かもしれない」アンブローズは否定しなかった。

「先日の夜、おまえがカスバートに会いに事務所へいったとき、もう少しで出し抜けるところだったのに」

「あんたの手下は有能とはとても言えなかった」

「あいつらはわたしの手下ではない」トリムリーがばかにしたように言った。「ラーキンの手下だ。カスバートがわたしに、ミスタ・ダルリンプルとやらいう男がハンナ・ラドバーンという娘の捜索を依頼してきたという情報を売りつけようとしたとき、すぐにぴんときた」

「あんたはカスバートにその情報を買うと言ったうえで、彼に指示して、わたしのクラブに伝言を届けさせた。そしてカスバートに利用価値がなくなると、ラーキンに彼を殺す手配をさせた」

「計画では、あの夜、事務所を出たおまえを尾行するはずだった。おまえの正体と、娘たちをどこに隠したのかを知りたかったんだ。ところが、計画は失敗した」

「ちょうど城のときと同じようにな」アンブローズは言った。「ところで、この浴場の接客係のネリー・テイラーを殺したのはあんたか？　それとも、殺しを命じたのはラーキンだったのか？」

「それがあの女の名前か？」トリムリーがさして興味もなさそうにたずねた。

「ああ」

「実のところ、わたしは彼女の殺しには関わっていない。あの女はラーキンの蒸し風呂で仕事をしている娼婦だった。やつは女の接客係とやるのが大好きだったんだ。ネリー・テイラーは、やつがそのとき目をかけていた女だったんだろう。おそらく、やつの仕事について、知らなくてもいいことまで知ったのではないかと思う」

「それで始末したのか？」

「そうだろうな」トリムリーの声がとがった。「テイラーのことは忘れろ。どうでもいい人間だ。それより、仕事の話をしようではないか。わたしを見張っている警部の名前を知りたい」

「おいおい、銃を持っているあんたにそれを教えるなどと、本気で考えているわけではないだろうな？　わたしは丸腰だ。そっちには恐れる理由はなにもないはずだ。その銃を置いて、お互い紳士らしく話し合おう」

「おまえの姿がはっきり見えない。明かりの中へ入れ」

アンブローズは少し前に出て、近くの壁についている突き出し燭台の小さな明かりの輪の中に入った。同時に水差しにも近づいた。

「手になにも持っていないのが見えないのか？」てのひらを前にして両手を高くあげながらたずねる。

トリムリーはアンブローズのほうにじっと目を凝らしてから、ようやく得心したようだった。「いいだろう。で、娘たちの値段はいくらだ？　法外な額は言わないほうがいいぞ、さもないと――」

そこで急に口をつぐんだ。彼の背後の廊下から、ごろごろというかすかな音が聞こえてきた。

「あれはなんだ？」さっきまでの動揺がまたもどってきて、トリムリーがかすれ声で言った。「廊下にいるのはだれだ？」

ちくしょう、とアンブローズは思った。ストーナーがいたら満足したことだろう。交渉戦術はなかなかうまく運んでいた。しかし、父と祖父がよく言っていたように、どんなときにも、頭の切れる人間は突然の運の逆転にそなえているものだ。

「どうやらお客さんのようだな」アンブローズは言った。そして、トリムリーの注意がそれたすきに重い水差しのひとつをつかんだ。

「おまえの手下か？」トリムリーがたずねた。暗い廊下とアンブローズをせわしなく見比べる。

「わたしの手下ではない」アンブローズは水差しを右脚の横の暗がりにぶらさげたまま言った。「おそらくラーキンの手下だろう」

ごろごろという音がだんだん大きくなった。トリムリーが震えている接客係のほうを向いた。「あれはなんの音だ？」

「へえ」ヘンリーじいさんが震え声で言った。「リネン運搬用の手押し車でしょう。シーツやタオルを運ぶときに使うんです」

「なんてことだ。今夜はもうひとり接客係がいるのか？」

「いえ、あたしひとりです」老人が答えた。「少なくとも、あたしはそう思ってました」

リネン類を山のように積んだ手押し車が入口に現れた。その山があまりに高くて横幅も広いので、押している人間の姿は見えない。

「止まれ」トリムリーが命じた。

浴槽をまわっていくだけの時間はない、とアンブローズは考えた。浴槽ごしに水差しを投げつけるしかないだろう。

そのとき、手押し車が突然がたんと揺れたかと思うと、速度が速くなった。押している人間が力をこめて突き放したのだ。

「こんちくしょう」今や完全に動顚したトリムリーがわめいた。

そして手押し車に向けて銃を撃った。

そのすきにアンブローズは水差しを投げつけた。ところが、トリムリーはすでに、向かってくる手押し車を避けようと横に動き出していた。

水差しは、アンブローズがねらった頭には命中せず、肩に当たった。

トリムリーは悲鳴をあげたが、倒れはしなかった。ただ、握っていた拳銃を放した。拳銃は音をたててタイルの床に落ちた。

トリムリーはあわてふためき、よろめきながらも、くるりと振り向いて拳銃をさがした。

アンブローズは走って浴槽をまわった。浴槽の縁に拳銃が落ちているのが見えた。

「やつの銃を拾え」呆然としている接客係にどなる。

ヘンリーじいさんがはっとわれに返り、暗がりを見まわして拳銃をさがした。「見えません。どこにあるんですか？」

銃の場所を大声で教えるのはばかげている、とアンブローズは思った。ヘンリーじいさんだけでなく、トリムリーにもその声が聞こえるからだ。

あと数歩でトリムリーに飛びかかれるというとき、コンコーディアがマントをひるがえして廊下から飛びこんできた。

「銃はあそこよ」まっすぐ浴槽の縁へ向かっている。

トリムリーがそれを見てくるりと振り向いた。やっと拳銃が見えたようだ。

ちくしょう、とアンブローズは毒づいた。なんということだ。

紙一重の差で、コンコーディアがトリムリーより先に銃のそばに到達した。彼女は銃を拾いあげようとはしなかった。拾いあげてもトリムリーにもぎ取られたことだろうから、賢明な判断だとアンブローズは思った。

かわりに、靴の先で浴槽に蹴《け》りこんだ。

「なにをするんだ、このばか女」トリムリーがわめいた。

そして、逆上してコンコーディアを突き飛ばした。コンコーディアが派手な水しぶきをあげて浴槽に落ちた。水が周囲のタイルに降りかかった。

トリムリーが踵を返し、廊下への出口めざして駆け出した。

コンコーディアが水面に顔を出し、大きく口をあけて息を吸いこんだ。

「大丈夫か？」アンブローズはちょっと走る速度を落としてたずねた。

「ええ」彼女が返事をして咳きこみ、水の中で立った。「大丈夫です。いってください。わたくしのことは心配いりません」

その言葉を信じて、アンブローズは暗い廊下へ走り出た。もうトリムリーの姿は見えなかったが、路地側の出口へ向かって走る足音が聞こえた。浴場のこのあたりは暗かったが、トリムリーは勝手をよく知っている人間の迷いのない足取りで走っていた。

廊下の突き当たりまでいくと、トリムリーはドアを引きあけて消えた。アンブローズが数歩遅れてそのドアから出てみると、狭い螺旋《らせん》階段があった。トリムリーは屋根へ向かっていた。

階段の上方に響くトリムリーの足音を聞きながら、アンブローズも急いでのぼった。螺旋階段をのぼりきると、またドアがあった。湿った夜気が流れこんでいる。アンブローズが外に出たとき、トリムリーが屋上を取り巻く石の手すり壁を乗りこえて、隣の建物の屋上に飛び降りるのが見えた。急いでそれを追い、距離をつめる。

ラーキンがこの浴場に出入りする現場を、フェリックスがどうやっても押さえられなかったのも無理はない、とアンブローズは思った。闇の帝王は秘密の抜け道を作っていたのだ。それを紳士の相棒が見つけていたことに、ラーキンは気づいていたのだろうか？

逃げきれないと悟ったらしく、トリムリーが不意に走るのをやめてかがみこみ、屋上にころがっていたなにかを拾いあげて、くるりと振り向いた。

雲の切れ目からときどき顔を出す月の明かりで、アンブローズには、その手に握られている長いパイプがはっきり見えた。

「何者か知らないが、まったくうるさいやつだ」トリムリーが言った。

そして前に踏み出し、アンブローズの頭をめがけて重いパイプを振りまわした。

アンブローズはとっさに体を前に投げ出して屋根に伏せた。パイプが頭上すれすれのところを通過した。

急いで立ちあがり、トリムリーのほうへ踏み出す。

「よせ、近づくな」トリムリーがあとずさった。「近づくな、ちくしょう」そう言いながらまたパイプを振りあげた。

アンブローズは左にフェイントをかけた。

それをよけようとして、トリムリーが反対側の足に体重を移した。アンブローズは右足を踏み出した。

アンブローズが繰り出した拳をよけようとしたはずみに、トリムリーの膝の裏が石の手すり壁にぶつかった。

トリムリーはよろめいて体の平衡を失い、後ろ向きに引っくり返った。

「あ……」

悲鳴が夜の闇をつんざいたが、次の瞬間、下の通りの石畳で不意に途切れた。

36

「本当に寒くないか？　どこか濡れているところはないか？」アンブローズが馬車の向かいの座席からたずねた。

「はい、ありがとうございます」コンコーディアは丁重に言った。その質問に答えるのはこれで何度目だろう。「さっきも言いましたが、浴槽のお湯はまださめていませんでしたし、接客係は親切にもタオルをたっぷり持ってきてくれました」

ヘンリーじいさんは長い自在かぎを使って、浴槽から眼鏡も拾いあげてくれた。

とはいえ、首から足首までアンブローズの外套《がいとう》にくるまった自分がひどく異様に見えることは、コンコーディアも承知していた。しかしながら、分厚い紳士物の外套は役に立った。少なくとも辻馬車の御者は、彼女を男だと思ったようだ。

濡れた髪に巻きつけた大きなタオルを御者がどう考えたかは、コンコーディアには知る由《よし》もなかった。間違いなく、酔狂な流行のひとつに加えられたことだろう。ことによると、かつて上流階級の舞踏室で流行したターバンを、たったひとりで復活させたと思われたかもしれない。

コンコーディアは自分の健康については心配していなかった。浴槽に落ちたくらいどうということはない。それより、気がかりなのはアンブローズだ。屋上からもどってきてからずっと、ふさいで自分の殻にとじこもっていた。

「今夜はあの気の毒な老人の命をお救いになりましたね。あのときちょうどあなたが現れなかったら、トリムリーはなんのためらいもなく撃ち殺していたでしょう」

「ヘンリーじいさんはわたしの情報提供者なのだ。ラーキンがオールドウィック城の名前を口にしていたとネリーが話していたことを、教えてくれた。この事件に関して、最初の確実な手がかりを与えてくれた人物だ」

「ヘンリーじいさんも以前の依頼人なのですか？」

「ああ。請求した料金どころか、それ以上のものを払ってくれた」

馬車が停まった。コンコーディアが窓の外に目をやると、堂々たるタウンハウスがならんでいるのが見えた。

「ここがランサムヒース広場ですね。まあ。立派なタウンハウスですこと。刑事のお給料が普通の巡査より高いことは知っていますが、これほど豪勢な暮らしができるような額だとは知りませんでした」

アンブローズが馬車の扉をあけた。「フェリックスは、このタウンハウスを警察の俸給で買ったわけではない」

「お金持ちの家に生まれたのですか？」

「いや。しかし、警官になる前の仕事で相当な金を稼いだ。そして、うまく運用したのだ」

そう言って馬車から降りた。「ここで待っていてくれ。すぐにもどってくる」

コンコーディアは馬車の暗い車内にすわって、アンブローズが七番地の玄関の階段をあがっていくのを見守った。何度目かのノックに応えて、ようやく扉があいた。蠟燭《ろうそく》の明かりが見えた。コンコーディアからは見えない人物とアンブローズが短いやりとりをかわした。

扉がしまった。アンブローズがまた階段をおりてきて、馬車に乗った。

まもなく、七番地の玄関がふたたびあいた。男性が軽やかな足取りで階段をおりてきた。ガス燈の下をとおるとき、腕に外套を抱えているのが見えた。ズボンと靴ははいているものの、シャツはまだボタンをはめている途中で、喉のあたりにネクタイの端が垂れている。

「ドンカスター浴場へ」男性が御者に言って、明かりのついていない馬車に乗りこんできた。馬車が勢いよく走り出した。

「まったく、どうしていつも夜中の二時にやってくるんだ、ウェルズ？」不満げな声だった。「もっとまともな時間にたずねてくることはできないのか？」そのとき、向かいの席のコンコーディアに気がついた。「ああ、あなたが先生ですね」

暗いので顔だちははっきり見えないが、声は好感が持てるものだった。

「ええ、そうです」コンコーディアは言った。

アンブローズが暗がりで上体をそらした。「コンコーディア、こちらはフェリックス・デンヴァー警部だ。フェリックス、こちらはミス・グレイドだ」

「こんばんは、ミス・グレイド。それとも、おはようと言うべきかな？」フェリックスが慣れた手つきでネクタイを結んだ。「気を悪くしないでもらいたいのですが、頭に巻いているのはなんなのか、教えてもらえませんか？　ひょっとして、最新流行の夜会帽とか？」

「タオルですわ」コンコーディアはどぎまぎしてタオルに手をやった。「髪が濡れたものですから」

「おや」フェリックスが言った。「今夜雨が降っていたとは気がつかなかったな」

「長いこみいった事情があるのです。説明はミスタ・ウェルズにおまかせします」

「いい考えだ」フェリックスが少し体の向きを変えてアンブローズのほうを向いた。「釈明を聞こうじゃないか、ウェルズ」

「結論から言うと、ラーキンと相棒の謎の紳士は二人とも死んだ」アンブローズが言った。

「二人ともだと？」

「ああ。ラーキンの正体不明の相棒は、エドワード・トリムリーという男だった。そいつはミセス・ホクストンという金持ちの未亡人に取り入っていた。社交界では珍しくもない、互恵協定というやつだ。トリムリーはミセス・ホクストンの金とコネを利用し、未亡人のほうは、いつでも必要なときに洗練された付添い《エスコート》が利用できる」

「ミセス・ホクストンはウィンズロウ女子慈善学校の後援者なのです」コンコーディアは解

説を差しはさんだ。

「では、それが学校との接点だったのだな」フェリックスが言ったが、ひどく考えこんだ口調だった。

「ああ」アンブローズが答えた。「今夜、ミス・グレイドと二人で舞踏会の会場からトリムリーを尾行したら、ドンカスター浴場へ入っていった。ラーキンに会いにいったようだ。どうやら二人は仲たがいをしたらしく、わたしがトリムリーの後を追って中に入ったときには、ラーキンは死んでいた。死体が浴槽に浮いていた」

「トリムリーの死体はどこにあるんだ?」フェリックスがたずねた。「それとも、教えてくださいとお願いすべきかな?」

「浴場の裏の路地だ」屋上からもどってからずっとつづいている抑揚のないうつろな声で、アンブローズが言った。

「トリムリーが死んだのは事故でした」コンコーディアは急いで説明した。「アンブローズが屋上まで追っていき、もみあいになって、トリムリーが手すり壁を越えて転落したのです」

短い張りつめた沈黙があった。アンブローズもフェリックスもひと言もしゃべらなかった。

その瞬間コンコーディアは、ドンカスター浴場の屋上でなにが起こったにせよ、事故ではなかったらしいと悟った。

「総じて、まずまずの結末だったな」フェリックスがさして喜んでいるようでもない口調で言った。「残念ながら、ぼくが尋問すべき人間はだれも残っていないんだろう?」そこでちょっと間を置いた。「目撃者がいるなら話は別だが」

「唯一の目撃者は接客係だ」アンブローズが認めた。「ところが、その接客係と少し話してみたのだが、殺人の現場を見たわけではないようだ。犯行時には浴場の別の場所にいたらしい」

「トリムリーはその接客係を、口封じのために殺そうとしました」コンコーディアは言った。「あのときアンブローズが割って入らなければ、殺されていたでしょう」

「その接客係はどうして巻きこまれることになったんだ?」フェリックスがたずねた。

「本人の話によると、営業時間が終わったあとで浴場をあけるようにという手紙が届いたらしい」アンブローズが言った。「夜中にあけるために呼び出されたのは、今夜が初めてではなかった。おまえの予想どおりラーキンは、深夜、暗黒街の仲間との密会に、いつも浴場を使っていたようだ」

「あの浴場でなにかがおこなわれているのはわかっていた」フェリックスが言った。

「ラーキンは屋上の秘密の抜け道を使っていた。やつが浴場に出入りするところをおまえや部下たちが見つけることができなかったのは、そのせいだ。明らかに、トリムリーはその抜け道を知っていた。おそらく接客係のなかにも知っている者はいたのだろうが、クビにならないよう、賢明にも口をつぐんでいた」

「ネリー・テイラーはどうなんだ?」フェリックスがたずねた。

「トリムリーによると、ネリーはラーキンの浴場の娼婦だったようだ。そして、フィービとハンナ、エドウィナ、シオドーラを使ったラーキンの計画を、必要以上に知ってしまったらしい」

「それで殺したんだな」フェリックスが言って、しばらく黙りこんだ。「ちくしょうめが」激しい怒りをこめてつけ加えた。

「ああ」アンブローズがうなずいた。

「教師をお城に斡旋した紹介所を経営していたミセス・ジャーヴィスと、最初の教師のミス・バートレットも、同様の理由で殺されたのでしょう」コンコーディアは言った。「二人はラーキンの計画を見抜いたのです。育ちのいい少女を上流階級向けの高級売春婦に仕立て、競売で最高の付け値をした入札者に売るための最初のこころみが、あの四人だということを。黒幕がラーキンとトリムリーだということまで知っていたかどうかはわかりませんが、カスバートに接触する方法は知っていました。そして、カスバートをゆするという間違いを犯したのです」

「むろん、カスバートはゆすりの件をすぐさまトリムリーに知らせ、ラーキンは二人を始末する手配をした」アンブローズが言った。「のちに、トリムリーとラーキンはカスバートも始末した。その件はわたしの責任だと言わざるをえない。ラーキンたちは、わたしがカスバートを見つけたのなら、警察も見つけるだろうと考えたのだ」

「大勢の人間が死んだな」フェリックスが静かに言った。「ところで、ラーキンはどうやって殺されたんだ？」

「死体を浴槽から引きあげて調べたわけではないが」アンブローズが言った。「どうやら、後頭部をなぐられて気絶した状態で浴槽に投げこまれて、溺死《できし》したようだ。ああいう事情でなくて、死んだのがラーキンでなければ、またもや浴場での事故として片づけられたことだろう」

「おまえの依頼人の妹のようにな」フェリックスが沈んだ口調で言った。

「そのとおりだ」

「まあ、すんでしまったことはしかたがない」フェリックスが言った。「結局のところ、これが最善の結果だったのだろう。ラーキンに、とりわけ事業について質問したいことは山ほどあった。しかし、実のところ、二人を殺人罪で立件するのは非常にむずかしかったろうな。ラーキンに不利な物的証拠はなにひとつなかったし、トリムリーは上流階級の人間だったから、法に照らして処断するのはきわめてむずかしかったはずだ」

「この件でなにより残念なのは」アンブローズが言った。「じきにまた、だれかほかの人間がラーキンの後釜に納まるだろうということだ」

「世の中とはそういうものだ」フェリックスが悟ったようにうなずいた。「しかし前向きに考えれば、おかげでぼくは失業せずにすむ。悪党がいるかぎり、警察は必要だからな」そして、暗がりでコンコーディアをしげしげと見た。「ずぶ濡れになったわけをたずねてもいいですか、ミス・グレイド？」

「トリムリーに浴槽に突き落とされたのです」

「わたしが浴場へ着いたとき、トリムリーは接客係の老人を人質に利用しようとした」アンブローズが説明した。「膠着《こうちゃく》状態になって、わたしは銃を持っていなかったが、トリムリーは持っていた」

「なるほど」フェリックスが言った。

「そのときコンコーディアが、リネン類を満載した手押し車をトリムリーめがけて押して、やつの注意をそらしてくれた。そのどさくさのあいだに、トリムリーがコンコーディアを浴槽に突き落としたのだ」

「わたくしを傷つけまいと配慮してああ言ってくださっているのです」コンコーディアは言った。「実際には、わたくしがお助けしようとしたときには、アンブローズは事実上事態を掌握していらっしゃいました。せっかくの計画をわたくしが台なしにしたのではないかと思います。でも、すぐに対応なさいました」

「ああ、アンブローズはどんなときでも、状況の変化に対応するのが得意だった」フェリックスの声にはおもしろがっているような響きがあった。「昔はその才能に大いに助けられたものだ」

「お二人は長年のお知り合いのようですね？」コンコーディアはごくさりげない口調を装って言った。

馬車がドンカスター浴場の前の通りで停まった。フェリックスが扉をあけて石畳に降りた。そしてコンコーディアのほうを振り向いた。街灯の明かりに浮かびあがったその顔は、非常な美形だった。ひどくおもしろがっている表情が見えた。

「アンブローズから聞いていないのですか、ミス・グレイド？　昔、彼とぼくは仕事仲間だったのです。ジョン・ストーナーが現れて二人を真人間にすると言うまで、組んで非常にうまくやっていました」

「さらに、ストーナーはわれわれ二人を相続人に指定した」アンブローズが言った。「おかげで、われわれのそれまでの仕事は、控えめに言っても、する意味がなくなってしまった。金を稼ぐ必要がないのに、どろぼうなどしてもしかたがないだろう？　それで、二人とも、自分の特殊な才能を利用できるほかの職業をさがさざるをえなくなったのだ」

37

「スコットランドヤードのお手伝いをなさっているのですか？」フェリックス・デンヴァーが通りを渡り、ドンカスター浴場の紳士用の入口へ向かって歩いていくのを、コンコーディアは暗い馬車の中から見つめた。

「ときどきだがね」アンブローズが馬車の屋根を軽くたたき、御者に馬車を出すよう合図した。「私立探偵としての仕事は、フェリックスの仕事と交差することがよくある。この件は最初からそうだった。ネリー・テイラーの死がラーキンと関わりがありそうだとわかった時点で、すぐにフェリックスに知らせた」

「お二人が最初に出会われたのはいつだったのですか？」

「父が殺された数日後だった。二人とも、ある家の庭に干してあったズボンを盗もうとしていた。ねらいをつけたその上等なズボンをめぐって争った末、結局、二人でいっしょに仕事をしたほうがいいという結論に達した」

「フェリックスはどうして宿なしになられたのですか？」

「十二のとき両親が熱病で亡くなったのだ。わたしと出会ったときにはもう一年ほどひとりで生きていて、いっぱしのどろぼうだった。彼から多くのことを教わった」

「お二人はどのようにしてミスタ・ストーナーと出会われたのですか？」

「仕事中に、と言ってさしつかえないだろうな。二人して、いつもの手口でストーナーの家に忍びこんだ。フェリックスが見張り役で、わたしが中に入ったのだ。そして、わたしがストーナーにつかまった」

「まあ。ミスタ・ストーナーが巡査を呼んでお二人を逮捕させなかったとは、驚きですわね」

「多くの面で、ストーナーは変わった人間だ」

「あなたとフェリックス・デンヴァーもですわ」コンコーディアはそこでちょっと言葉を切った。「依頼人にはいつ、妹さんを殺した犯人が二人とも死んだことを知らせるのですか？」

「すぐだ」

「それを聞いたら、お姉さんはきっと気持ちが安らぐことでしょうね」

「おそらく、いくらかはな」アンブローズが言った。「しかし、それは彼女が求めているものではない気がする。正義と仇討ちは薄い粥《かゆ》でしかない。とりあえず生きるための栄養にはなるが、真のなぐさめにはほど遠い」

その吐き捨てるようなきびしい口調に、コンコーディアは胸がしめつけられた。「調査が終わったときはいつもそうなのですか、アンブローズ？」

「いったいなんのことだ？」

「答えを見つけたあとはいつも、意気消沈なさるのですか？」

一瞬、アンブローズは返事をしないのではないかと思えた。

「きみは非常に洞察力のある婦人だな、コンコーディア」ようやく彼が言った。「どうしてそう思ったのだ？」

「心の深いところで、ご自分の調査の結果では、依頼人は心底からのなぐさめは得られないだろうとお感じになるから、調査が終わると落ちこまれるのでしょう。ある意味で、依頼人を失望させたとお思いになっているのです」

「結局わたしは、依頼人が仕事を依頼するとき期待するものを与えることができない」

「アンブローズ、それは違います」コンコーディアは身を乗り出して、彼の右手を両手ではさんだ。「ご自分がなにを商っておられるのか、わかっていらっしゃらないのですね。あなたが依頼人に提供なさっているのは、正義でも仇討ちでもありません」

「彼らはそれを求めてわたしのところへくるのだ」

「当人たちもそう思っているかもしれませんが、正義と仇討ちは、法と警察、裁判所が与えるものです。こうした機関は、真価を発揮するときもあれば、そうでないときもあります。どちらにしても、それはあなたのお仕事とは関わりのないものです」

突然アンブローズが、彼の手をはさんでいたコンコーディアの手を握りしめた。「そうだとしたら、わたしが依頼人に提供するものはほとんどないことになる」

「それは違います。依頼人がほかのどこでも手に入れることができないものを提供なさっているではありませんか」

「というと？」

「答えです」コンコーディアは彼の手に強い力がこもってきたことに気がついた。まるで、彼女の手にしがみついていれば安全なところへ引っ張っていってくれるとでもいうように。

「あなたは依頼人に、考えると夜も眠れなくなる疑問の答えを与えていらっしゃいます。真実を知ることは、正義や仇討ちをもたらしてはくれないかもしれませんが、多くの人たちにとって、生きるのになくてはならないほど重要なことです」

ちょうど馬車が街灯の下を通過し、その明かりで、アンブローズが窓の外の暗がりを見つめているのが見えた。オールドウィック城の厩《うまや》で初めて会ったときと同様、その顔には暗くきびしい表情が刻まれていた。

しばらくして、アンブローズがまたコンコーディアのほうに顔を向けた。

「これまで自分の仕事を、今きみが言ったように考えたことは一度もなかった。おかげで別の見かたがあることを教えられた。きみという人は、さまざまなことに別の見かたがあることに気づかせてくれる。どうしてそのようなことができるのだ？」

「たぶん、わたくしの中の教師のなせる業でしょう。あなたは答えを与えるお仕事をなさっています。ところが、わたくしの仕事は違います」

「きみの仕事はなんなのだ？」

「わたくしの役目は、生徒たちに正しい質問のしかたを教えることです」

アンブローズが屋敷の庭に面した扉をあけると、犬たちが大喜びで出迎えた。コンコーディアがまずおやと思ったのは、夜中のこの時間にしては、家の中が驚くほど暖かくて明るいことだった。暖炉の火はもうとうに灰をかぶせてあるはずなのに。

「お帰りなさいませ」ミセス・オーツが紅茶の盆を持って台所から現れた。「そろそろお帰りになるころだと思ってました」そしてコンコーディアを見て目を丸くした。「いったいその格好はどうなさったんですか、ミス・グレイド？」

「話せば、長くこみいった話です」コンコーディアはダンテの頭をなでながら言った。

「詮索して申しわけありませんが、頭に巻いてらっしゃるのはタオルですか？」

「ええ」

「今夜ミス・グレイドは思わぬ災難に見舞われたのだ」アンブローズが言った。「暖かい火と部屋着を用意してあげてくれ」

「かしこまりました。図書室が暖かですよ。主人がお二階の寝室に火を熾《おこ》すまで、そちらでお待ちになってください」ミセス・オーツが急ぎ足で廊下を歩き出した。「参りましょう。みなさんに紅茶をお持ちするところだったんです」

「生徒たちはまだ起きているのですか？」コンコーディアはたずねた。「でも、もうじき午前三時ですよ。もうとっくに寝床に入っていなければならないのに」

「みなさん、起きてお二人を待つとおっしゃって」

ミセス・オーツが図書室へ入っていった。部屋の中から明るい陽気な笑い声が聞こえた。

アンブローズが先に立って図書室へ入った。「覚悟したほうがいいぞ。寝床に入れるのはまだしばらく先のことになりそうだ」

「わかりませんわ」コンコーディアは足早に図書室に入った。「みんな、なぜこんな時間まで起きているのでしょう？　生徒たちにはたっぷりの睡眠が必要です。わたくしがそういうことについて確固とした考えを持っていることは、よくご存じでしょう」

コンコーディアはハンナとフィービ、エドウィナ、シオドーラの姿を見て、言葉をのみこんだ。四人は卓を囲んですわっていた。生徒たちは手にトランプの札を持っており、それぞれの前には硬貨の小さな山があった。

卓のまわりにいるのは四人だけではなく、品のいい銀髪の紳士もいっしょだった。指の長い手には一組のトランプが握られていた。

「まあ」コンコーディアはきびしい声で言った。「お嬢さんがた、賭博《とばく》をしているのですか？」

楽しそうな笑い声がぴたりと止まった。少女たちが口をあんぐりとあけてコンコーディアを見た。

「いいえ、ミス・グレイド」フィービが早口で言った。「確率の法則を検証するために、きわめて興味深い実験をしていただけです」

「妙だこと」コンコーディアは言った。「賭《か》け金までそろって、トランプで勝負をしているように見えますけれど」

「ミス・グレイド」エドウィナが大声をあげた。「その格好はどうなさったんですか？」

シオドーラが目を丸くした。「彼がまた誘惑したんだわ」

「そして辱められたのよ」ハンナがつぶやいた。「ちょうどルシンダ・ローズウッドのように」

やせて人品のいい紳士が、見た目の年にはそぐわない、しなやかで優雅な動きでカードの卓から立ちあがった。

「やっと舞踏会から帰ってきたようだな」そして、紳士物の外套を着て頭にタオルを巻いたコンコーディアをまじまじと見た。次に、まだ従僕のシャツとズボン姿のアンブローズを見た。「仮装舞踏会だったのかね？」

「まあそんなところです」アンブローズが決然とした足取りでブランディが置いてある小卓のほうへ向かった。「コンコーディア、こちらはジョン・ストーナーだ」

「ミスタ・ストーナー」コンコーディアは眼鏡を押しあげて言った。「では、やはり生きていらしたのですね。正直なところ、うれしい驚きですわ」

ストーナーが声をあげて笑った。その朗々とした温かい笑い声は図書室を、暖炉の火など足元にもおよばないほど暖かくした。

「あまり落胆させたのでなければよいが」そう言ってもう一度、今度はコンコーディアの手を取って会釈をした。

その目がいたずらっぽく光ったのを見て、コンコーディアは思わずにっこりした。

「逆ですわ」彼女は小声で言った。「お庭に埋められているのではないとわかって、ほっといたしました」

「ともかく、今のところはまだな」ストーナーが陽気に言った。「さあ、火のそばにすわりなさい。ブランディを一杯飲んだほうがよさそうな顔だ」

コンコーディアは今夜のできごとでもうすっかり精力を使い果たしてしまったので、賭博の害悪についての役にも立たないお説教をする元気は残ってないと思った。

「すばらしい考えですこと」

38

それからしばらくして、コンコーディアは寝間着と部屋着に室内ばきという姿で、自分の部屋の暖かい火の前にすわっていた。ハンナとエドウィナが足元の敷物の上にうずくまっている。フィービは椅子に腰をおろし、シオドーラがコンコーディアの長い髪を少しずつ小房に分けてゆっくりブラシをかけながら、暖炉の火で乾かしてくれた。

「ミスタ・トリムリーとミスタ・ラーキンは二人とも死んだのですか？」フィービがたずねた。

「ええ」この二十分間でコンコーディアがその質問に答えるのは、これでもう何回目かだった。けれど、確認したいという生徒たちの切実な気持ちを思い、辛抱強く答える。「あなたがたの身はもう安全です。あの二人はもう、あなたがたに危害を加えることはできないのだから」

ハンナが両腕で膝《ひざ》を抱えて、不安そうに火を見つめた。「危険がなくなった今も、本当にわたしたちといっしょにいてくださるんですか、ミス・グレイド?」

コンコーディアは言下に言った。「もちろんよ。わたくしたちは本当の家族ではないけれど、多くの危険をともにくぐり抜けてきたわ。おかげでわたくしたち五人は、身内を結びつける血縁に劣らないほど強い絆《きずな》で結ばれているのよ」

シオドーラが口の端をゆがめてにっこりした。「確かに、エドウィナとわたしがアグネス叔母さまとロジャー叔父さまに感じている絆よりは、はるかに強い気がします。両親が亡くなったあと、あの二人はさっさとわたしたちをやっかい払いしたんですもの」

フィービがずり落ちかけた眼鏡を押しあげた。「ミスタ・ウェルズはどうなのでしょう?」

「なにが?」コンコーディアはたずねた。

「とても親切にしてくださっていますけれど、これからもずっとわたしたちを置いておきたいとは思ってらっしゃらないかもしれません」

ハンナが暗い顔でうなずいた。「そのとおりよ。お二人が結婚なさったあとも、わたしたち四人を置いておきたいと思われる理由はないはずでしょう?」

「くだらない話はもうたくさん」コンコーディアはそっけなく言った。「はっきりさせておきましょう。わたくしとミスタ・ウェルズとのあいだには、結婚のお話などまったくありません」

そのとき、静かにドアがあいた。アンブローズが暖炉のまわりに集まっている五人を見た。「わたしの名前が聞こえたような気がしたが?」

ハンナがすばやく彼のほうを向いた。「お二人のあいだでは、結婚についてお話はしていないと先生はおっしゃっています」

それが本当かどうか確かめるべく、四人がそろってアンブローズを見つめた。

アンブローズは腕組みをしてドアの枠に寄りかかった。「それは厚かましい大嘘だ。その話題について話したことを、わたしははっきりおぼえている。ミセス・ホクストンに会いにいく途中の馬車の中だった」そう言ってコンコーディアの目を見た。「おぼえていないかね、ミス・グレイド？」

「わたくしの記憶では、かなりあいまいなお話でしたわ」コンコーディアは弱々しく言った。

「ほら、聞いただろう」アンブローズが生徒たちに言った。「あいまいにしろ、そうでないにしろ、話したことは確かだ」

「ああ、よかった」シオドーラが心底ほっとしたように言った。

「すばらしい知らせだわ」フィービがうれしそうに言った。

「それじゃ、これで決まりですね」エドウィナが言った。

ハンナがにっこりした。「正直なところ、なにか問題があるんじゃないかと心配していたんです」

「みんな納得したのなら」アンブローズが言った。「全員、寝る時間をとうにすぎているぞ。明日の朝は早く起きる必要はない。朝食は遅くするようにと言っておく。非常に遅くな」

アンブローズが部屋の入口の脇に立って、フィービとハンナ、エドウィナ、シオドーラが一列になって出ていくのを見送った。四人が階段をあがっていく音が聞こえたとき、彼がコンコーディアの顔を見た。「大丈夫か？」アンブローズは入口の脇に立ったまま、部屋に入ってくるそぶりは見せなかった。

「はい」コンコーディアは反射的に答えた。そして、鼻にしわを寄せた。「いいえ、実のところ、大丈夫ではありません。お城から逃げ出した晩と同じような気分です。不安で、落ちつかなくて。自分でもなぜなのかわかりません」

「完全に正常な反応だよ」アンブローズが言った。「あの晩にも説明したと思うが、それは、きみが経験した危険と興奮によるものだ。わたしも同じ感覚を味わっている」

「でも、そういう感覚を処理するのは、わたくしなどよりはるかにお上手なように見えますが」

アンブローズの口がかすかにゆがんだ。「隠すのが少し上手なだけだ」

コンコーディアは彼を見つめた。体の奥からわきあがる愛情と激しい欲望で喉がつまり、言葉が出なくなった。そして、これまでの生涯でこれほどなにかを欲したことはないくらい、彼に口づけをしてもらいたいと思っている自分に気がついた。

自制しなければ、と心の中でつぶやく。彼の胸に飛びこむわけにはいかない。とにかく、この寝室ではいけない。そんなことをしたら家じゅうに知られてしまうだろう。

コンコーディアは膝の上で両手をきつく握りしめた。「さてと、二人ともぐっすり眠ることが必要なようですね」

「まったくそのとおりだ」アンブローズが廊下に出た。「しかし、きみと同様、ざわめいている神経が静まるまでは、とても眠れないだろうな」

「それで、神経を静めるためになにをなさるおつもりですか？　もう一杯ブランディをお飲みになるのですか？」

「いや」アンブローズが考えこんだ表情で言った。「ちょっと散歩をしようと思う」

「散歩にお出かけになるのですか？　この時間に？」

「遠くへはいかない。温室の中をゆっくり歩こうと思っていた。あそこはとても気持ちが落ちつくのだ」

「そうですか」

アンブローズがにやりとした。「温室は気持ちを落ちつけるのに効果があるだけでなく、まったく人目がない。たとえば、夜のこの時間に二人の人間がたまたまあそこで会っても、家のほかのだれにも気づかれずにすむだろう」

そう言って廊下を歩いていった。

コンコーディアは彼があけたままにしたドアをじっと見つめた。

だれかが、おそらくミセス・オーツが、図書室と廊下のランプの火を消した。上の階で生徒たちが歩きまわるかすかな足音もやんだ。

屋敷は徐々に静かになっていった。コンコーディアはあいたままの戸口から目をそらすことができなかった。

39

アンブローズは椰子《やし》の茂みの陰で待った。コンコーディアがやってくるかどうかわからず、もしこなかったらどうするか、自分でも定かではなかった。

地中に埋めこまれた暖房用パイプのおかげで、温室は暖かかった。湾曲した高い天井にはめこまれた板ガラスから差しこむ月光が、囲われたジャングルの葉に降り注いでいる。土と茂った植物のむせるようなにおいがアンブローズの五感を満たした。

暗がりにじっと立っているのは、思いのほか大きな意志の力が必要だった。これまでにも、夜中に立ち回りを演じたあとで女が欲しいと思ったことは何度もあったが、コンコーディアと出会うまでは、居ても立ってもいられないほどの欲望を感じたことはなかった。彼はヴァンザ、自分の感情を思いのままにあやつれるのだ。

ところが、相手がコンコーディアだとすべてが違った。彼女に対しては、ほかのだれにも感じなかったほどの自制の危機を感じ、しかも、それでもかまわない気がするのだ。

月光の角度がわずかに変わり、屋敷の最後の明かりが消えた。アンブローズの胸に寒々とした物悲しい喪失感が広がった。

やはりコンコーディアはこないようだ。

当然ではないか。今夜、彼女はひどい経験をした。疲れきっているはずだ。

そのとき、温室のドアがあく音が聞こえた。

今しがたの絶望は、一瞬にして、わきあがる期待の波にのみこまれた。

この世のものとは思えない、白っぽい部屋着姿のコンコーディアがこちらへ向かってくるのを、アンブローズはじっと見つめた。銀色の月明かりの中に入ったとき、茶色の長い髪が背中に垂らされているのが見えた。つややかな髪が肩のあたりで波打ち、顔のまわりに謎めいた陰を作っている。

その瞬間、アンブローズは魔法使いに魔法をかけられたと思った。

コンコーディアは片手で大きな葉を押しのけながら、木の生い茂った通路を慎重に進んできた。

「アンブローズ?」彼女が低く呼んだ。

それで、コンコーディアには彼が見えないのだと気づいた。アンブローズはうっとりした夢見心地からわれに返り、椰子の陰から出た。

「こっちだ」

そして、もう二十年近くも昔、ジョン・ストーナーとヴァンザの修行に自分の運命をゆだねたときと同じ確信を胸に、彼女のほうへと踏み出した。

コンコーディアはアンブローズの姿を見ると、無言で彼のほうへ走ってきた。

アンブローズは両腕を広げ、やわらかくて温かい体を抱き止めた。コンコーディアが彼の体に腕をまわした。二度と放すまいとするかのようにしがみつき、口づけを求めて顔を仰向けた。

二人の唇が重なったとき、今夜はコンコーディアも、アンブローズに劣らないほど強く彼を求めているのがわかった。彼女が自分と同じくらい強く彼を欲しているとわかった瞬間、わずかに残っていた自制心が吹き飛んだ。今夜彼女がきたら言おうと考えていたことがいくつもあったのに、もうまともに頭が働かなくなり、言葉が出てこなかった。そんなことはどうでもよかった。言葉はもう不要だった。

アンブローズはコンコーディアの部屋着を脱がせて、そばのベンチに落とした。寝間着のボタンをはずし、上品に盛りあがった小さな胸のふくらみを両手で包みこむ。固く突き出した薔薇《ばら》のつぼみがてのひらに触れた。

コンコーディアが震える手で彼のシャツのボタンをはずした。前をはだけると両手を広げて胸に押し当て、ヴァンザの刺青《いれずみ》を押さえた。肌に伝わるその手の温かさを感じたとたん、アンブローズは全身欲望のかたまりになった。

目の隅に、近くの台に折りたたんだ防水布が置いてあるのが見えた。アンブローズはその帆布をつかみ、緑色のシダの苗床の上に広げた。

その間に合わせの寝床に寝かせても、コンコーディアは抗《あらが》わなかった。それどころか、彼の喉に唇を這《は》わせ、肩に爪を食いこませた。アンブローズは寝間着の裾を腰のあたりまでたくしあげて、脚のつけ根のしっとり濡れた秘所をあらわにした。彼女のにおいで頭の中がかっと熱くなった。

コンコーディアがせかすように身もだえして、熱く濡れた箇所を彼の手に押しつけた。アンブローズは震える手でズボンの前を広げた。彼女が両手で彼のものを包みこむと、昂りの先端に親指をあてがい、感触を確かめるようになでた。

アンブローズは荒れ狂う欲望に圧倒されそうだった。今すぐ彼女の中に入らなければ、息もできなくなりそうだ。はやる気持ちを抑えようと身震いし、熱い泉の中へ押し入っていく。コンコーディアが一瞬体をこわばらせて大きく息を吸いこんでから、さらに深く受け入れるべく膝を立てた。

彼女が絶頂に達したとき、アンブローズも自分を抑える努力をやめた。二人はそろって激情の渦の中に飛びこんだ。

歓びの波に身をまかせる直前に頭に浮かんだのは、彼の仕事は答えを見つけることだと言ったコンコーディアの言葉が正しいにせよ、そうでないにせよ、確かなことがひとつあるということだった。これまでずっと、夜中に目がさめて眠れなくなっていた疑問の答えが、彼女だ。

40

翌朝、全員が朝食の席についたのは十一時だった。

「昨夜だれかが温室のドアをあけっぱなしにしたようだと主人が言ってます」ミセス・オーツがそう言って、重い紅茶ポットを朝食の卓に置いた。「犬たちが中に入りこんでシダの苗床を踏みつけたらしく、すっかり押しつぶされてしまったそうです」

フォークを持ったコンコーディアの手が宙で止まった。頬がかっと熱くなった。みっともなく真っ赤になったりしていなければいいが。食卓の向こうの端にすわっているアンブローズのほうを見ると、落ちつき払った顔で卵を食べていた。

「機会さえあれば地面を掘るのは、犬の習性だ」彼が悟ったような口調で言った。「フィービ、ジャム壺を取ってくれないか？」

「はい」フィービがジャム壺の載った皿を渡した。「でも、シダをだめにしたのはダンテじゃありません。昨夜は、ミスタ・ウェルズとミス・グレイドがお帰りになるまで、ずっとわたしたちといっしょに図書室にいましたし、そのあとは、ハンナとわたしの寝室で寝たんですもの。そうじゃなくて、ハンナ？」

ハンナが顔をあげた。その顔には、ほかのもっと差し迫った問題で頭が一杯でうわの空だったというように、戸惑った表情が浮かんでいた。「ええ、そうね」

「それじゃベアトリーチェでしょう」ミセス・オーツが言った。

「ベアトリーチェは昨夜はシオドーラとわたしのお部屋にいました」エドウィナが言った。

ジョン・ストーナーがトーストにバターを塗りながら言った。「犬のせいにするのは無理なようだな。あわれなシダはどうしてそのようなことになったのだろう」

コンコーディアはその目にいたずらっぽい光があるのを見て、シダに降りかかった悲惨な運命の原因を知っているのがわかった。彼女はアンブローズに向かってしきりに眉を動かして合図したが、彼は意に介さなかった。話が困った方向へ向かっていても、さほど気にしていないようだ。

悲惨なことになりそうな悪い予感がして、コンコーディアは気持ちを落ちつけて話題を変えようとした。

「浮浪者がお庭に入ってきて、温室にまで入りこんだのでしょう」歯切れよく言う。「さあ、もうその話題はこれくらいにしましょう。ハンナ、体の具合でも悪いの？　昨夜、また悪い夢を見たの？」

「いいえ、ミス・グレイド」ハンナがあわてて背筋を伸ばした。「ほかのことを考えていただけです」

コンコーディアはその答えを全面的に信じたわけではなかったが、それ以上追及しなかった。朝食の席であれこれたずねるのはよくない。

「もう危険は去ったのですから、そろそろ、外の空気を吸って体を動かすために、生徒たちを連れて出かけたいと思います」コンコーディアは言った。「長いあいだ屋内にとじこめられていましたからね。お庭はとても気持ちがいいのですけれど、元気よく散歩するだけの広さはありません」

エドウィナが目を輝かせた。「お買い物にいってもいいですか、ミス・グレイド？とてもいい運動になると思います」

「わたしは博物館へいきたいわ」フィービが言った。「博物館を歩きまわれば、健康的な運動がたっぷりできます」

「それより美術展へいきたいわ」シオドーラがうなずきながら言った。

ハンナは無言のまま、フォークの先で炒り卵《スクランブルドエッグ》をつついていた。

アンブローズが紅茶茶碗を持ちあげた。「今日は公園まで散歩するだけにしたまえ」そう言ってコンコーディアを見た。「むろん、犬を連れていきなさい。犬たちにも運動が必要だ」

それは提案ではなく命令だと気づいて、コンコーディアはどきりとした。不安が背筋を這いおりた。なぜ護衛のために犬が必要なのかたずねたかったが、生徒たちの前でたずねる勇気はなかった。

「散歩にズボンをはいて出かけてもいいですか、ミス・グレイド?」フィービが熱っぽい口調でたずねた。

「髪を帽子の中に押しこんで男の子のふりをするのなら、いいですよ」コンコーディアは言った。「女の子が男の子の服を着ていたら、人目を引くでしょうからね。目立つことはしたくないの」

フィービがにっこりした。「かまいません、ズボンをはいて出かけられるのなら」

「わたしは青の新しい散歩服を着るわ」エドウィナが期待をこめた口調で言った。

「写生帳《スケッチブック》と鉛筆を忘れずに持っていかなくちゃ」シオドーラがつづけた。「風景を写生するのは本当にひさしぶりだわ」

ハンナがフォークを置いた。「お部屋へあがってもいいですか? 散歩にはいきたくないんです」

コンコーディアは顔をしかめた。「どうかしたの? 頭痛がするの?」

「いいえ。疲れただけです。昨夜はよく眠れなかったもので」

「お祝いを言わせてもらうぞ、アンブローズ」長身を肘かけ椅子に落ちつけると、ストーナーが両手の指先を突き合わせて、さも満足そうな表情でアンブローズを見た。「お嬢さんたちから聞いたが、近々ミス・グレイドと結婚するそうだな」

「まだ決まったわけではありません」アンブローズは図書室の奥までいって、庭を眺めた。

「まだミス・グレイドが結婚を申しこんでくれるのを待っているところでして」

「はあ?」

「ミス・グレイドはしきたりにとらわれない婦人です。男女の関係にも現代的な考えを持っているのです」

ストーナーが咳払いをした。「こう言ってはなんだが、少女たちと話したところでは、純潔を奪ったとかなんとかの問題があったそうではないか」そこでちょっと言葉を切った。「昨夜遅くシダに降りかかった不幸な災厄は言うまでもなく」

アンブローズはくるりと振り向いて机のほうへ向かった。「この件はミス・グレイドに決定権をゆだねてあります。わたしとしては、彼女が自分の責任の大きさを自覚して、きちんとすべきことをしてくれるよう祈るだけです」

ストーナーが眉をあげた。「彼女の責任の大きさ?」

「そのとおりです」

しばらくアンブローズを見つめてから、ストーナーが言った。「なんということだ、きみは自分が申しこむのが怖いのだな? 断られるかもしれんと思っておるのだろう」

アンブローズは力をこめて椅子の背もたれをつかんだ。そして、ジョン・ストーナーは彼という人間がよくわかっていると思った。「彼女に、自分の評判を守るためにわたしと結婚しなければという思いを抱かせたくない、とだけ言っておきましょう」

「ああ、なるほど、わかったぞ」ストーナーがにやりとしてうなずいた。「遠まわり作戦だな」

「というより、破れかぶれ作戦です」

「しかし、ミス・グレイドがしきたりにとらわれない現代的な考えを貫いて、結婚を申しこまなかったらどうするのだ？　まさか、教師を職業とする婦人と人目を忍ぶ関係をつづけるつもりではないだろうな？　いずれにせよ、いつまでもというわけにはいかぬぞ」

「どんな方法を使ってでも、ミス・グレイドを手に入れます。この話はもうこれくらいにしましょう」アンブローズは真ん中の引出しから紙を一枚出した。「今朝ご相談したいと思っていたのは、わたしの婚礼が近いうちにあるかないかということではありません。別の問題で助言がいただきたいのですが」

ストーナーは反論したいような表情を見せたが、結局、ひょいと肩をすくめた。「いいだろう。相談と言うのはどのようなことかね？」

アンブローズは紙に書き留めておいたものをじっくり見た。「なんとなく……」適当な言葉をさがして口ごもる。「この件は終わっていないような気がするのです」

「まだ答えの出ておらん疑問が残っておるのか？」

「はい。ラーキンとトリムリーが二人とも死んだので、答えを手に入れるのは無理かもしれません。それでも、やってみるつもりです」

ストーナーが椅子に体を沈めて楽な姿勢を取った。「まだ気になることというのはなんなのだ？」

アンブローズは紙から目をあげた。「ずっと頭から離れない疑問は、ラーキンとトリムリーは、ハンナとフィービ、エドウィナ、シオドーラをどうするつもりだったのかということです」

ストーナーが銀色の眉を寄せた。「高級娼婦として競売にかける計画だったと言っていたではないか」

「それは、コンコーディアとその前任者のミス・バートレットの考えで、確かに一理あります。しかし、納得がいかないのは、ラーキンはすでに売春宿をいくつも経営して利益をあげており、そのなかには上流階級の顧客向けの店もあったことです。フェリックスが調べたところでは、ラーキンはここ何年間も、そうした事業の運営には直接関与していませんでした。利益があがっているかぎり、ラーキンは黒幕に控えていた。ぽん引きではなく、投資家気取りだったのです」

「つまり？」

アンブローズは椅子の背にもたれた。「つまり、彼は四人の少女を巻きこんだ計画に、これまでになく個人的な関心を抱いていたように見えます。なぜそのようなことをしたのか納得がいかないのです。どう見ても、彼が違法な業務を扱う通常のやりかたではありません」

「ひょっとすると、予想される利益の大きさを考えて、自分が直接計画に関わることにしたのかもしれぬぞ」

「そうかもしれません」アンブローズは認めた。「しかし、妙に思える点はほかにもあります。そのひとつは、何人もの人間が殺されたことです。確かに、ラーキンは無慈悲な人間で、自分の帝国の脅威になると思えば、相手かまわず始末してきましたが、フェリックスを始めとする警察の人間に発見してくれとばかりに、そこらじゅうにごろごろ死体を残していたら、あの地位にのぼりつめることはできなかったはずです。少なくとも、上流階級とみなされる人びとの死体を残したのではね」

「きみが言おうとしておることはわかった」ストーナーの顔には考えるような表情が浮かんでいた。「ネリー・テイラーのような女なら、殺しても罪を逃れるのは簡単だということは、ラーキンもよく承知しておったはずだ。しかし、ミス・バートレットやミセス・ジャーヴィス、カスバートといった堅気の人間を殺すのは、相当に躊躇《ちゅうちょ》したことだろう。そのような殺しはスコットランドヤードの注意を引く可能性があるからな」

「そのとおりですが、彼とトリムリーはまんまと逃げおおせるところだったようです。とはいうものの、殺しの数の多さは、長年フェリックスから聞いていたラーキンの流儀に合致しません」

「ひょっとすると、殺しが多いのはトリムリーが加わったせいではないかな」ストーナーがうんざりしたように口をゆがめた。「暴力犯罪に関わるのが初めてで、そのような力を振るうのを楽しんでいたのかもしれぬ」

アンブローズはまた背もたれから体を起こした。「まだ答えの出ていない三つ目の疑問は、そのトリムリーの存在です。ラーキンはなぜトリムリーと組んだのか？　その必要はまったくなかったように思えます。彼はすでに、あの手の人間が望むことのできるすべてを手にしていました。大きな富、立派な屋敷、召使い、上等な馬車、美女たち。これ以上望めるものなどないくらいに」

「ヴァンザの古い金言がある。〝貪欲《どんよく》さは満足することを知らぬ欲深い獣だ〟」アンブローズは指先で机をたたいた。「そして、父と祖父はよくこう言っていました。〝その人間がなにより欲しがっているものがわかれば、なんでも売りつけることができる〟」

「フェリックスは、ラーキンが紳士の相棒と組んだのは事業を上流階級にも広げたかったからだ、と見ておったようだが」

「確かに、今のところは、それが現実的な仮説です」アンブローズは言った。「しかし、いくつか疑問があります。ラーキンは、上流階級の紳士は言うまでもなく、他人を信じる人間ではありませんでした。上流階級の人間と組むとしたら、なんとしても欲しいものを手に入れる助けになると考えた場合だけでしょう。めざすものは金だけとはかぎらなかったはずです。金なら自分ひとりで手に入れる方法を知っていたからです」

「なにを考えておるのだ？」

「今考えているのは」アンブローズは言いながら立ちあがった。「フェリックスとわたしは、ラーキンの野心をひどく過小評価していたのかもしれないということです。しかし、この謎を解明することができるかもしれない人物がいます」

「だれだ？」

「ロウィーナ・ホクストンです」

ストーナーが顔をしかめた。「なんとかして上流階級に取り入ろうとしておる、あの愚かで頭がからっぽの女か」

アンブローズはもう扉のほうへ向かっていた。「彼女とお知り合いだということは知っています。彼女を訪問するのにつきあいたくありませんか？」

41

　暖かい日だった。いつも垂れこめている霧を春風がきれいに吹き飛ばしたのだ。ここぞとばかりに、生徒たちがアンブローズとの関係をしつこく話題にしさえしなければ、公園の散歩はとても楽しいものになったことだろう、とコンコーディアは思った。

「いつミスタ・ウェルズに結婚を申しこまれるのですか？」フィービが屋敷へ帰る途中でたずねた。手にはダンテの引き綱を握っており、一本の木に興味を示した犬をそこから引き離そうとしている。「わたしが先生なら、あまり待たせたりはしないでしょうね。ほかの婦人が現れて、あのかたを夢中にさせるかもしれませんよ」

「それはどうかしらね」コンコーディアは言った。「宿屋に泊まった最初の夜、あなたとハンナが言っていたように、ミスタ・ウェルズはかなりの年配よ。それなのに、見てのとおり、まだ結婚式をあげようという婦人はだれも現れていないわ。おそらく、その心配はほとんどないでしょうね」

「わたしたちをじらしてらっしゃるんですね、ミス・グレイド」シオドーラが言った。「年齢的に、ミスタ・ウェルズは先生にぴったりじゃありませんか」

「そう？」コンコーディアはたずねた。「もっと若い人のほうが、自分の考えに凝り固まっていないのではないかしら」

「でも、もっと若い男の人を見つけるのはむずかしいんじゃないかしら」エドウィナが言った。「その年ではね」

「はっきり言ってくれてありがとう、エドウィナ」

「ミスタ・ウェルズにお花を贈ったほうがいいんじゃありませんか、ミス・グレイド」シオドーラが勧めた。「とてもロマンティックな意思表示になりますよ」

エドウィナがベアトリーチェの引き綱を持ちなおした。「女の人は紳士にお花を贈ったりはしないものよ」

「普通は贈らないわ」シオドーラが認めた。「でも、ミスタ・ウェルズはほかの紳士とは違っているから」

「ええ」コンコーディアは屋敷の玄関の階段をあがりながら言った。「あのかたはほかの殿方とはまったく違うわ」

わたくしが愛している人ですもの。だから、世界じゅうにたったひとりしかいない特別な人よ。ああ、この思いをいったいどうすればいいのかしら？

ミセス・オーツが玄関の扉をあけて、笑顔で四人を出迎えた。「運動をしてすっきりされたようですね。きっと、お茶とケーキを召しあがりたいことでしょう」

「ありがとう、ミセス・オーツ」コンコーディアは手袋をはずした。「ハンナはおりてきましたか？」

「まだ休んでおられます」生徒たちと犬が玄関に入り、ミセス・オーツが扉をしめた。

「ミスタ・ストーナーはいらっしゃる？」フィービがたずねた。「あちこち旅行して集めてこられた骨董品のお話をしてくださる約束なんです」

「ミスタ・ストーナーもミスタ・ウェルズも、みなさんがお出かけになったすぐあとでお出かけになりました」ミセス・オーツが言った。「帰りは少し遅くなるだろうとおっしゃってました。やり残したことを片づけるとかで。さあ、図書室へいらしてください。ナンに紅茶を運ばせます」

コンコーディアは階段のほうへ向かった。「まずハンナのようすを見てくるわ。日中も床についているなんて、ハンナらしくないことですもの。図書室へいっていてちょうだい。わたくしもすぐにいきます」

そして足早に階段をあがった。一段ごとに不安がふくらむ。ハンナは怖がりではあるが、概して体は非常に健康な少女だ。おそらく、ここ数日の緊張で神経が参ったのだろう。

ハンナの部屋のドアはしまっていた。コンコーディアはそっとノックした。

「ハンナ？　大丈夫？」

返事はなかった。不安に駆られたコンコーディアは、取っ手をまわしてドアをあけた。

ハンナの姿はなかった。きちんと整えられた寝台の上に、折りたたんだ紙が一枚置かれていた。

親愛なるミス・グレイド

わたしのことは心配いりません。お茶の時間までには帰ります。先生とミスタ・ウェルズがいい顔をなさらないことはわかっていますが、ウィンズロウ女子慈善学校へいってきます。

あそこの生徒は週に三回、二十分間お庭に出て運動することを許されています。今日はその日です。塀の植えこみの陰になっている場所に小さな穴があいています。そこから友達のジョーンに合図をするつもりです。わたしが元気でいることを知らせなければなりません。そうしないと、とても心配するでしょうから。

敬具

ハンナ

コンコーディアは手紙をおろし、あとについて二階へあがってきて、心配そうに部屋の入口に集まっているミセス・オーツとフィービ、エドウィナ、シオドーラを見た。「大変だわ。ハンナはお金をまったく持っていないのよ。歩いていったに違いないわ。きっと途中で道に迷っていることでしょう」

フィービが唇を嚙み、エドウィナとシオドーラと目を見交わしてから、またコンコーディアのほうを向いた。

「辻馬車に乗れるだけのお金は持っていると思います、ミス・グレイド」

「どういう意味？」コンコーディアはたずねた。

「昨夜ミスタ・ストーナーが、図書室のからくり戸棚の秘密の引出しをいくつかあけて見せてくださいました」エドウィナが説明した。「その引出しのひとつに紙幣と硬貨が入っていたんです。そのお金はわたしたちがもらっていいとミスタ・ストーナーがおっしゃったので、四人で分けました」

「そして、ミスタ・ストーナーに確率論を教えていただいたとき、賭け金にしたのがそのお金だったんです」シオドーラが言った。「先生とミスタ・ウェルズが部屋に入っていらしたとき、ハンナはかなり勝っていました」

エドウィナの顔が恐怖で引きつった。「ジョーンに合図をしているところをミス・プラットに見つかったら、ハンナは地下室に入れられてしまうわ」

「今わたしたちにできるのは、ハンナが早く帰ってくるよう祈って待つことしかないと思うわ」フィービが情けない表情で言った。

コンコーディアは立ちあがった。「なりゆきにまかせてじっと待っていることなどできません。学校へいってきます。ミスタ・ウェルズとミスタ・ストーナーがお帰りになったら、事情をお話ししてちょうだい」

42

「当然のことながら、ミスタ・トリムリーがお亡くなりになったことを聞いた衝撃で、神経がすっかり参ってしまいました」ロウィーナ・ホクストンが豊かな胸を片手で押さえて、ストーナーに弱々しく微笑んだ。「そのうえ今度は、犯罪組織を牛耳っていたといううわさのある人物とつきあっていたらしいとは。自分がこれほど完全にだまされていたなんて、信じられませんわ」

「わかります」ストーナーが受け皿に載った紅茶茶碗をメイドから受け取った。「だからこそ、今朝そのうわさを聞いてすぐに駆けつけたのです。たまたまエドワード・トリムリーとつきあいがあったというだけのことで、社交界の知り合いから見捨てられたという思いを味わわせたくなかったからです」

ホクストンの目が恐怖で見ひらかれた。「でも、あの人が暗黒街の人間と関わっていることなど、まったく知らなかったのですよ」

「むろん、ご存じではなかったことでしょう」ストーナーがチッチッと舌を鳴らした。「しかしながら、社交界がどんなところかおわかりでしょう。見た目がすべてなのです」

「まあ」ミセス・ホクストンの顔が恐怖で引きつった。「まさかあたくしが、ミスタ・トリムリーが闇の世界とつながっているのを承知のうえでつきあっていたと思う人など、だれもいないでしょう？」

「大丈夫、この事件による打撃は阻止できますよ」ストーナーが請け合った。

アンブローズは窓に背を向けて無言で立ち、ストーナーの助手という控え目な役になりきっていた。

ストーナーがミセス・ホクストンを手玉に取るあざやかな手際には、思わず感心せずにはいられなかった。何十年たっても、まだ師から学ぶことはあった。

ミセス・ホクストンがひたとストーナーを見つめた。「どういう意味ですの？」

ストーナーがわけ知り顔で片目をつむって見せた。「幸いわたしは、社交界のある人びとが作りあげる間違った考えを、いわば、正すことのできる立場におります」

ミセス・ホクストンの顔が青ざめた。「まあ」またそうつぶやいた。

「では、トリムリーとのつきあいに関して、二、三、くわしいことを話してください。そうすれば、責任を持って、この事件の正しい情報をある方面に広めましょう」

「心から感謝いたしますわ。なにをお聞きになりたいのですか？」

ミセス・ホクストンのいかにもほっとしたようすは、見ていてあわれなほどだとアンブローズは思った。醜聞に巻きこまれるかもしれないことを心底恐れているようだ。

ストーナーが椅子の背に体をあずけ、ズボンの膝をつまんで持ちあげてから、優雅なしぐさで脚を組んだ。「エドウィナとシオドーラ・クーパーという若い婦人について、トリムリーが話題にしたことがありましたか？」

「クーパー家の双子のことを？」ミセス・ホクストンが困惑したように顔をしかめた。「あの二人がこの件となんの関係があるのですか？　二人は数か月前にひどく悲惨な死をとげたと聞きましたが」

「そのとおりです。その二人についてトリムリーと話したことがありましたか？」

「あら、ええ、たまたま、あたくしが二人の名前をあげたのだったと思います」ミセス・ホクストンが落ちつかないようすで手をひらひらさせた。「でも、単に名前をあげただけにすぎません」

「なぜその話題が出たのかおぼえていますか？」

「これが醜聞の芽をつむこととどう関係があるのか、まったくわかりませんわ」

「辛抱してください、ミセス・ホクストン」ストーナーが言った。「自分がなにをしておるのかは心得ておりますから」

「ええ、そうでしょうね。お許しください。今朝はすっかり動顚していて」そして気持ちを落ちつけるように紅茶をひと口飲んで、紅茶茶碗を置いた。「クーパー家の双子の話題は、トリムリーが始めたばかげたゲームの中で出たのです」

「どのようなゲームですか？」

「あたくしが社交界の人たちについてどの程度知っているかをためすために、トリムリーが、めったにロンドンに出てこない良家の若いお嬢さんの名前をたずねたのです。しかもそのお嬢さんは、あの人が定めた何項目かの条件に合致していなければなりませんでした」

アンブローズはじっと動かなかった。ストーナーも同様に身じろぎもせずにすわっているのがわかった。

「その条件とはどんなものだったのですか？」ストーナーがたずねた。

「田舎に住んでいて、近い身内がほとんどいなくて、しかも、財産の相続人でなければならないというものでした」ミセス・ホクストンが小さくふんと鼻を鳴らした。「本当のところ、あたくしにとってはさほど難問ではありませんでした。ほとんど即座に、クーパー家の双子とほかに二人の名前が思い浮かびましたわ」

43

コンコーディアは正面玄関の階段をあがりながら、二度目に見るウィンズロウ女子慈善学校は、前回ここへきたときと同様、いかにも寒々として近づきがたく見えると思った。午後の暖かさは、古い屋敷の暗い窓にはね返されているようだった。

今日は、アンブローズが注文して作ってくれたドレスの中でもっとも地味な、長袖のハイネックで小さな腰当て《バスル》がついた紺色のドレスを選んだ。ボタン留めのブーツに子牛革の手袋、ベルベットの飾りリボンがついた麦わら帽子をかぶると、見るからに毅然とした装いができあがった。今回は顔を隠すベールは必要ない。

四輪の辻馬車に乗って学校までくるあいだ、ハンナを取り返すためにどのような方法を使えばいいか、あれこれ頭をしぼって考えた。ハンナが校内にいるかどうか正面きってたずねても、うまくいくとは思えなかった。なんといっても、エディス・プラットはハンナを巻きこんだ違法な計画に関わっていたのだ。今、建物の中にハンナがいたとしても、それをすんなり認めるはずがない。

ジョン・ストーナーの屋敷へ帰っていく途中ではなく、本当にここにいるとすれば、だ。それがもっともやっかいな点だった。ハンナが見つかってしまったのか、あるいは無事に帰路についているのか、それを知る手だてはなかった。

コンコーディアは力をこめて三回ノッカーをたたいた。

玄関に出てきたのは、前回コンコーディアをミス・プラットの執務室へ案内してくれた、影の薄いミス・バークだった。

その顔にはコンコーディアに見おぼえがあるという表情はまったく浮かばなかった。「なにかご用でしょうか?」

コンコーディアは手に持った帳面を振りかざした。「ミス・プラットに、ミス・シェルトンが会いにきたとお伝えください。ミセス・ホクストンの依頼できたと言ってくださってさしつかえありません」

学校の後援者の名前を聞いたとたん、ミス・バークが気をつけの姿勢になった。

「どうぞこちらへ、ミス・シェルトン。ミス・プラットの執務室へご案内いたします。ミス・プラットは今、料理人と今週の献立を相談しておられるところです。大量の材料がむだになっているので、注文する野菜と肉の量をさらに減らす必要があると感じておられるのです。でも、あなたがおいでになったことを知らせれば、きっと、すぐにお会いになるはずです」

ミス・バークが先に立って急ぎ足で廊下を進み、ミス・プラットの執務室のドアをあけた。

「ありがとう」

コンコーディアはきびきびした足取りで部屋に入った。ミス・バークはすばやくドアをしめると、急いで校長を呼びにいった。

コンコーディアは部屋を見まわした。前回とほとんど変わっていなかった。エディス・プラットの高価そうな灰色のマントが、ドアのそばのフックにさがっている。〝感謝を忘れない少女が守るべき規則〟が書かれた飾り額が、相変わらず机の後ろの壁にかかっていた。ミセス・ホクストンと女王陛下の額入りの写真が、今もまだ睥睨《へいげい》するように部屋を見おろしている。

コンコーディアは机に目をやり、もう一度引出しを調べてみるのはどうだろうかと考えた。ことによると、ハンナに関するものがなにか見つかるかもしれない。

廊下の遠くでくぐもった声が響いた。

「ミス・シェルトンという名前は聞いたことがないわ」プラットの声には強いいらだちがあった。「どうしてミセス・ホクストンがその人をここへよこしたのか、見当もつかないわ」

これで決まったとコンコーディアは思った。机の引出しを調べる時間はなさそうだ。

これから演じる役になりきるべく気持ちを落ちつけながら、部屋の入口のほうに向きなおった。

ドアのそばにさがっているマントに視線が引きつけられた。なにか変だ。裾のあたりに黒っぽい大きなしみがある。

コンコーディアは近づいて分厚いマントを手早く広げてみた。前身頃にも濡れた部分があった。どうやら、校長は春のにわか雨にあったようだ。

けれど、このところ雨は降っていない。

あっと思い当たって、それでなくても速くなっていたコンコーディアの脈が、さらに速くなった。背筋を戦慄《せんりつ》が走った。

人間が大きな水槽に落ちたとき、マントを着ている者が水槽のすぐそばに立っていたら、ちょうどこんなふうに濡れるのではないだろうか。大きな水しぶきがあがったはずだからだ。

落ちつくのよ。よく考えなさい。早とちりをしてはいけない。

マントが濡れる理由はいろいろある。人間が水槽に落ちたことと結びつけたくなるのは、昨夜、あのような経験をしたからにすぎない。

とはいうものの、エディス・プラットは最初からこの事件に関わっていた。何人もの人間が死んだこの事件でプラットは端役で、少女たちを慈善学校の校内に隠すだけの役割だったとされていた。

けれど、プラットの役割が過小評価されていたとしたら？

コンコーディアはマントの色が濃くなっている部分に触ってみた。確かに湿っているが、ぐっしょり濡れているというほどではなかった。このような分厚い毛織物のマントは、いったん芯まで濡れてしまうと、室内で完全に乾くまでには時間がかかる。

「気まぐれでじゃまをされては困ると、ミセス・ホクストンにはっきり言っておく必要があるわね」プラットの声はもうかなり近くなっていた。

ミス・バークのぼそぼそという返事は小さすぎて、聞き取れなかった。

コンコーディアは息が苦しくなってきた。なんとしてもハンナをここから連れ出さなければ。ここで起こりうる脅威のうちでは、暗い地下室はもっともましなものだ。濡れたマントが示しているように、プラットがこの事件に深く関わっているとしたら、秘密を守るためならハンナを殺すこともいとわないだろう。

ああ、すでに最悪のことが起こっていたらどうしよう？

部屋のドアが勢いよくあいた。プラットが大股で入ってきた。整った顔がいらだちと怒りでゆがんでいる。

「ミス・シェルトンですか？　プラットです。ミセス・ホクストンのお使いでいらしたとは、いったいどういうことですか？　そのようなことはなにも聞いておりませんが」

「もちろん、知らせてありませんとも」コンコーディアは反射的に権柄ずくの口調になった。「わたくしは女子の孤児保護協会の設立者で、会長を務めております。孤児院や慈善学校に入っている少女が、きちんと世話をしてもらっているかどうかを確かめることが、わたくしたちに与えられている使命です。協会のことはお聞きおよびでしょうね？」

プラットがよそよそしい口調で言った。「いいえ」

コンコーディアは口の端に笑みを浮かべた。「それは残念ですこと。ミセス・ホクストンの依頼で、わたくしがこの学校の抜き打ち検査を実施することになりました」

プラットの口があんぐりとあいた。「なんの話ですか？　ミセス・ホクストンはこれまで学校の検査をされたことなど一度もありませんが」

「この学校の情け深い後援者であるミセス・ホクストンは、最近、ある孤児院の悲惨な実態に関する新聞記事をお読みになったのです。記事によると、少女たちは売春宿の経営者に売られていたようです。その記事はお読みになったことでしょうね？」

「ええ、ええ、その言語道断な記事は扇情的な新聞で読みましたとも。でも、はっきり申しあげますが、ウィンズロウはきちんとした出自の孤児だけを受け入れている、きちんとした慈善学校です。うちの生徒たちは、売春婦ではなく、家庭教師や教師になっています」

「ミス・プラット、けっしてあなたを疑っているわけではありません。しかしながら、ミセス・ホクストンはご自分の心の平和のために、検査を要請なさいました。非常に心配なさっているのです」

「なにを心配なさっているのですか？」プラットが怒りで顔を真っ赤にして、きつい口調でたずねた。

「この学校では醜聞など起こりえないことを確認なさりたいのです。ミセス・ホクストンは社交界に出入りしておられます。ご自分の慈善事業でいまわしい騒ぎが起これば、きわめてまずい立場に立たされるでしょう」

　プラットが反り身になって肩をそびやかした。「この学校では、ミセス・ホクストンがご心配なさるようなことはなにひとつおこなわれていないと保証します」

「そうではあっても、わたくしは依頼を受けたのですから、それをきちんと実行するつもりです。ミセス・ホクストンはわたくしに、学校を徹底的に検査するようにと指示されました」

「でも――」

「徹底的に、です、ミス・プラット」コンコーディアは鉛筆を取り出して、帳面をひらいた。「もしあなたが協力を拒むようなら、すぐに新しい校長をさがすつもりだとおっしゃっていました」

　プラットの顔に衝撃が走った。「そんなひどい。わたしは一年以上もウィンズロウを切りまわしてきて、これまで、醜聞のしの字もなかったというのに」

「このまま今の職に留まりたければ、学校の後援者の命令に従うことですね」コンコーディアはプラットの横をすり抜けて廊下に出た。「いきましょう、ミス・プラット、早く始めれば、それだけ早く終わります。まず地下室と台所から取りかかりましょう」

「ここで待っていてください」プラットがあわてて追いかけてきた。「職員に知らせて準備する時間を数分いただければ、検査はすんなり運ぶはずです」

　コンコーディアはもう廊下の半ばあたりまでいっていた。「生徒を全員、大食堂に集めてください。栄養状態がよくて健康そうかどうか確認したいのです。職員も集めてください。いっしょに検査したいので」

プラットがコンコーディアの後ろで立ち止まった。「ミス・バーク、今すぐ生徒と職員を大食堂に集めなさい」

「はい、ミス・プラット」ミス・バークの足音が玄関広間のほうへ遠ざかっていった。

腐敗した食品や腐って凝固した牛乳、酸化した調理脂などの胸が悪くなるようなにおいを頼りに、コンコーディアは台所までいった。そして、きびきびした歩調で入口から入っていった……

……と、長いあいだにリノリウムの床にこびりついたぬるぬるした汚れでブーツの踵《かかと》が滑り、あやうく尻餅をつきそうになった。

「まあ」コンコーディアは台所の真ん中を占めているどっしりした厚板の調理台の縁につかまって、どうにか踏みとどまった。「最後にこの床を石鹸とお酢できれいに洗ったのは、いつのことですか？」

しみだらけの前掛けをして帽子をかぶった女が二人、口をぽかんとあけてコンコーディアを見つめた。ひとりは大きな鉄鍋《てつなべ》の中身をかきまぜていた。そのにおいたるや、食欲をそそるとはとても言えなかった。

「なんでもないわ」コンコーディアは体勢を立てなおして、料理人のひとりに視線を向けた。「この学校の後援者の命《めい》を受けて検査をおこなっています。まず地下室から始めるつもりなので、入口を教えてもらえませんか」

「ああ、暖炉の向かいのドアです」その料理人が心もとない口調で言った。

「ありがとう」コンコーディアは足早に、幅の狭いそのドアのほうへ向かった。

「でも、鍵がかかってますよ」料理人が言った。

コンコーディアは落胆した。「鍵はどこにあるのですか？」

「ミス・プラットが持ってます」二人目の料理人がためらいがちに言った。「許可なく地下室へ入ることは禁じられてるんです」

「ミス・シェルトン？」廊下からプラットの大きな声が聞こえた。「お願いですから、待ってください。わたしが学校をご案内します」

「用心して」最初の料理人が低い声で相棒に言った。「今日は朝からずっと機嫌が悪いんだよ」

プラットが台所に入ってきた。そして立ち止まると料理人をにらみつけた。「大食堂へいって、ほかの者たちといっしょに待っていなさい。ミス・シェルトンとわたしもじきにいくから」

「でも、スープが焦げますよ」最初の料理人が言った。

「スープなどどうでもいいわ」

「はい、ミス・プラット」

二人の料理人はあわてて台所から出ていった。

「すみませんが、地下室の鍵をいただけますか、ミス・プラット」コンコーディアはきつい命令口調で言った。

「ええ、いいですとも」プラットが腰からさげている帯飾りの鎖から鉄の鍵をはずした。そしてコンコーディアのほうへ放り投げた。コンコーディアは手袋をはめた手でどうにかその鍵を受け止めた。

「さあ」プラットがせかすようなしぐさをした。「ドアをあけてください。どうしてそんなに地下室を検査したがるのかわかりませんが、それはそちらの問題ですから。すべて申し分ないことがおわかりになるはずです」

コンコーディアは用心深く地下室のドアのほうに向きなおり、古い鍵穴に鍵を差しこんだ。

「さっさとしてください」プラットが二人の距離をつめながら、ぶっきらぼうに言った。「一日じゅうかかずり合っているわけにはいかないんだから」

コンコーディアは両手に力をこめて重いドアを引きあけた。台所の明かりが深い闇にななめに差しこみ、狭い階段を照らし出した。その先は地獄のような闇に包まれている。

コンコーディアはハンナの名前を呼ぼうと口をあけた。

背後に足音が迫ってきた。

肩ごしに振り返ると、歯を食いしばったすさまじい形相のプラットが襲いかかってくるところだった。

調理台に載っていた重い鉄のフライパンを両手で握って、こん棒のように振りあげている。

殺す気だとコンコーディアは感じた。フライパンで頭をたたき割るつもりなのだ。

とっさに、振りおろされる鉄のフライパンをよけようとした。そのはずみにぬるぬるした床で靴が滑り、リノリウムの床に倒れた。

おかげで命拾いした。プラットの一撃が頭のすぐそばをかすめた。

プラットは勢いあまってよろめきながら止まり、ねらいを修正して、もう一度フライパンを振りおろした。

スカートに足を取られるとわかっていたので、コンコーディアは立ちあがろうとはせず、すばやく厚板の調理台の下に這いこんだ。

間一髪で間に合った。次の瞬間、フライパンが調理台にぶつかり、台の上にあった鍋や皿が、がたがた、がちゃがちゃと音をたてた。鍋のふたが二枚、はねて床に落ちた。

プラットが歯を食いしばったまま、怒りといらだちの声をもらし、近くの壁にフライパンを投げつけた。

コンコーディアは急いで調理台の反対側に出ると、スカートを抱えて立ちあがった。

「あんたのせいですべてが台なしになってしまった」プラットの顔は怒りでゆがんでいた。

「その償いをしてもらう」

そう言って、ナイフ研ぎ台から大きな肉切りナイフを取った。

恐怖で金縛りにあったように、コンコーディアはその長い刃から目を離すことができなかった。長い調理台と壁のあいだにはさまれて逃げ場がない。プラットが迫ってきた。

「さすがのあんたも進退きわまったようね、コンコーディア・グレイド」

「わたくしが何者か知っているの？」コンコーディアは調理台の上の鍋やフライパンをすばやく見まわし、その中で唯一ナイフを防ぐのに役立ちそうなものをつかんだ。ロースト鍋の大きな重いふただ。

「ええ、そうよ、コンコーディア・グレイド。午前中に現れたハンナが、あんたの名前を口にしていたのよ」プラットの笑みは氷のように冷たかった。「地下室にとじこめるとき、きっとあんたが助けにきてくれると言いつづけていた。わたしはその言葉を一瞬たりとも疑わなかったわ。あの子らにどれほどの値打ちがあるかを見抜いたんでしょう？」

「昨夜アレクサンダー・ラーキンを殺したのはあなただったのね？」

「殺すほかなかった。わたしを裏切ったのだから」

「いったいどんなふうに裏切ったの？」

「四人の娘のひとりと結婚するつもりだとわかったのよ」その声には苦悶と激しい怒りがこもっていた。「わたしがこれだけ尽くしたのに、あの子らのひとりを妻にしようと計画していた。いい親戚のいるしかるべき家柄の処女なら、四人のだれでもよかったのよ。そう、財産のある本物の紳士が妻にするような、育ちのいい淑女を望んだというわけ。わたしが愛していることなど気にもかけなかった」

コンコーディアはじりじりと調理台の端をまわった。不意に、胸が悪くなるようなにおいが鼻を衝いた。スープが焦げ始めていた。

「いくら育ちがいいにせよ、無一文の孤児となぜ結婚したいなどと考えたの？」できるだけ時間をかせごうとして、コンコーディアはたずねた。二人がなかなかやってこなければ、そのうちにだれかが台所へようすを見にくるだろう。

「ところが、あの子たちは無一文ではないのよ」プラットの声はいきどおりでにごっていた。「四人とも相続人よ。それも大身代の。最初から、これはわたしの計画だった」

「あなたの計画？」

「競売で最高の値段をつけた競り手に四人を売るつもりだったのよ。結婚で財産を手に入れて、上流階級の仲間入りをしようとねらっている紳士はいくらでもいて、好機があれば飛びついてくるわ。上流の身分を手に入れるには、処女でいい家柄の相続人と結婚するのが一番の近道でしょう？　おまけに、この計画の利点は、妻を買うお金は少女たちの相続財産から払えばいいことだった」

その瞬間、コンコーディアはすべてを理解した。「生徒たちは高級娼婦として売られるのだとばかり思っていたわ」

「ばかな。世の中には売春婦は掃いて捨てるほどいるわ。それに対して、家柄のいい女相続人はそれほど多くはいない。計画は単純そのものだった。少女たちには一時的に姿を消させる。強欲な親戚は彼女らが死んだものと思って、われ勝ちに金と地所の所有権を主張する」

「ところが、競売が終わったら、行方不明の相続人たちがまた奇跡的に現れる。しかも彼女たちは正式に結婚していて、夫となった紳士が妻の相続財産の権利を主張する、というわけね」

「そのとおりよ」プラットが食いしばった歯のあいだから言った。

「まるで、秘密の結婚と行方不明の相続人を描いた扇情小説のようね」

プラットがふんと鼻を鳴らした。「娘たちが、無事で、正式に結婚して現れたら、間違いなく大騒ぎになったわね。新聞と世間は大喜びしただろうし、きちんと結婚していたことで、娘たちの社交界での地位はゆるぎないものになっていたはずよ」

「生徒たちをウィンズロウからよそへ移さざるをえなかったとき、わざわざ手間をかけて寄宿学校の体裁を整えたのは、そのためだったのね。どれほど費用がかかろうとも、彼女たちを醜聞から守る必要があった」

「もちろん、処女を失った女相続人でも値打ちはあったはずだけれど、処女の女相続人と比べると、格段の差があるわ」

「ミセス・ジャーヴィスを殺したのはあなただったの？」コンコーディアはたずねた。

「あのばか女と友達のバートレットは、娘たちを金に換えるつもりだということをかぎつけた。そしてカスバートをゆすろうとしたから、アレックスが手下に命じて始末させたのよ」

「でも、お城でバートレットの代わりをする人間が必要だった。そうでしょう？」

プラットの口がゆがんだ。「娘たちの評判はなんとしても守る必要があるとアレックスが主張したのよ。てっきり、そのほうが高い値段で売れるからだろうと思っていたわ。ところがやがて、自分の花嫁の純潔を確保したかったのだとわかった」

「それで、ジャーヴィスのファイルを調べて、わたくしを見つけたのね」

「ジャーヴィスはあんたについていくつか書き留めていたわ。彼女があんたの大きな秘密をかぎつけていたことを知っていた？　ええ、そうよ。あんたがクリスタルスプリングズ共同体の創立者夫婦の娘だということを、彼女は知っていた」

「ジャーヴィスがわたくしの過去を知っていたですって？」

「いずれ、そのネタを使ってあんたをゆするつもりだったに違いないわ。でも、わたしのおかげでその機会はなかった」

「でも、代わりにあなたが使った。わたくしが前に勤めていた学校の校長先生に本当の身元を知られたのは、それでだったのね。あなたは彼女にわたくしの過去を知らせて、確実に職を失うようにした。そして、わたくしがなんとしても職を見つけたいと思っているのを承知で、お城の仕事を提示する手紙をよこした」

「誤算だったわ。自分がどういう立場かを考えて、わたしたちに面倒をかけないだけの分別はあるだろうと思ったのに、とんだ読み違いだったわ。ちくしょう」

プラットが調理台の向こうから肉切りナイフを投げた。その距離ではねらいのはずれようがなかった。

コンコーディアは反射的に、持っていたロースト鍋のふたを体の前にあげた。

肉切りナイフが骨に響くような音をたてて鉄のふたに当たり、床に落ちた。

プラットがくるりと振り向いてナイフ研ぎ台へ引き返した。

コンコーディアは片手でスカートをつかむと膝の上までたくしあげ、調理台の端をまわってこんろのほうへ走った。

こんろの前でスカートをおろし、分厚い布巾をつかんだ。それを鍋つかみがわりにしてスープ鍋の取っ手をつかむ。重い鉄の鍋を持ちあげるのには、自分でもそんな力があるとは知らなかったほどの力が必要だった。

振り向くと、プラットがすぐ後ろまで迫っており、肉切りナイフの切っ先がまっすぐ心臓をねらっていた。

コンコーディアは渾身《こんしん》の力をこめてスープ鍋を持ちあげ、中身をプラットめがけてぶちまけた。

プラットが危険を察したときには、もう手遅れだった。

「ああ……」

すさまじい悲鳴とともに、プラットが肉切りナイフを放り出して両腕を顔の前にあげ、襲いかかる煮えたぎったスープから身を守ろうとした。

湯気の立つスープがかかる前にかろうじて少しだけ体をまわしたものの、よけきれず、手と腕に熱いスープがかかり、顔にもはね散った。金切り声があがった。

プラットがうめき声をあげて膝を突いた。痛みと怒りにすすり泣きながら、半狂乱で、手と顔にかかったスープをスカートでぬぐう。

廊下に足音が響いた。コンコーディアの耳に、差し迫った命令口調のアンブローズの声が聞こえた。

「二人はどこだ?」彼がたずねた。

「台所です」ミス・バークが答えた。「でも、ミス・シェルトンとのお話のあいだは絶対にじゃまをしないようにと、ミス・プラットからきびしく言いつけられています」

アンブローズが台所のドアを乱暴にあけて入ってきた。すぐ後ろにストーナーとフェリックス、制服巡査がつづいている。

「気をつけて、床が滑ります」コンコーディアは注意した。

アンブローズをのぞく全員がその場に立ち止まり、プラットを見た。

「なんてことだ」巡査がつぶやいた。「あのナイフの大きさを見てください」

アンブローズがコンコーディアを両腕で抱き寄せた。「大丈夫だと言ってくれ」

「けがはありません。ハンナをさがさなければ」

アンブローズが地下室の入口のほうを見た。「そのことなら心配ないようだ」

コンコーディアが急いで振り向くと、地下室の入口にハンナが立っていた。顔と手は石炭の粉で黒ずみ、新しいドレスも汚れていたが、危害は加えられていないようだった。真剣な目でコンコーディアを見つめている。

「ハンナ」コンコーディアはハンナに駆け寄って抱きしめた。「ハンナ、どれほど心配したことか。恐ろしかったでしょうね」

ハンナがコンコーディアにひしと抱きついて泣き出した。

「きてくださるとわかっていました、ミス・グレイド。地下室にいたあいだずっと、そう自分に言い聞かせていたんです。そして、そのとおりでした」

巡査が手帳と鉛筆を取り出して、コンコーディアを見て咳払いをした。「どなたでしょうか？」

アンブローズがハンナとコンコーディアをそれぞれ右と左の腕に抱えるのを見守っていたストーナーが言った。

「紹介しよう、ミス・グレイドだ。われわれがさがしにきた教師だよ」

44

その日の夕食後、全員が図書室に集まった。アンブローズはフェリックスとストーナー、自分の分のブランディを注いだ。コンコーディアはシェリー酒、ハンナとフィービ、エドウィナ、シオドーラの前には紅茶が置かれていた。ダンテとベアトリーチェは暖炉の前の指定席に寝そべった。

アンブローズは自分のグラスを持って机の奥に立ち、ブランディをごくりと飲んだ。今の自分には、元気を回復する飲み物が図書室にいるだれよりも必要だと心の中でつぶやく。あやうくコンコーディアを失いかけたのだ。考えるだけでも耐えられなかった。

フェリックスがコンコーディアを見た。「あなたが地下室の鍵をあけるのに気を取られているすきに、プラットは後ろから頭をなぐりつけるつもりだったんです、ミス・グレイド。あなたは階段を転げ落ちて、家の中で起こった悲劇的な事故で命を落としていたでしょうね。必要なら、プラットは地下室へおりていって、もう二、三発なぐりつけてとどめを刺したことでしょう。あなたを始末するのは簡単だと思っていたようです」

「あの学校はプラットの王国でした」コンコーディアが静かに言った。「思いのままに支配していたのです。生徒も職員もみな彼女を恐れていました。わたくしが死んでも、事故ではなかったと言う者はだれもいなかったでしょう。いずれにせよ、全員を建物の反対側の端にある大食堂へいかせていたので、ハンナのほかには証人はいなかったはずです」

「すまないが」アンブローズはグラスの中のブランディをまわしながら言った。「もしかしたら起こっていたかもしれないことから、実際に起こったことに話題を変えたいのだがな。今日のできごとの衝撃がまだ尾を引いていてね。世の中の人間のみながみな、強靭《きょうじん》で立ちなおりの早い教師の神経に恵まれているわけではないのだよ」

ストーナーがふくみ笑いをもらした。「まったくだ」

フェリックスが苦笑いを浮かべて肘かけ椅子に体を沈め、脚を前に投げ出した。「ミス・グレイド、あなたを始末するための計画は、当然のことながら、急ごしらえのものでした。地下室にとじこめたハンナを見つけられてはまずいので、すぐに手を打つ必要があったからです。危険はありましたが、過去に少なくとも二回、同様の方法でうまくいっていたことを考えると、三度目が失敗すると考える理由はありませんでした」

フィービが紅茶から顔をあげた。眼鏡の奥の目が大きく見ひらかれている。「ミス・プラットは二人も人を殺したんですか？」

「最初の犠牲者はわたしの依頼人の妹だった」アンブローズは言った。「彼女はラーキンの

――」ストーナーが眉をしかめて見せたのに気づき、あわてて、言おうとしていたことを変えた。「彼女は浴場の接客係で、アレクサンダー・ラーキンの親しい友達でもあった」

「たったそれだけの理由で、ミス・プラットはその婦人を殺したのですか？」ハンナがたずねた。

「それが……」アンブローズはまた口ごもり、指示を求めるようにコンコーディアを見た。この事件の下世話な詳細を少女たちにどこまで話していいものか、判断がつかなかったのだ。

コンコーディアがあとを引き取って言った。「生徒たちがくぐり抜けてきたことを考えると、ありのままを話しても大丈夫だと思います」そして少女たちのほうを向いた。「ミス・プラットはアレクサンダー・ラーキンを愛していたのです。二人はいつも、ラーキンが持っているお店の人目につかない部屋で逢引きをしていたの。ところがプラットは、ラーキンには競売について独自の思惑があるのではないかという疑いを抱き始め、疑心暗鬼になって、ある夜、彼を問いつめるためにドンカスター浴場へいった。そのときラーキンがうっかり、あなたたち四人のだれかと結婚するつもりだと話したのよ」

少女たちが嫌悪感もあらわに鼻にしわを寄せた。

「ラーキンはずいぶん年寄りだったわ」フィービが言った。

「そのうえ、人殺しの犯罪者だったのよ」ハンナが身震いしながらつけ加えた。「ラーキンや彼が競売会に招待するつもりだったおぞましい財産めあての男と、わたしたちが結婚するはずはないじゃないの」

しばらくだれも口をひらかなかった。アンブローズはフェリックスとストーナーを見た。二人が自分と同じことを考えているのがわかった。少女たちは、彼女らを買った下劣な男たちに純潔を奪われて、結婚するほかなくなっていたことだろう。その夫たちはすんなりと上流階級に受け入れられる。上流階級では、財産めあてで結婚する紳士は少しも珍しくない。トリムリーがそのいい例だ。男は経済状態よりも、しかるべき階級に生まれたかどうかのほうが重要なのだ。

「そのとおりよ」コンコーディアが誇らしげな笑みを浮かべて言った。「醜聞や脅しがあるなしにかかわらず、あなたがたは無理やり結婚させられたりはしなかったはずです。でも、あなたたち四人が現代的で自由な考えをもつ若い婦人だということを、エディス・プラットとラーキンとトリムリーは、夢にも知らなかったのよ」

ハンナとフィービ、エドウィナ、シオドーラが顔を輝かせた。アンブローズはにやりとしたくなるのをこらえた。コンコーディアが少女たちに与える影響は、日ごとに強くなっていた。

「今も言ったように」コンコーディアがつづけた。「エディス・プラットはアレクサンダー・ラーキンに夢中だった。だから、彼女が見つけてきた若い淑女のひとりと結婚するつもりだとラーキンが言ったとき、すさまじい言い争いになったのね。ラーキンと会った個室をあとにしたとき、プラットは頭から湯気を立てんばかりに腹を立てていた。ところが、彼女が部屋を出て数歩もいかないうちに、ラーキンがドアから顔をのぞかせてネリー・テイラーを指名した」

「それでプラットは切れた」フェリックスが言った。「そのときまでは自分自身に、ラーキンは彼女を浴場の女たちより上だとみなしていると言うことができた。だがその晩やっと、ラーキンが自分を、ネリー・テイラーのような女たちと同等にしか考えていないことに気がついたんだ」

「プラットは別の個室に隠れて、ラーキンが帰り、浴場の営業が終了するまで待った」アンブローズがその先をつづけた。「ネリーが浴場の掃除を始めると、プラットは背後に忍び寄って火かき棒でなぐりつけた。嫉妬《しっと》と怒りによる殺人だったが、一石二鳥でもあった。エディス・プラットが闇の帝王と呼ばれる人物と密会しているのを見たことを、ネリーがだれかに話すおそれもなくなったからだ」

コンコーディアがフェリックスを見た。「ラーキンとトリムリーは、どういう経緯で相棒になったのですか？」

「それもエディス・プラットの差し金だったと言っていいだろう」フェリックスが言った。「プラットとラーキンは長年情交を結んでいた。何年も前、彼女が別の女子孤児院の院長だったときからの関係だ。当時、ラーキンは違法な仕事の多くをまだ自分でやっていた。そして、自分の売春宿に孤児を売ってくれるかどうか打診するためにプラットに近づいた。プラットは承諾し、二人のあいだで仕事の協定と個人的な関係が結ばれた」

コンコーディアがぶるっと身震いした。「恐ろしい女だわ」

「まったくだ」フェリックスが少女たちをちらりと見て、気まずそうに身じろぎした。「プラットはラーキンが女好きだということは重々承知していたが、自分は特別な存在だとみずからをなぐさめていた。なんといっても、自分はきちんとした生まれなのだから、とね。確かに、零落してやむなく教師を生業《なりわい》にしていたが、もともとは地方の地主の娘だった。彼女はラーキンが身分に重きを置いていることを知っていた。だから自分たち二人の関係は、単なる情欲と便宜にもとづいたものではないはずだと思っていたんだな」

「彼とは仕事仲間でもあると思っていたのです」コンコーディアが静かに言った。「一種の相棒ね」

「ああ」アンブローズは窓際へいって庭を眺めた。「ところがラーキンのほうは、便利な存在としか考えていなかった。しかしながら、ラーキンはプラットと情を通じ、彼女は多額の金を手に入れた。やがて、プラットは孤児を売春宿に売る商売から手を引くことにした。危険が大きすぎると考えたのだ。そのような取引に関わっているという醜聞が新聞に取りあげられでもしたら、すべてを失ってしまうからだ。プラットには、もっときちんとした学校の校長になりたいという野心があった。ウィンズロウ女子慈善学校の校長の職を得たのは、ラーキンの力添えがあったからだ」

「ミス・プラットは校長になるとすぐに、学校経営で利益をあげる最善の方法は、潤沢に資金は提供するが学校の運営には直接関わらない、気前のいい後援者を見つけることだと気がついたのです」コンコーディアが言った。「そしてあれこれ調べた結果、ミセス・ホクストンの名前が出てきた」

ストーナーがうなずいた。「そしてミセス・ホクストンには、彼女の新しい友達のエドワード・トリムリーという思いがけないおまけがついておった。プラットはトリムリーをひと目見るなり、鉄面皮な社会の寄生虫だと見抜き、利用できると気づいた」

「プラットが、若い女相続人を見つけて、社交界でのしあがろうともくろむ野心的な紳士に競売で売るという壮大な計画を練り始めたのは、そのときだった」アンブローズは言った。「彼女はすぐに、ひと財産になると気づいた。計画を話すと、ラーキンは大いに喜んだ。そして、トリムリーの協力を得るために、三人で利益を三等分することで合意した」

「プラットはトリムリーという人間をよく理解していた」フェリックスが言った。「はたして、トリムリーは本物の闇の帝王と手を組むことを喜んだ。大きな力を振るうことを夢見ていたんだと思う。しかしながら、プラットをあなどっていたと言えるだろう。おそらく、単にラーキンの愛人としか考えていなかったんだろうな」

コンコーディアがため息をついた。「そしてエディス・プラットも、ラーキンが彼女の計画を利用して自分もしかるべき身分の女相続人を手に入れるつもりでいることに、気がつかなかったのですね。だから彼のねらいを知ったとき、完全に裏切られたと感じた。で、ネリー・テイラーを殺したあと、すぐにラーキンを殺す計画を立て始めたのです」

「グレシャム家の舞踏会の夜、プラットはラーキン殺害を実行することにした」アンブローズは言った。「ヘンリーじいさんに使いをやって、いつもラーキンと深夜の密会をしていたときのように浴場をあけておかせた。そして、重大な問題が持ちあがったからすぐに会う必要があると書かれた急ぎの手紙を、ラーキンとトリムリーに送った。トリムリーがラーキン殺しで逮捕されるようもくろんでいたのだ」

「プラットはトリムリーがくる前に、浴場でラーキンと対決した」フェリックスが言った。「プラットがだまして呼び出したとわかって、ラーキンは腹を立てた。しかしながら、自分の身の安全にはしつこいほど気をつけていたにもかかわらず、プラットに襲われるとは夢にも考えていなかったので、ラーキンを殺すのは簡単だった。プラットは背後から火かき棒でなぐりつけた。ラーキンは意識を失って水の中に落ちた。そして、そのまま溺死した」

「プラットは浴場から逃げた」アンブローズは言った。「まもなくトリムリーがやってきた。死体を発見すると、泡を食って浴場の裏口から逃げようとした。ところが接客係と鉢合わせしてしまい、現場に自分がいたと思われるとやっかいなことになると気づいた。それで、接客係を殺さなければと考えた」

「ところが、そのときあなたがやってきたのですね」コンコーディアが言った。

アンブローズはうなずいた。「そして、ほどなくきみがやってきた」

「きみたち二人が相手では、トリムリーに勝ち目はなかった」ストーナーが満足そうな表情で言った。そして確認するように、フェリックスと少女たちを見た。「この二人はすばらしいチームだろう、え？」

ずいた。

「まったく、そのとおりです」フェリックスが気味が悪いほどやさしい笑みを浮かべてうなずいた。

「本当にそうですね」エドウィナが顔を輝かせて言った。

シオドーラがうなずいた。「完璧です」

「お二人の息がぴったりなのには驚かされます」フィービが断固とした口調で言った。「とても現代的な関係よね、ハンナ?」

「ええ、でも、そのいっぽうで、とてもロマンティックな関係だわ」ハンナが言った。

「プラットの計画はきわめて巧妙なものだった」それ以上だれかがコンコーディアとの関係について意見を言わないうちに、アンブローズは言った。「トリムリーは上流階級のくわしい情報をホクストンから引き出して、最初の女相続人を選んだ。連中がねらったのは、社交界ではあまり知られていない、地方の地主階級のしかるべき家柄の娘だった」

「理想的な候補は、両親や祖父母が他界し、女相続人であるがゆえに、だれかにとってじゃまな存在となっている若い婦人だった」フェリックスがつけ加えた。

「つまり、その娘がいなくなれば、財産は別の相続人のところへいくわけだ」ストーナーが言った。

「そのとおりです」フェリックスがまたブランディを飲んだ。「むろん、女相続人というのは常に、だれかにとってじゃまな存在だ。あとはただ、そのだれかを特定すればいいだけだ。トリムリーはそれを首尾よくやってのけた。その女相続人を亡きものにするために、なにもたずねずに喜んで彼らに引き渡す人間を突き止めたのだ」

「そうして、その少女を、身元確認のための遺体が残らぬ悲劇的な事故で消した」ストーナーが言った。

「しかしトリムリーは、そのいわゆる事故で少女たちを殺すのではなく、ウィンズロウへ連れていった」アンブローズは言った。「計画では、少女たちの死が世間から忘れられて競売ができるようになるまで、ウィンズロウに置いておくはずだった。ところが、フィービの叔母さんが調査を始めた。プラットはあわてふためき、少女たちをどこか別の場所へ移す必要があると考えた。ウィンズロウ女子慈善学校で発見されては困るからだ」

「トリムリーとラーキンはやむなくカスバートに、少女たちを城へ送る手配を整えさせました」コンコーディアが言った。「しかしながら、少女たちの評判が重要な売り物のひとつだったので、エドウィナとシオドーラ、ハンナ、フィービには、きちんとした付添いをつける必要がありました。それで、お城に若い婦人のためのいわゆる寄宿学校を作るという話をでっちあげたのです」

アンブローズはコンコーディアを見つめた。誇らしさと賞賛の念がわきあがった。

「ミス・バートレットは、もう明らかになっている理由で役に立たなかった。それで、プラットは紹介所のファイルの中から代わりの人間をさがした。そして、致命的とも言える重大な間違いを犯した。きみという、心底生徒のことを気にかける人間を選んだ。そう、真に教師と言える婦人を選んでしまったのだ」

45

その夜、コンコーディアは家じゅうが寝静まるまで寝床の中で待った。全員が寝入ったのを確認すると、上掛けをめくって起きあがり、部屋着を羽織って室内ばきをはいた。もうたくさんだ。

眼鏡を手さぐりしてかける。ひとつ深呼吸をして蠟燭をつけ、部屋のドアをあけて廊下に出た。

アンブローズの部屋のドアはしまっていた。一度だけ、そっとノックする。

まるで待っていたかのように、アンブローズがすぐにドアをあけた。黒い部屋着を着ていた。コンコーディアは彼がはだしなのに気づき、とてもすてきな爪先だと思った。

「今夜もまた、わたしの信用をあやうくするようなことをしにきたのかね?」

コンコーディアはあわてて顔をあげた。蠟燭の炎が揺らいだ。そして、自分の手が震えているのに気がついた。

「いいえ」

「残念だな」

腹を立てたおかげでかえって気持ちが落ちついた。「アンブローズ、その一風変わったユーモアの感覚にはもううんざりです。話し合う必要があります」

「なにについてだね？」

「わたくしたちについてです」

「なるほど」アンブローズが腕組みをして、戸口の枠にいっぽうの肩で寄りかかった。「で、話はどこでするつもりだったのだ？」

「図書室は？」

「確か、前回、夜更けに図書室で二人きりになったとき、わたしはすっかり骨抜きにされたのだったな」

「アンブローズ、からかうのをやめてくださらないと――」

「温室を提案することは考えないほうがいいぞ」アンブローズが右手をあげた。「植木をだめにした責任を、またダンテとベアトリーチェになすりつけるのはかわいそうだからな」

「もうたくさんです」コンコーディアは肩をそびやかした。「ついてきてください」

「はい、ミス・グレイド」アンブローズはすなおに廊下に出て、自分の部屋のドアを静かにしめた。「どこへいくのだ？」

「いかにあなたでも、情熱的な逢引きにふさわしい場所とはお考えになれないようなところです」

「わたしがきみなら、それはあてにしないだろうな」

聞こえなかったふりをして、コンコーディアは先に立って階段をおりると廊下を進み、ミセス・オーツの汚れひとつない台所に入った。調理台に蠟燭を置き、その台をはさんでアンブローズと向かい合う。

「結婚にまつわる冗談や軽口を楽しんでいらっしゃるようですが、やめてください」

「誓って、わたしはきわめて真剣だ」

コンコーディアはぎゅっと目をつむり、こみあげてくる涙をこらえた。落ちつきを取りもどすと、ひたとアンブローズを見つめた。

「名誉を重んじて、わたくしに結婚の選択権を与えてくださったのですね。言葉には言いつくせないほど感謝しています。でも、そのような心遣いは不要です」

「勝手に決めつけるな」アンブローズが台所を見まわした。「サーモンパイは残っていないかな？」

コンコーディアは彼をにらみつけた。「まじめに聞いてください、アンブローズ」

「すまない」アンブローズはそう言って腰をおろすと、調理台の上で両手を組み、お行儀のいい小学生よろしく彼女を見つめた。「なんの話だったかな？」

「お互いによくわかっているはずです。あなたの評判は今重大な危機に瀕しているわけではありません。それを言うなら、わたくしの評判もです」

「ふーむ」アンブローズが顎《あご》をなでた。「本当にそう言いきれるかね？」

「ええ」コンコーディアは居ずまいを正し、懸命に微笑もうとした。「今回の件で生じるかもしれない問題には、自分で対処できます。忘れないでください、わたくしは何年も過去を隠して生きてきた人間です。また新しい身元を作ります。いずれ、どこかの女学校の職につくことができるでしょう」

「なるほど。評判を守るためにわたしなど必要ないということだな？」

「わたくしの評判は、あなたではなくわたくし自身の責任です、アンブローズ。男として責任を取ろうという立派な態度を見せてくださったことには感謝していますが、本当に、必要ありません」

「生徒たちはどうだ？　あの子たちはここで楽しく暮らしているように見えるが。確かに、フィービは叔母さんに手紙を書いて、再会するのを楽しみにしている。しかし、まさか残りの三人を、トリムリーとラーキンに平然と売り渡した親戚のところへ送り返すつもりではないだろうな」

「とんでもない」コンコーディアはそう言われて衝撃を受け、体をこわばらせた。「生徒たちには、あの子たちが望むかぎり、いつまでもわたくしといっしょに暮らしていいと約束しました。その約束をたがえることなど、夢にも考えていません」

「そうだな」アンブローズが言った。「きみが約束をたがえるはずがない」

「いまや四人ともお金持ちではありますが、世の中へ出ていけるくらいに成長するまでは、まだ保護と気持ちの安定が必要です。それに、自分が相続した財産を管理する方法と、お金めあてで結婚しようとする男たちに用心することも学ぶ必要があります」

「そうだな」

「でも、生徒たちを守るのはわたくしの責任で、あなたの責任ではありません、アンブローズ」コンコーディアは心底から言った。「もう危険は過ぎ去ったのですから、あの子たちとわたくしにこれ以上責任をお感じになる必要はありません」

アンブローズが立ちあがり、両手を調理台に突いて身を乗り出した。「つまり、心おきなく、これまでの自分の暮らしにもどっていいということだな。きみが言っているのはそういうことか？」

「ええ、そうです。はい、それがわたくしが申しあげようとしていることだと思います」

「しかし、今はもうその暮らしに魅力を感じないとしたら？」

「え？」

「また相棒を持ちたいと思うようになったとしたら？」

「アンブローズ――」

「わたしと結婚できない口実をこれ以上持ち出す前に、ひとつ質問に答えてくれないか？」

コンコーディアは息苦しくなった。「どんな質問ですか？」

「わたしを愛しているかい、コンコーディア？」

今まで懸命にこらえていた涙が目頭からあふれた。コンコーディアは眼鏡をはずし、部屋着の袖で乱暴に涙をぬぐった。

「愛しているのはご存じのはずです」ささやくように言う。

「いや、知らなかった。そうではないかという望みを持っていたことは認めるが、確信が持てなかった。そして、確信が持てないのは耐えられないことだ。コンコーディア、わたしを見てくれ」

コンコーディアは何度もまばたきをして涙を払いのけると、ふたたび眼鏡をかけた。「なんですか?」

「愛している」アンブローズが言った。

「ああ、アンブローズ」また涙があふれて頰を伝った。「かなわぬ愛だということはおわかりのはずです」

「なぜだ?」

コンコーディアは投げ出すように両手を広げた。「あなたはお金持ちの紳士で、ストーナーの遺産の相続人です。結婚したいとお思いなら、外聞の悪い過去を持つ貧しい教師などよりはるかに上等な婦人を見つけることができます」

「わたしは紳士ではないと何度言えばいいのだ。改心したとはいえ、もとはどろぼうで、いまだに夜中に他人の家の窓から忍びこみ、鍵のかかった引出しをあけて、自分には関わりのない秘密をほじくり出す、ぞくぞくするような興奮のとりこになっている人間だ」

コンコーディアは顔をしかめた。「それがご自分の本当の姿でないことは、よくおわかりのくせに。あなたは不正を正すことに身を捧げていらっしゃる、高潔で献身的な騎士ですわ」

「いや、代々つづくならず者や悪党の家系に生まれた、根っからのどろぼうだ。今この台所にいる高潔で献身的な人間は、わたしではなくきみのほうだ。昔の稼業にもどりたいという誘惑に屈せずにいようとするなら、きみの強力な精神的導きと影響がなんとしても必要なことは明らかだ」

「アンブローズ」コンコーディアは笑っていいのか泣いていいのかわからなかった。「なんと申しあげればいいのかわかりません」

「わたしに結婚を申しこんでくれ」アンブローズが体を起こして調理台をまわり、コンコーディアを抱き寄せた。「それが、わたしが確実に正道に留まる最善の方法だ。それできみの借りも清算されるし」

「え？」

「わたしが調査料を好意の形で受け取ることはおぼえているだろう。きみにしてもらいたいことは、求婚だ」

コンコーディアは両手をアンブローズの肩に置いた。彼の目には温かさと誠実さがあった。アンブローズが嘘をつくはずはない。かつて、自分と生徒たちの命を託したこともあった。そして、愛していると言ってくれた。心底から信頼して大丈夫だろう。

長いあいだ、冷え冷えとして孤独だった心が、まるで陽射しを浴びたように花ひらいた。

愛する人が見つかったのだ。このすばらしい天からの贈り物を拒絶する法はない。

「心から愛しています」彼女はささやいた。「結婚してくれますか、アンブローズ？」

「ああ」アンブローズが彼女の唇の間近で言った。「ああ、するとも。できるだけ早く」

喜びが体を駆けめぐった。コンコーディアは彼の首に腕をからめると、ふさわしい男性のためにずっと取っておいた情熱と愛のすべてをこめて、口づけを返した。

アンブローズが喉に唇を這わせた。

「やはりきみは間違っていたな」

「なにがですか？」

「わたしの想像力は、きみが考えるよりはるかに豊かなのだ。たとえば、この台所の調理台でも充分、情熱的な逢引きにふさわしい場所と見ることができる」

「アンブローズ」

「犬たちの前ではよしたほうがよかろう」戸口からストーナーが言った。

ダンテとベアトリーチェが台所に飛びこんできた。

「若いご婦人がたの前でもな」ストーナーがつけ加えた。

ハンナとフィービ、エドウィナ、シオドーラが、ストーナーにつづいて戸口に現れた。

「もう申しこまれたんですか？」ハンナがたずねた。

ストーナーがアンブローズとコンコーディアににやりとして見せた。「ああ、申しこんだようだ」

「ミスタ・ウェルズはなんとおっしゃいました?」エドウィナがせきこんだ口調でたずねた。

コンコーディアはアンブローズの腕の中から、戸口に集まっている熱狂的な一団を見た。そして、みんなつながっているのだと思った。自分が、アンブローズだけでなく、ジョン・ストーナーと四人の少女たちとも、見えない絆でつながっているのが感じられた。その輪の中にはフェリックス・デンヴァーもいた。

これは初めての感覚ではなかった。最後に感じたときからもう長い年月がすぎていたが、けっして忘れることのないものだった。

そう、家族を持ったときの感覚だ。

コンコーディアはにっこりした。「ミスタ・ウェルズが承諾してくださったことを、喜んでご報告します」

46

真夜中を少しすぎたころ、アニー・ピートリーは古い墓地の中を恐る恐る歩いていった。初めてここで男と会ったとき同様、ならんでいる墓石や墓碑が霧に包みこまれている。片手でマントの前を握りしめ、もういっぽうの手で手提げランプをかかげた。

「おられますか？」暗がりに向かって小声で呼びかける。

「手提げランプの火を細くしてください、ミセス・ピートリー」

近くの地下聖堂の戸口から声がした。アニーは驚いて振り向いてから、急いで手提げランプの火をしぼった。

「手紙を受け取りました。そして今朝、新聞で記事を見ました。エディス・プラットがどんなふうにネリーを殺したかが、くわしく書かれてました。なんとお礼を言ったらいいのかわかりません」

「調査の結果に満足していますか？」男がたずねた。

「はい」

「ときに、答えはわたしたちが望むような慰めをもたらしてくれないこともあります」

「そうかもしれません」自分でも驚くほど力のこもった声が出た。「でも、妹を殺した人間がその罰を受けるとわかって、以前より気持ちが落ちついたことは確かです」

「お役に立ててよかった」

アニーはちょっとためらった。「代金のことですが、品物で受け取るというお考えに変わりはないでしょうね？　お金は少しならありますけど、そんなにたくさんは持ってないんです」

「依頼を受けたとき、いつか、お宅の商品が大量に必要になるかもしれないと言いましたが、その日が思っていたより早くきました」

「え？」

「日傘を三十八本買いたいのです」

アニーは仰天した。「でも、そんなにたくさんの日傘を、いったいどうなさるんですか？」

「計画があるのです」

「わかりました」この男について耳にしたうわさはどれも、変わった人間だというものだった、アニーはそう自分に言い聞かせた。なんにせよ、分別のある人間ならこのような仕事はしないはずだ。「お好きなだけ日傘をお持ちください。代金は払っていただかなくて結構です。差しあげます。これだけのことをしてもらって、あたしにできるのはそれくらいしかありませんから」

「わたしがした仕事の報酬は日傘一本で充分です」男が言った。「残りの分は正規の代金を払います」

「どうしてもとおっしゃるんなら」

「報酬に充当する一本は、特別な柄の傘にしてもらいたい。やってもらえますか？」

「はい。助手がその手のものを得意としてます。その特別な日傘にはどんな柄をお望みなんですか？」

「下絵を送ります」

「わかりました」

「ありがとう、ミセス・ピートリー」

地下聖堂の前の暗がりで、ほとんどそれとわからないほどわずかな動きがあった。相手が商店主ではなく本物の淑女であるかのように、男がアニーにお辞儀をしたのだろうか？

「それだけですか？」

「ええ、ミセス・ピートリー。わたしを雇いたいと考えるかもしれない人たちに、推薦してもらえると幸いです」

冗談で言っているはずはない、とアニーは思った。彼のような評判を持つ男がユーモアの感覚を持っているとは思えない。

「おやすみなさい」

アニーは手提げランプを持ちあげると、急ぎ足で墓地の門へ向かった。
今夜はいつもより少しよく眠れるだろう。

47

コンコーディアが大食堂へ入っていくと、室内がすっと静かになった。三十七人の不安そうな表情の少女たちが礼儀正しく立ちあがった。三十七組の目がコンコーディアに向けられた。まだ雇われているミス・バークと五人ほどの職員が、壁際にかたまっている。生徒たちと同様、不安で心もとなげな表情だ。ハンナとフィービ、エドウィナ、シオドーラは職員とは反対側の壁際に立っており、そのそばで、フィービの叔母のウィニフレッドが幸せそうな微笑みを浮かべていた。

きびきびした足取りで、コンコーディアは集まった生徒たちのあいだの通路を進んだ。正面近くまでいったところで立ち止まり、まわれ右をして生徒たちのほうを向く。ハンナの友達のジョーンが、期待と希望のこもった表情を浮かべて最前列にいた。

アンブローズが戸口で見守っている。彼から愛情と誇らしさが波のように放射されているのが、大食堂の反対側にいても感じられた。その横でフェリックスが扉にゆったり寄りかかっている。二人のすぐ後ろにいるのはジョン・ストーナーで、その顔は満足げに輝いていた。

コンコーディアは目の前の生徒たちに視線をもどした。浮き立つような喜びがこみあげてきた。そして、教師のような見かたで将来をのぞく者はいない、と考えた。なぜなら、教師は生徒たちの目をのぞきこむからだ。

「着席してください」

スカートとペティコートのすれ合うかすかな音がして、生徒たちが言われたとおりに腰をおろした。

「おはようございます」コンコーディアは言った。「ミス・グレイドです。あなたがたの学校の新しい校長です。まもなく結婚することになっていますので、そうなったらミセス・ウェルズと呼んでもらうことになるでしょう。けれど、このウィンズロウの校長という立場は変わりません」

えっと息をのむ音がさざ波のように広がった。生徒たちが困惑した目を見交わした。淑女は結婚したら家の外では仕事をしないものだ。

「じきにわかるでしょうが、わたくしは若い婦人の教育に関して、非常に現代的で、なかには型破りだと言う人もいる考えを持っています」コンコーディアは話をつづけた。「このウィンズロウは大幅に変わることになるでしょう。とりわけ大きいのは、新しい料理人と新しい献立を採用することです。また、制服を一新し、寒い日には暖炉にもっと火を入れます。

シーツはこれまでより頻繁に交換します。さらに、出自にかかわらず、あらゆる社会階級の天涯孤独の女子を受け入れます」

ざわざわという話し声が広がった。

「主たる指導者はわたくしですが、以前この学校の生徒だった四人の婦人が、教師になるべく教育を受けると決めたので、助手として手伝ってもらいます。エドウィナとシオドーラ・クーパー、ハンナ・ラドバーン、フィービ・レイランドの四人です」

大食堂の後ろのほうで四人がにっこりした。

「また、新たな後援者が援助してくださることになりました」コンコーディアは話をつづけた。「そのかたのお名前はミスタ・ストーナーです。学校の費用を提供してくださるだけでなく、ご自身で新しい教科を指導してくださいます。その授業では古代の哲学と心身の鍛錬を学びます。みなさんは、ヴァンザの武術を学ぶ最初の婦人になるのです」

生徒たちの顔が好奇心で輝いた。

「わたくしがめざしているのは、ウィンズロウを卒業したあと、みなさんが自分の将来を自分で選ぶことができるような、教育とたしなみを身につけてもらうことです。世界は急速に変化しています。ウィンズロウを卒業する若い婦人は、そうした変化の波にすんなりと乗る準備ができているはずです。それどころか、みなさんのなかに、その変化の先頭に立つ人も出てくれることを期待しています」

生徒たちは今や、口をあんぐりとあけ、目を丸くしてコンコーディアを見つめていた。

コンコーディアはにっこりした。「わたくしたちの前途には数々の冒険が待っています。けれど、今はちょうど、表は日が照って、珍しく空気も澄んでいます。みなさんの多くが、ここにきた日からずっと、学校の敷地の外に出ることを許されていなかったことは承知しています。わたくしは日々の運動が大切だと固く信じています。ですから、それを今すぐ実行するつもりです。さあ、ついていらっしゃい」

コンコーディアはならんでいる椅子のあいだの通路を足早に引き返した。一瞬、生徒たちは驚いて静まりかえったが、すぐに、ざわざわと動きが起こった。

生徒たちがはじかれたように立ちあがってコンコーディアのあとを追った。

コンコーディアは扉のところでちょっと立ち止まり、振り向いてまた生徒たちと向かい合った。「もうひとつ。玄関広間に新しいすてきな日傘があります。それぞれ一本ずつお取りなさい。その傘は自分のものとして持っていてかまいません」

興奮した生徒たちを率いて玄関へ向かうコンコーディアに、アンブローズが片目をつむって見せた。彼女はありったけの愛情をこめて笑顔を返した。

玄関広間でストーナーとフェリックスが日傘を配った。そして、アンブローズがうやうやしく玄関の扉をあけた。

「どこへいくんですか、ミス・グレイド？」

コンコーディアは、そう問いかけたそばかすだらけの小柄な少女を見おろした。どう見ても八歳より上とは思えなかったが、その目にはすでに、大人びた用心深さと気後《きおく》れがあった。

けれど警戒と不安の下に、子供らしい期待と快活さがのぞいていた。

「あなたの名前は?」コンコーディアはやさしくたずねた。

「ジェニファーです」

「今日は公園で市《いち》が立っているのよ、ジェニファー」コンコーディアは言った。「いってみるとためになるだろうと思います。市というのは、学ぶことがどっさりあるから」

ジェニファーとほかの少女たちが、声も出ないほどうれしそうに彼女を見つめた。

「市へいくんだって」だれかがささやいた。

アンブローズがまたコンコーディアに片目をつむって見せた。「今夜、帰ってきたきみから今日の話を聞くのを楽しみにしているよ、ミス・グレイド。新しい生徒たちと楽しんでおいで」

「そうします」コンコーディアはきっぱり言った。

コンコーディアは玄関の階段に出て、アンブローズにもらった美しい緑色の日傘をひらいた。金糸で刺繍《ししゅう》されたヴァンザの薔薇が、今日という日を祝うように、陽光を受けてきらきら輝いた。

「ついていらっしゃい、みなさん」コンコーディアは玄関広間でためらっている少女たちに声をかけた。

そして生徒たちの先頭に立ち、陽射しと明るい未来へ向かって踏み出した。

訳者あとがき

人気作家アマンダ・クイックの『炎の古城をあとに』をお届けします。

時代はヴィクトリア女王治世下、イギリスは産業革命を経て工業化が進んでいましたが、女王を戴いていながらも女性の地位は低く、女性の生き方はしきたりという見えない鎖でがんじがらめに縛られていました。しかも父権制の時代の中で、家庭では妻は夫に絶対服従というのがあたりまえの時代でした。

労働者階級では女性や子供も工場などの重要な労働力とみなされていましたが、中流以上の家庭に生まれると、女性は結婚して子供を産むのが仕事とばかりに、良妻賢母教育を受けさせられます。そのため、女性の職業選択の自由はないに等しく、結婚しない女性は肩身の狭い思いを味わわされていました。

そういう時代に、十六歳で両親を亡くして天涯孤独の身となった主人公のコンコーディア・グレイドは、もちまえの勇気と気概で自分の人生を切りひらいていきます。年齢を偽り、当時の数少ない女性の仕事のひとつである教職に就いたのです。彼女の夢は、男女平等の自由な世の中を作るという理想を実現するために、自分の女子寄宿学校を持つこと、そして、時代の先導者となる自立した女性を育てることでした。

奇妙な縁でコンコーディアが知りあった男性は、探偵という耳慣れない仕事をしている人物でした。

コナン・ドイルの小説の主人公シャーロック・ホームズも探偵でしたから、イギリスでは古くから探偵という仕事が職業として存在していたものと思われます。このアンブローズも十三歳で父を亡くして孤児となり、盗みを生業としながらひとりで生き抜いてきたという経歴の持ち主です。そして今は、東洋の武術の奥義を会得して、人助けのために探偵業をしています。そういう二人が出会って恋をするとどうなるか、それは読んでのお楽しみということにしましょう。

主人公が教師ということもあって、この物語には慈善学校と女子寄宿学校が登場します。それぞれがどのような学校だったかは、読み進むうちに大体の想像がつくと思いますが、ここで簡単に、当時のイギリスの学校について説明しておきたいと思います。まず、上流階級の男子の学校としては、基本的に全寮制のパブリック・スクールがありました。これは、六世紀ごろに創設されたグラマー・スクールが、社会情勢の変化によって十八世紀初めごろまでに衰退し、それに代わって登場したものでした。

女性の場合、上流階級では家庭教師を雇って個別に教育を受けさせていました。それが十八世紀になると、男子のパブリック・スクールにならって女子寄宿学校が創設され、中流階級以上の家庭の子女がこぞって入学しました。在学期間は六年間で、その教育目標は「淑女のたしなみ」を指導し身につけさせること、要するに良妻賢母教育でした。経営者は主として教育経験のある女性で、十人から二十人程度の生徒をあずかって教育していました。保護者が支払う年間の授業料は、学校によってかなり差があったとはいえ、当時の平均的な労働者の半年分の収入に相当するほどの額だったようです。したがって、中流階級以上でなければとても入学させることはできませんでした。

これに対して慈善学校は、十七世紀後半に、キリスト教知識普及協会が貧民の子弟の救済を目的として設立したもので、運営はすべて寄付によってまかなわれていました。授業料のかかる学校にいけない下層の子供たちを対象に、日常の簡単な読み書きと礼儀作法、それとキリスト教の宗教教育をほどこしていました。慈善学校は十八世紀に入ると急速に普及していき、孤児院の役割を果たすところもあったようです。シャーロット・ブロンテの『ジェイン・エア』でジェインがリード夫人に入れられたのも、この慈善学校のようなところだったと思われます。作者のブロンテ自身も、貧しい牧師の子女のための学校に姉妹四人で入りましたが、劣悪な環境と粗末な食事のせいか、わずか一年後には姉二人が結核で亡くなり、それを機に、シャーロットと妹のエミリはその寄宿学校を退学しました。このときの体験が、のちに小説の中で生かされたものと思われます。

このほかにも、労働者階級の子供が幼い時期から働きながら学ぶ施設として、労働学校《レイバー・スクール》や日曜学校《サンデー・スクール》などがありました。もっとも、労働学校では読み書きなどの勉強は二の次で、主として編み物や裁縫、木工などの職業教育がおこなわれていたようです。

もうひとつ、本書ではドンカスター浴場という公衆浴場が重要な役割を果たしています。イギリスではもともと、治療を目的とする入浴は別として、湯を張った風呂に入る習慣はあまり一般的ではありませんでした。さらに、バスタブは高価で、当時の給水事情などを考えると、労働者階級にとって、自宅での入浴はきわめてぜいたくなものでした。かなりの金持ちでないかぎり、寝室に置かれた洗面器とスポンジを使って体を拭くのがせいぜいという状態だったようです。日本でも江戸時代から庶民は銭湯を利用していたことを考えると、内湯はぜいたくという感覚は似たようなものだったのかもしれません。

あまり衛生的とはいえないこの状況を改善するために、一八四六年に〝公衆浴場および洗濯所法〟という法律が議会を通過して、ロンドンのスミスフィールドに最初の公衆浴場ができました。その浴場には温水槽や冷水浴用の水槽、温水シャワー、蒸気風呂（当時はこの蒸気風呂がトルコ風呂と呼ばれていました）などが備わっていたということです。入浴料金も手ごろで、利用者が年間十万人近くにのぼる公衆浴場もあったそうです。いっぽうでは料金の高い会員制の豪華な浴場も登場し、大いに繁盛していたようです。

当時のイギリスのこのような状況を頭の片隅に置いて本書を読んでいただくと、また別のおもしろさが出てくるのではないでしょうか。

では、コンコーディアと四人の生徒たちとともに、逃避行あり、変装ありのスリルたっぷりの冒険をお楽しみください。

二〇〇九年九月

炎の古城をあとに

著者　アマンダ・クイック

訳者　高《たか》田《た》恵《けい》子《こ》

2009年10月20日　初版第1刷発行

発行人　鈴木徹也

発行所　株式会社ヴィレッジブックス
〒108-0072 東京都港区白金2-7-16
電話 03-6408-2325(営業) 03-6408-2323(編集)
http://www.villagebooks.co.jp

印刷所　中央精版印刷株式会社

ブックデザイン　鈴木成一デザイン室＋草苅睦子(albireo)

 ISBN978-4-86332-183-0 Printed in Japan

ヴィレッジブックス好評既刊

「標的のミシェル」

ジュリー・ガーウッド　部谷真奈実［訳］　924円（税込）ISBN978-4-86332-685-9

美貌の女医ミシェルを追ってルイジアナを訪れたエリート検事テオ。が、なぜか二人は悪の頭脳集団に狙われはじめていた……。全米ベストセラーのロマンティック・サスペンス。

「魔性の女がほほえむとき」

ジュリー・ガーウッド　鈴木美朋［訳］　924円（税込）ISBN978-4-86332-752-8

失踪した叔母を捜すFBIの美しい女性と、彼女を助ける元海兵隊員。その行手に立ちはだかるのは、凄腕の殺し屋と稀代の悪女だった！魅惑のラブ・サスペンス。

「精霊が愛したプリンセス」

ジュリー・ガーウッド　鈴木美朋［訳］　924円（税込）ISBN978-4-86332-860-0

ロンドン社交界で噂の美女、プリンセス・クリスティーナ。その素顔は完璧なレディの仮面に隠されていたはずだった。あの日、冷徹で危険な侯爵ライアンと出会うまでは……。

「雨に抱かれた天使」

ジュリー・ガーウッド　鈴木美朋［訳］　924円（税込）ISBN978-4-86332-879-2

美しき令嬢と彼女のボディーガードを命じられた無骨な刑事。不気味なストーカーが仕掛ける死のゲームが、交わるはずのなかった二人の世界を危険なほど引き寄せる……。

「太陽に魅せられた花嫁」

ジュリー・ガーウッド　鈴木美朋［訳］　924円（税込）ISBN978-4-86332-900-3

妻殺しと噂されるハイランドの戦士と、彼のもとに捧げられたひとりの乙女——だが誰も知らなかった。愛のない結婚が、予想だにしない運命をたどることになるとは……。

「メダリオンに永遠を誓って」

ジュリー・ガーウッド　細田利江子［訳］　966円（税込）ISBN978-4-86332-940-9

復讐のため略奪された花嫁と、愛することを知らない孤高の戦士。すべては運命のいたずらから始まった……。『太陽に魅せられた花嫁』に続く感動の名作！

アンソニー・バークリーの著作権継承社

アントニイ・バークリー
西崎憲=訳

今はもうない
ヒューイットの事件

探偵小説の醍醐味をたっぷり
味わえる傑作の数々。
巧妙なトリックとロジック、
そして意外な結末がもたらす
驚愕……

ISBN978-4-86332-148-9
C0098 ¥800E (本体)